Waldtraut Lewin / Miriam Margraf

Märchen von den Hügeln

Waldtraut Lewin / Miriam Margraf

Märchen von den Hügeln

Illustrationen von Carl Hoffmann

Der Kinderbuchverlag Berlin

ISBN 3-358-00630-1

1. Auflage 1986

Lizenz-Nr. 304-270/36/86-(20)
Gesamtherstellung: Karl-Marx-Werk Pössneck V15/30
LSV 7518
Für Leser von 10 Jahren an
Bestell-Nr. 632 417 4
00950

Peter Schreier
gewidmet

Waldtraut Lewin

Die Löwenjungfrau

Seine Exzellenz empfängt Besuch

An einem Septemberabend, so zwischen Sommer und Herbst, stand ein alter Mann in seinem Garten und verbrannte das erste welke Laub, denn der Sommer war sehr heiß gewesen, und die Blätter begannen früh zu fallen. Damit ihm das Feuer fein groß geraten sollte, schleifte er dürre Zweige vom Vorjahr herbei, die in einem Winkel lagen, raufte getrocknetes Gras aus und tat es dazu, und schließlich holte er noch einen Armvoll des aufgeschichteten Buchenholzes, das für den Kamin bereitlag. Dann griff er verstohlen in seine Hosentasche, und nachdem er sich umgesehen hatte, ob er auch unbeobachtet sei, sprengte er aus einem glitzernden Fläschchen ein paar Tropfen in die Flammen. Sofort loderte es hoch auf, ja, die Feuerzungen nahmen die schönsten Farben an und schimmerten abwechselnd grün, rosa und blau.

Der alte Mann stützte sich zufrieden auf den Rechen, mit dem er das Laub geharkt hatte, und betrachtete sein Werk. In der beginnenden Dämmerung leuchteten die Flammen und wetteiferten mit der Abendröte am Horizont.

»Ist es gestattet, näher zu kommen«, fragte eine weiche, wohltönende Stimme. »Wie ich sehe, sind Exzellenz ganz in Ihrem Element.«

Aus den tiefen Schatten der Rhododendren löste sich eine hohe Gestalt und trat lautlos an den Alten heran, der nicht einmal mit der Wimper gezuckt hatte.

»Ich dachte wahrhaftig, wenigstens auf meinem eigenen Grund und Boden wäre ich sicher«, erwiderte er, ohne den anderen anzusehen. Neben der klangvollen Sprache des Ankömmlings war die seine merkwürdig knarrend und quäkend.

Der andere lachte. »Ja, der Maßnahmen sind ja genügend! Die Warnschilder überall, diese geheimnisvollen Türen, die sich von selbst öffnen und schließen, diese argwöhnischen dürren Wächter mit den Hunden, die das Terrain umkreisen, die hohen Mauern, die abweisenden Zäune, gekrönt mit Zacken und Spitzen! Immerhin kenne ich denn doch noch andere Pfade als jene, die Sie mir versperrten.«

»Da Sie hier sind, scheinen meine Maßnahmen mangelhaft zu sein«, bemerkte der alte Mann und streifte den Besucher mit einem kurzen Blick, der unter den buschigen Brauen wie ein Blitz hervorschoß. Der Ankömmling war merkwürdig anzuschauen. Im Vergleich zu dem kleinen Alten wirkte er groß und hoheitsvoll. Von Kopf bis Fuß hüllte ihn ein dunkler Mantel ein, der wohl bewirkt hatte, daß er erst so spät sichtbar wurde zwischen den Rhododendronbüschen. Um seinen Kopf schlang sich eine Art Kranz aus Zweigen, der durch die strahlenförmig abstehenden Blätter fast wie eine Krone erschien.

Der Alte warf einen zweiten Blick.

»In voller Montur, Herr Klinger, wie ich sehe«, quäkte er. »Was verschafft mir also die Ehre Ihres Besuchs?«

Wie er sich da auf seinen Rechen lehnte und zu dem anderen aufschaute, klein, in seiner grauen Strickjacke, die sich knapp um den runden Bauch spannte, und mit rötlichem Schädel, der von einem Ring strubbligen weißen Haars umgeben war, sah er recht schäbig aus.

»Exzellenz Darenna, Herr Feuersalamander und Hoher Magier«, sagte Klinger feierlich und beugte das Knie, »ich bitte Sie um die Hand Ihrer Tochter Leontine.«

Um die beiden breitete sich das Dunkel der schnell anwachsenden Nacht aus. Nur der Horizont war noch immer rosenhell.

Magier und Elbenfürst

Zu den Zeiten, als die Erstgeborenen der Schöpfung, die Elben, noch freundlichen Umgang mit den Menschen pflegten und unter ihnen umhergingen, wählten sie sich als eine ihrer bevorzugten Wohnstätten die Hügel oberhalb des von ihnen geliebten Stroms, der ihren Namen führt. Die Menschenkinder nahmen sie freundlich auf, denn das Schöne Volk, wie die Elben auch genannt werden, liebte nicht nur den Wein und die Lieder, sondern verstand es auch, die Willigen zu lehren, wie man Reben anbaut und keltert, Instrumente fabriziert und sie kunstreich spielt. Zudem war, wo die Elben hausten, Licht und Heiterkeit, die Natur freundlich, Mißernten, böser Wuchs, Seuchen und Krankheiten fern. Gemeinsam legten beide Völker Weinberge und Gärten an, bahnten liebliche Pfade zwischen den Hügeln, auf daß ein anmutiges Hin und Her zwischen den Wohnungen der Sterblichen und der Erstgeborenen herrsche, und sangen von früh bis spät.

Als sich aber die Menschen um des Besitzes willen zu entzweien begannen, als sie die Waffen gegeneinander erhoben, als der Strom schwarz wurde und die Luft unrein, zogen viele des Schönen Volkes, wie man weiß, fort in das Land hinterm Meer, wo sie alterslos und in ewigem Frieden leben können. Einige jedoch liebten den Strom und die Hügel über alles und blieben.

Jedoch gewisse Züge ihres Wesens, über die früher die Bewohner der Gegend lächelnd hinweggingen wie über die dummen Seiten, die nun einmal jeder Mitbürger hat, ließen nun die Menschen mit Mißtrauen auf sie blicken. Sie waren so wenige und wurden deshalb besonders beachtet und beurteilt. Man nannte das Schöne Volk nun unberechenbar, leichtsinnig, wankelmütig und zu Schabernack und Spott geneigt. Wohl konnte es vorkommen, daß ein

Elb einen Sterblichen besuchen wollte, und der schloß bei dessen Nahen die Tür. Mit der Zeit sah man sie wahrhaftig an wie seltsame Tiere, die längst ausgestorben sein sollten.

Viele gingen noch fort, die aber blieben, nahmen menschliche Gestalt an und unterschieden sich nun äußerlich nicht mehr von den Sterblichen, obwohl sie in Wahrheit unsterblich waren und mit anderen Mächten ausgestattet als die Menschen. Da Elben aber, wie uns Meister Tolkien lehrt, von Natur sehr vergeßlich sind, so konnte es wohl geschehen, daß manche über einen ganzen mehr oder weniger sorglos verbrachten Zeitraum hinweg gar nicht mehr wußten, daß sie zum Schönen Volk gehörten, oder sie wußten es nur halb und wie in Träumen.

Als auf jener Seite der Hügel, die an den großen Wald angrenzt, gar keine Erstgeschaffenen mehr wohnten, kam ein Großmeister der Magie und Hoher Lehrer des Menschengeschlechts in jene Gegend, dessen Kunst noch von den Urquellen stammte und der sich ständig in ihr vervollkommnet hatte. Ihm gefiel das Land, wie es einst den Elben gefallen hatte, und er ließ sich ebenfalls über dem Strom nieder. Darenna oder Exzellenz Darenna, wie er sich gern von den Menschen nennen ließ, war ein vertrauter Geist des Feuers und deshalb Meister in allen Künsten des Feuers, wie schmieden, schmelzen, Ton brennen, destillieren und dergleichen mehr. Er lehrte die Menschen, auf die Stoffe einzuwirken, sie zu verwandeln, zu formen und sich dienstbar zu machen, und so verhalf er ihnen zu Reichtum, Macht und Ansehen, und sie ehrten ihn hoch.

Alsbald erklärte er das Hügelland bis zum Grund, der es teilte, zu seinem Eigen und verfuhr hier hinfort nach seinem Gefallen. Wo das erhabene Land plan war und nach dem Wald zuging, ließ er schöne Alleen ziehen, und die Menschen bauten sich prunkvolle Häuser, umgeben von gepflegten Gärten, ihre Wohlhabenheit sowohl zu genießen wie vorzuzeigen. Darenna selbst aber gehörte das prächtigste Haus in dem größten aller Gärten; am Rande des zum Strom abfallenden Hügels stand es und spiegelte sein grünfunkelndes Dach im Angesicht des Wassers. Er selbst aber schloß sich in seinen Laboratorien ein und ersann immer neue Dinge, die dem Geist der Sterblichen unerreichbar waren, und beschenkte sie von Zeit zu Zeit mit einem seiner hilfreichen Wunder. Indes man sich seines Angesichts kaum mehr erinnerte, wurde sein Name zur ehrfürchtigen Sage, bis sich diese Verehrung fast in Haß verwandelte wegen eines Dinges, von dem später zu reden sein wird und als dessen verbrecherischen Urheber ihn das Gerücht bezeichnete.

Es lebte aber auf der anderen Seite des Grundes zwischen den Bergtreppen und den weinumrankten Fachwerkhäuschen ein Elb, der hatte weder Herkunft noch Wissen vergessen, denn er war einer der Fürsten und Großen seines Volkes gewesen und hatte es auch unter den Menschen zu hohem Ruhm gebracht, die ihm, dem Sangeskundigen, den Namen Klinger gegeben hatten. Elben sind nicht ehrgeizig und trachten nicht nach Herrschaft, aber den Klinger verdroß die Macht des Magiers, der ganz so tat, als habe er und nicht das Schöne Volk die Hügel bewohnbar gemacht, und so begann er, sich ihm entgegenzustellen – nicht, ihn zu bekriegen, das ist nicht Elbenart, aber doch, ihn zu necken, herauszufordern oder zu übertrumpfen, wann immer es ihm einfiel. Es konnte wohl geschehen, daß er, beschäftigt mit seinem menschlichen Leben, Dezennien lang den anderen vergaß (vergeßlich war er wie alle seines Volkes), dann aber erwachte sein Stolz, und halb scherzhaft, halb hoheitsvoll störte er die Berechnungen Darennas.

Der Magier war dergleichen nicht gewohnt. Er schloß seine Kreise fester, argwöhnisch bedacht darauf, in diesem für menschliche Empfindung endlosen Kräftemessen nicht zu verlieren – was immer das auch sei.

Zweihundertfünfzig Jahre verliebt

Der alte Mann räusperte sich. Er stand da, auf seinen Rechen gestützt, und sah auf den Knienden herab.

»Mir sind dergleichen Posen verhaßt«, sagte er mit seiner knarrenden Stimme, »stehen Sie auf, Herr Klinger. Die Hand – hm – so, meiner Tochter, hm – also meiner Tochter Leontine. Wer hätte das gedacht?« Er begann schwungvoll die Asche zusammenzuharken, daß die Funken nur so stoben.

Klinger sprang ärgerlich auf und klopfte sich den Ruß vom Knie. »Ist das eine Art, auf eine ernstgemeinte Frage zu antworten?« rief er.

»Sie überraschen mich, bester Herr Klinger. Ich wußte nicht, daß es Ihnen Ernst ist. Wer bittet heutzutage noch um Hände? Man nimmt sie sich einfach. Indessen – ehüm – nun, das ist wohl keine Frage, die zwischen Tür und Angel zu besprechen wäre. Darf ich Sie ins Haus bitten?«

Der Elb zog ein Gesicht, er betrat nur ungern die Behausung Darennas. Alles darin war ihm fremd: die geometrische Anordnung der Möbel aus Glas und Stahl, der metallisch glänzende Fußboden, die nackten weißen Wände und vor allen Dingen die vielen verchromten Hebel und Knöpfe, mit deren Hilfe sich der Magier alle Bequemlichkeiten verschaffte, die er wünschte.

Auch jetzt drückte er wieder auf einen dieser Knöpfe, und ein silbriges Tischchen kam klirrend und scheppernd dahergefahren, beladen mit Gläsern, Flaschen und Karaffen.

»Zur Feier des Tages«, bemerkte Darenna händereibend, »der mir den Herrn von der anderen Seite des Grundes ins Haus bringt . . . Ich habe eine erlesene Auswahl von gebrannten Wässerchen, feinste Geister der Kirsche oder Aprikose, Korn auch, Wodka oder Aquavit!« Er kicherte.

»Das bekommt mir nicht«, sagte Klinger unbehaglich und griff sich an den Hals, »ich habe übermorgen in Salzburg zu singen. Haben Sie keinen Wein?«

Die Exzellenz warf ihm unter den buschigen Brauen hervor einen scharfen Blick zu. »Bedaure, das ist nicht mein Ressort.«

»Ein Glas sauberes Wasser werden Sie doch haben?«

Darenna drückte einen anderen Knopf, und ein metallisch schimmernder Becher schob sich unter einen bläulichen Hahn, aus dem sich eine abgemessene Portion Wasser in das Gefäß ergoß. Klinger kostete mißtrauisch, aber dann verklärte sich sein Gesicht. »Das ist Wasser aus der Waldquelle«, rief er, »klar und frisch und prickelnd!«

»Nun«, erklärte der andere unschuldsvoll, »Sie werden mich doch nicht für so boshaft halten, daß ich Ihnen das Wasser aus jenen Röhren vorsetze, das die Menschen trinken.«

»Sie benutzen dergleichen nicht!«

»Ich nicht, wie sollte ich.« Dabei goß er sich ein geschliffenes Kristallglas voll seines Lieblingsgetränks und kippte es auf einen Zug hinunter. »Ah«, sagte er befriedigt und rülpste, worauf er »Verzeihung« murmelte. Obgleich sich Klinger alle Mühe gab, nicht hinzusehen, war ihm doch nicht entgangen, daß aus Darennas Mund dabei kleine Flämmchen schlugen. Er lächelte verstohlen.

Die beiden hatten mit Eintritt in das Haus des alten Mannes ihr Äußeres verändert. Während Klinger jetzt in lässigem Seidenhemd und bequemen Flanellhosen menschlich-weltmännisch im Sessel lehnte, die Beine übereinandergeschlagen, hatte der Magier seine kleine Gestalt mit einem schillernden Talar umhüllt, auf dem Flammenzeichen unruhig ineinanderspielten.

»Zur Sache also«, schnarrte Seine Exzellenz. »Ich weiß nicht, wie und wo Sie Leontine kennenlernten, noch warum Sie vermeinen, sie heiraten zu müssen. Daß Sie zu mir kommen, zeigt mir, daß Sie – ehüm – doch nicht ganz so töricht sind wie Ihr Volk im allgemeinen. Sie wissen, daß mit meinem Zorn zu rechnen ist und daß man mich nicht reizen soll.«

»Exzellenz«, unterbrach ihn Klinger und nippte an seinem Becher, »ich beginne mich zu langweilen. Sie wissen, wir Elben sind ein vergeßliches Volk. Wenn Sie nicht bald Farbe bekennen, habe ich den Grund, weshalb ich hierherkam, aus dem Gedächtnis verloren.«

»Farbe? Gefällt Ihnen meine Farbe nicht?« krächzte der alte Mann und ließ die geheime Glut seines Talars aufleuchten. »Wenn ich recht berichtet bin, wollten *Sie* etwas von mir. Also fangen wir an: Woher kennen Sie Leontine?«

Dem Elben war das Verhör nicht recht, aber er hatte Humor genug, sich darein zu schicken, und begann also: »Ich lernte das reizende Mädchen vor zweihundertfünfzig Jahren kennen.«

Das trockene Kichern des alten Mannes unterbrach ihn. »Verzeihung, Herr Klinger. Ich weiß zwar, daß für Leute Ihres Schlages zweihundertfünfzig Jahre wie ein Tag und ein Tag wie zweihundertfünfzig Jahre sind, aber falls ich Ihnen rechnen helfen darf: Meine Tochter Leontine ist genau siebzehn Jahre alt.« Dabei reckte er stolz den faltigen Hals und sah aus wie ein Truthahn, der sein Revier verteidigt.

»Ich weiß«, sagte der andere mit einem Seufzer. »Ich weiß nur zu gut, daß sie siebzehn ist. Aber hören Sie mich an, Exzellenz, ich bitte Sie. Wie Sie wissen, habe ich mit Musik zu tun, und auf eine Weise, daß es mir bei den Sterblichen Ehre einbringt. Zu jener Zeit nun, von der ich rede, sang ich vor den Ohren eines Königs der Menschen Lieder und Arien des Meister Sagittarius in einem von Fackeln erleuchteten Hofe, und rundum standen die schönen neuen Bildwerke aus Stein. Nachdem ich meine Kunst beendet hatte und, mit viel Beifall und goldener Ehrenkette belohnt, noch umherging zwischen den Statuen, fesselte eine wundersame Figur aus Sandstein meinen Blick. Der Körper der Gestalt war der einer liegenden Löwin, aber anstelle des Katzenkopfes wuchs ein vollkommener Frauenoberleib hervor, geschmückt mit Perlenkränzen über den nackten Brüsten und Ketten an den vollen Armen, und über diesem Körper schwebte in zierlicher Schräghaltung das Haupt, dessen Gesicht mich gleichzeitig in Bestürzung und Wonne versetzte, so daß ich die feine Gesellschaft, in der ich lustwandelte, völlig vergaß und zum Verwundern des illustren Hofs wie ein Trunkener auf das steinerne Bild zustürzte, um es zu umarmen. Ach, welche Verzückung vermögen leicht schräggestellte Augen und ein voller Mund mit nach oben gebogenen Winkeln hervorzubringen, wie hinreißend ist eine runde Stirn, von der energisch die wohlgeformte Nase fortstrebt! Bevor ich ins Schwärmen gerate – Exzellenz, die Sphinx war Ihre Tochter. Ich liebte sie sofort und vergaß sie auf der Stelle wieder, als ich eine andere Frau sah, und als ich die vergessen hatte, wieder die nächste und so fort. Aber zwischen all den Schönen liebte ich immer nur eine und sie immer erneut: Das war das Bildwerk im königlichen Garten, halb Weib, halb Löwin, und mit den Jahrhunderten wuchs meine Sehnsucht nach ihr. Nun endlich bin ich in Leontine dem Urbild jener Statue begegnet. Es ist ihr Gesicht, Zug um Zug. Und nun ist es so stark, daß ich fürchte, nicht mehr vergessen zu können, welches doch eine der großen Segnungen ist, über die mein Volk verfügt, und ich bin nicht geschaffen, Liebesschmerzen zu erleiden – auch habe ich in meinem Beruf, wie Sie wohl wissen, viel zu tun und kann mir dergleichen nicht leisten. So bitte ich Sie denn noch einmal in aller Form um die Hand Ihrer Tochter.«

Er leerte sein Wasserglas. Darenna hatte während der Erzählung vier oder fünf Kristallbecher der scharfen Flüssigkeit heruntergestürzt und glühte immer feuriger.

Der Magier knarrte und schnarrte wie ein Uhrwerk, das man aufzieht, räusperte sich mehrmals, ohne daß seine Stimme dadurch an Klarheit gewann, und krächzte schließlich: »Narrenpossen und nichts, woran ich mich halten könnte. Ich hätte es wissen sollen, daß nichts Besseres zu erwarten ist. Also gut, Sie haben sich Leontine in den Kopf gesetzt, aber das Mädchen hat den ihrigen, und falls es Ihnen nicht gelingt, sie zu gewinnen, wüßte ich nicht, was ich dabei soll. Wie kommen Sie darauf, sich an mich zu wenden?«

»Leontine selbst nannte es als Bedingung«, erwiderte Klinger widerstrebend.

»Oho!« rief Darenna, und seine Augen belebten sich. »Das ist freilich eine andere Sache! Sie selbst? Nun, dann wird sie sich ja wohl etwas dabei gedacht haben? Sollte ihr daran gelegen sein, daß der Alte dem Wirbelwind und Luftikus von der anderen Seite des Grundes ein bißchen auf den Zahn fühlt? Schön, schön. – Sie unterwerfen sich jeder Prüfung?«

»Jeder. Wenn Leontine es will.«

»Sie will es, Verehrter, sonst hätte sie Sie niemals zu mir geschickt. Sie kennt mich und kennt Sie.«

»Still«, unterbrach ihn der andere. »Ist das nicht das feine Geklingel ihrer Fußspange mit dem Glöckchen daran, da auf dem Gang im Garten? So hören Sie doch!«

»Sie hören das Gras wachsen, das ist ja bekannt«, erwiderte Darenna giftig. »Nichts ist da, alles nur Phantasie und Schneegestöber. Statt die Ohren für Fußglöckchen zu schärfen, passen Sie lieber auf, was ich Ihnen zu sagen habe. Also nochmals: Sie unterwerfen sich meinen Weisungen, da Sie von Leontine dazu verpflichtet wurden?« Und, da Klinger nickte, mit einem Stecknadelblitzen seiner hellen Augen: »So erfahren Sie als erstes: Das Mädchen ist gar nicht meine Tochter!«

Klingers Haus

Den Elben hatte sein unfehlbares Ohr nicht getrogen. Es war in der Tat das Geklimper von Leontines Fußspange gewesen, was da zu hören war. Ahnungslos, wer dort drinnen über sie verhandelte, wollte sie bei beginnender Nacht auf die andere Seite des Grundes. Leichtfüßig lief sie bergab auf Wegen, die ihr auch im Dunkeln vertraut waren, überquerte den Grund und begann den Aufstieg zu Klingers verborgenem Haus.

Sie benutzte die alten schmalen Pfade, die noch von dem Schönen Volk selbst angelegt waren, Vertrauen von Haus zu Haus zu tragen: Stiegen und Treppen, Leitern und Gänge zwischen efeuüberwucherten Häusern und vergessenen Gärten. Jetzt verfielen diese Steige, Gras und Kraut überwucherten sie, die Stufen bröckelten, denn die Menschen gingen hier kaum noch. Sie hatten sich andere Straßen gebaut, die weder zu steil noch zu schmal waren, wenn sie mit ihren Autos kamen.

Von überallher vernahm sie ein feines Rieseln. Das waren die Quellen, die unterirdisch zu Tal flossen. Oben rauschten die Bäume, und von den Häusern der Menschen schimmerten hier und da Lichter durchs Geäst, klangen verwehte Stimmen.

Das Mädchen ging schnell und sicher. Sie kannte jeden lockeren Stein, jede Vertiefung im Boden, jede zerbrochene Stufe. Das Haus des Elben war auf allen Seiten von undurchdringlichen Hekken aus Dorngeträuch umgeben und verborgen hinter den hohen Bäumen eines Parks, der wie längst verlassen wirkte. Leontine fand den Durchschlupf, der nur ihr vertraut war, und eilte zu auf das wabenförmige, gleichsam wie aus der Erde erwachsene Gebilde inmitten von Lorbeer, Myrten und Oleander.

Um keine Bäume fällen zu müssen, hatte Klinger das Haus um sie herumbauen lassen. Zwei dicke Spitzeichen flankierten die Tür aus Bergkristall, und die Kronen der Linden, die aus dem Wohnzimmer wuchsen, überschatteten das Dach. Der Fußboden, wußte Leontine, bestand dort aus Rasen. Alles war dunkel, nur durch den Kristall der Tür schimmerte ein mattes Licht. Das Mädchen zögerte, dann drückte sie den Klingelknopf, ein heller Ton fuhr durch die Stille. Nichts regte sich.

Schon wollte sie sich zum Gehen wenden, als es im Innern des Hauses plötzlich zu läuten begann; ein zarter Glockenton wie von einer Spieluhr formte eine Melodie, ein Lied, das sie wohl kannte, dessen Worte waren: »Guten Abend, mein tausiger Schatz.« Leontine lächelte: »Schelm, willst du mich necken? Läßt du, wo du nicht daheim bist, irgendwelche Geisterchen musizieren? Und wohin bist du ausgeflogen?«

Antwortete von drinnen die nächste Musik: »Des Abends kann ich nicht schlafen gehn.«

»Ach«, sagte Leontine, »wer weiß, wen du besuchst. Ich kehre um. Hast du auch darauf eine Antwort?«

Gleich kam es: »Wo gehst du hin, du Stolze?«

»Ich glaube gar, das Haus selber redet mit mir in den Zungen der Lieder. Das ist ein artiges Vergnügen und, wenn du schon nicht da bist, ein besserer Zeitvertreib, als über den Büchern zu hocken, wie es mein Vater will. Was hast du noch zu sagen? Liebst du mich noch?«

Da klang das Geläute: »Du mein einzig Licht, die Lilj' und Ros' hat nicht, was an Farb' und Schein dir möcht ähnlich sein.«

Sie hielten noch eine Weile scherzhafte Zwiesprache, das Haus und das Mädchen, dann warf sie eine Kußhand gegen die klingende Wabe und ging. Als sie sich aber jenseits der Hecke noch einmal umdrehte, war da plötzlich kein Fenster, das nicht erleuchtet war, die Terrassen und Altane flammten im Glanz der Lampen, und das Dach glänzte golden durch die großen Bäume einen Abschiedsgruß. Lachend wandte sie sich ab und beschloß, die wundersame Bahn zu nehmen, um in den Grund zu gelangen.

Mit dieser Bahn hatte es seine Bewandtnis. Vor einem Jahrhundert war Exzellenz Darenna auf den Gedanken verfallen, den Menschen auf seiner Seite der Hügel den beschwerlichen Weg vom Grund zum Wald zu erleichtern. Er ersann ein kunstreiches Fahrwerk: zwei von Maschinen und Seilen gezogene Wagen, die wie Käfer am Rand eines Kruges die Steigung und Neigung gemächlich überwanden, so daß sich niemand mehr mit Lasten abzuquälen oder seine Füße zu strapazieren hatte, wenn er nicht wollte. Das Wunderwerk war so zuverlässig ersonnen, daß es bis zum heutigen Tag den Weg auf und ab lief. Um seinen Gang eben zu gestalten, hatte der Magier an zwei Stellen den Berg durchbohren und zu einem beleuchteten Schacht ausbauen lassen, durch den die Bahn zu kriechen hatte. Diese beiden Löcher im Berg aber erregten den Zorn des Elben, dem es unleidlich war, wenn im Innern der Erde gewühlt und das Unterste zuoberst gekehrt wurde. Er entsann sich seiner Kräfte und beschwor sie, um in kürzester Zeit auf seiner Seite der Hügel eine zweite Bahn zu errichten, die den Erfindungen Darennas spottete: denn wie von Geisterhand gezogen, schwebten seine Wagen an einem Gerüst frei über dem Boden dahin, lautlos, sanft und hoheitsvoll wie große Vögel in langsamem Gleiten, und von der Höhe des Berges gewann man einen Blick, der die Brust frei machte von Sorgen und das Herz erfreute. Es war die letzte große Herausforderung Klingers an die Exzellenz gewesen, von diesem weder vergessen noch verziehen.

Zu dem Ausblick lief jetzt Leontine, um sich zum Grund hinabtragen zu lassen, aber sie hatte vergessen, daß die Bahn zu so später Stunde nicht mehr fuhr. Es fiel ihr erst ein, als sie die Station still und dunkel daliegen sah. Sie trat an die Brüstung und warf einen Blick auf die lichterfunkelnde Stadt, dann wandte sie sich neugierig den großen Fenstern zu, hinter denen sich das Laufwerk der Maschinen befinden mußte. Aber sosehr sie auch die Nase an die Scheiben drückte, sie konnte nichts erkennen als große Baumkronen, die sich im Wind bewegten, und war nicht gewiß, ob es die Dinge darinnen waren, die sie sah, oder ob sich das Außen spiegelte.

Ich werde hinunterlaufen, dachte sie, und auf einem der Pfade, die ich noch nie beschritten habe, jene, die er mir nannte und die keines Menschen Fuß betrat, seit es diese Gefährte gibt. Während sie sich umwandte, regte sich etwas neben ihr, was sie bisher für einen Haufen Steine, mit einer Plane bedeckt, angesehen hatte. Das Wesen reckte und streckte sich im Sternenlicht, zeigte Tatzen, Schweif und Mähne und wurde zu einem schwarzen Löwen, der grollend die Lefzen hob.

»Fast hättest du mich erschreckt«, sagte Leontine vorwurfsvoll. »Hat dich jemand ausgeschickt, um etwas zu verhindern? Ich tue sowieso, was mir gefällt. Und nun geh beiseite, Onkelchen, und

schlaf schön, es ist spät.« Mit diesen Worten griff sie in die Mähne des mächtigen Tiers und schob und zog es von ihrem Weg, als sei es ein Hündchen. Hinter ihr röhrte es in die Nacht.

Der Pfad, der sie abwärts führen sollte, war fast zugewachsen, sie fand zunächst nicht den Eingang im Fliedergebüsch, aber dann sah sie ein verwittertes Schild, es trug in blaß leuchtenden Buchstaben die Aufschrift: Venusweg. Steil ging der schmale, gepflasterte Steig nach unten. Die Wasser rauschten lauter, und aus der Dunkelheit erhob sich ein kalter Windstoß, der die Wipfel der Bäume tief herabbog. Das Mädchen schauerte und sagte: »Vielleicht hatte Onkel Leo recht mit seiner Warnung?« Aber dann schritt sie vorwärts, obgleich ihr Fuß nicht wußte, was er ertastete, und alsbald wurde ihr das Vertrauen gelohnt; es wurde heller, der Wind ließ nach, sanfte Wärme und Geborgenheit umfingen sie, und ihr war, als raune die beschwörende Stimme, die sie so gut kannte, dicht neben ihren Ohren Liebeslieder.

Wie auf Flügeln lief Leontine abwärts, es trug sie, und so zwischen Verweilenwollen und Entfliehenmüssen war sie ganz selig und ganz wehmutsvoll.

Der Gang wollte kein Ende nehmen, und wer weiß, ob nicht ihr Wunsch diesen Weg ins Endlose gedehnt hätte, wäre nicht auf einmal ein anderer Klang zu ihr gedrungen. Tiefer unten spielte jemand Klavier. Es war jene Sonate, die sie von ihrer Mutter kannte. Blaß lief sie dem Ausgang zu.

Von mancherlei Verwandlungen

»Was sagen Sie da?« rief Klinger, sprang auf, beherrschte sich aber sofort wieder und nahm seinen Sessel ein.

»Wenn Sie das gewußt hätten«, mutmaßte Darenna boshaft, »hätten Sie wohl nicht so leichtsinnig mit dem Versprechen herumgeschmissen, meinen Anordnungen zu folgen, wie?« Der andere würdigte diesen Ausfall keiner Entgegnung und schloß scheinbar gelangweilt die Augen. »Nun denn«, sagte die Exzellenz mit einem Anflug ironischer Liebenswürdigkeit, »ich will Sie nicht länger auf die Folter spannen, mein Teuerster, als Sie's verdienen. Die reine Wahrheit ist jedenfalls, daß mir das Mädchen in der Nacht des großes Brandes, als Feuer vom Himmel auf die Stadt fiel, geschenkt wurde.«

»Erwarten Sie nicht, daß ich Ihnen Glauben schenke«, unterbrach Klinger ihn, »wenn Ihre Erfindungen so plump ausfallen. Möglich, daß ich nicht rechnen kann, aber wir hatten uns gerade darauf geeinigt, daß Leontine siebzehn Jahre ist. Sogar ich weiß, daß die Nacht des großen Brandes vier Jahrzehnte zurückliegt.«

»Mit dem Glauben können Sie es halten, wie Sie wollen«, schnarrte der Magier. »Ich erwarte nur, daß Sie mich anhören. – In der Nacht des großen Brandes, mit dem man mich, wie Sie sicher wissen, so oder so in Verbindung bringt . . .«, er warf einen Stecknadelblick zu dem anderen, aber in dessen Zügen rührte sich nichts, »in jener Nacht also standen viele meiner Adepten am Ufer des Stromes, um jenen Hilfe zu leisten, die sich aus der Stadt vor der Vernichtung hatten über das Wasser retten können und nun halb erstarrt und ganz verzweifelt bei uns antrieben. Inmitten des entsetzlichen Treibguts gewahrten sie eine Eisscholle, auf der etwas Dunkles lag und wimmerte. Mit ihren langen Haken lenkten sie deshalb die Beute an Land, in der Meinung, es handle sich um ein Kind oder einen Verletzten. Wie groß war aber ihr Erstaunen, als sich das Dunkle als ein großes Nest aus Rauten und Lorbeerzweigen entpuppte, in dem auf ein paar zerknüllten Purpurschärpen ein maunzendes Löwenjunges hockte, mit vor Angst gesträubtem Fell und weit aufgerissenem Schnäuzchen.

Man brachte den merkwürdigen Fang zu mir. Ich verbrannte das dumme Nest samt den nutzlosen Lumpen und entschloß mich, das kleine Löwenweibchen aufzuziehen. Ich nannte es Leontine. Sie werden begreifen, verehrter Herr Klinger, daß einem Mann wie mir die Arbeit mit der toten Materie näherliegt als die mit dem lebenden Objekt. Aber trotzdem hatte ich es mir in den Kopf gesetzt, diesen seltsamen Fund eigenhändig zu versorgen. Irgendwie – ehüm – lag mir etwas daran. Ob es nun meine mangelnde Kenntnis auf diesem Sektor war oder andere Imponderabilien – kurzum, die kleine Löwin gedieh prächtig, entwickelte Neigung, Temperament, Leidenschaften und Intelligenz, war gelehrig und reizend. Aber sie wuchs nicht.

Das ging so Jahre um Jahre, und alles in meiner Umgebung hatte sich daran gewöhnt, daß das Löwenfräulein so handlich und niedlich bleiben würde. Da fanden wir zu unserer Trauer eines Morgens Leontine regungslos auf ihrem Lager. Es zeigte sich jedoch, daß sie nicht tot war, ihr Herz schlug langsam, aber gleichmäßig, ihre Glieder erstarrten nicht und wurden nicht völlig kalt. Sie schien in eine Art Winterschlaf verfallen zu sein, einen Zustand, der, wie sich herausstellte, der Verkapselung einer Raupe nahe kam.

Der Winter ging ins Land, der Sommer brachte Sonnengluten und dürre Felder, es war sehr heiß in jenem August vor siebzehn Jahren.«

Der Magier machte eine Pause, um seinem inneren Feuer mit einem Schluck gebrannten Wassers aufzuhelfen. Seine Augen glänzten, offenbar erinnerte er sich gern jenes glühenden Sommers.

Klinger zog ein nachdenkliches Gesicht. Mehr zu sich selbst murmelte er halblaut: »In jenem Winter sang ich das erste Mal auf der anderen Seite des atlantischen Wassers. Die große Stadt behinderte mich am Fliegen, die Wände des Hotelzimmers schienen auf mich einzudringen, ich war sehr traurig. Als der Sommer kam, war ich noch immer dort, und die geliebte Sphinx stand vor meinen Augen eindringlicher denn je. All meine Sehnsucht versammelte sich in ihr, ich liebte brennend, sie war die Stadt, der Strom, die Hügel, zu denen ich zurückkehre, seit mein Volk hier die erste Rebe pflanzte . . .«

Darenna beachtete den Einwurf nicht. Er fuhr fort: »An einem dieser schönen heißen Augustmorgen rief uns ein dünnes Quäken zum Löwenlager. Von der Katze keine Spur. Statt dessen zappelte dort ein Säugling, nackt und bloß und auf ein Löwenfell gebettet. Es war ein hübsches und gesundes Mädchen – eben Leontine, die ich sofort an Kindes Statt annahm und die all jene Hoffnungen, die ich durch dreiundzwanzig Jahre in die kleine Löwin gesetzt hatte, auf die schönste Weise übertraf. Nun, Sie kennen das Mädchen ja. Ob Sie diese Geschichte glauben oder nicht, Herr Klinger, das bleibt Ihre Sache. Jedenfalls haben sich meine väterlichen Rechte durch den geänderten Sachverhalt nicht geschmälert.«

»Wahrhaftig nicht«, sagte Klinger leise. »Vieles an dieser seltsamen Geschichte berührt mich auf eine Weise, als müsse es wahr sein. Wie dem auch sei – Leontine hat Sie angenommen. Ich erwarte Ihre Weisungen.«

»Wohl, wohl«, krähte der Magier genüßlich, und einer seiner schnellen Blicke fuhr unter den buschigen Brauen hervor. »Springen wir denn mitten hinein ins Vergnügen.«

Eine kleine Abmachung

»Die Eigenschaft, die ich an einem künftigen – ehüm – Schwiegersohn (den ich mir ja nicht ausgesucht habe) völlig unleidlich finde, ist das, was Sie selbst so freundlich als Ihre Vergeßlichkeit, kritischere Gemüter aber eher als Ihren Leichtsinn und Ihre Treulosigkeit bezeichnen. Bitte unterbrechen Sie mich nicht. Ich ahne, daß Leontine ähnlich empfindet, hätte sie Sie sonst wohl zu mir geschickt? Es gilt also zunächst, Sie für Ihren Dienst zu markieren, damit Sie nichts vergessen. Deshalb werde ich Sie brandmarken mit dem Flammenzeichen, in dem ich und Leontine sich vereinen. Seien Sie so gütig, Ihr Hemd aufzuknöpfen.«

Das erste Mal während dieses Gesprächs verlor der Elb seine Fassung. Er rang nach Atem. »Soll ich mich gleich einem Sklaven zeichnen lassen, ich, Tar-Ciryatan, ein Fürst und Großer unter den Erstgeborenen? Welch ein kleinlicher und niedriger Gedanke, Darenna, wahrhaft entsprechend Ihrer Gesinnung!«

Der andere zuckte die Achseln. »Ich sehe schon«, krächzte er, »daß es weit bequemer ist, zu behaupten, man trage Leontine im Herzen, als sie offenkundig über dem Herzen zu tragen. Welch ein Getue aus Eitelkeit! Habe ich Ihnen etwa zugemutet, ein Mal auf der Stirn spazierenzuführen oder Ihnen die Handgelenke im Kettenmuster zu tätowieren? Es geht um Ihr Herz, und wenn Sie fragen, ob es schmerzt: Ja, es schmerzt, mein empfindsamer Held aus einem Volk, das sich nicht zum Leid geschaffen glaubt, es schmerzt, wenn ich es anbringe, und es wird stets zu spüren sein, ein leichtes Brennen, als habe man Sie mit Nesseln gestreichelt, und nun mögen Sie empfangen oder mein Haus verlassen.«

Schweigend öffnete Klinger die Knöpfe seines Seidenhemds. »Ist es für immer?« fragte er leise.

»Es vergeht, sobald die Prüfung bestanden oder sonstwie beendet wurde«, sagte Darenna sachlich. »Halten Sie still.« Er beugte sich vor und hauchte einmal kurz über die Haut des anderen. Klinger ächzte. Über seinem Herzen erschien ein glühendrotes Mal in Gestalt einer Flamme, tief eingegraben, dunkel umrandet. »Das Dunkle ist nur Ruß«, bemerkte der Magier gelassen, »Sie können es wegwaschen. Noch ein Glas Quellwasser gefällig?« Ohne eine Antwort abzuwarten, füllte er Klingers Becher erneut, und der trank in langen Zügen. Indessen fuhr der Magier ungerührt fort: »Zum zweiten habe ich vor, Ihnen für die Zeit Ihrer Prüfung einen Wächter beizugeben, der dafür sorgen wird, daß Ihre Vergeßlichkeit Ihnen keinen Streich spielt. Trotz eines gelinden Brennens über dem Herzen kann man sehr wohl imstande sein, tief in ein Paar schöne Augen zu blicken, die nicht Leontine gehören, und falls man wirklich so weit kommt, das Mal zu präsentieren, findet sich wohl auch eine glaubhafte Erklärung. Zu Ihrem Besten will ich Sie behüten lassen. Sind Sie einverstanden?«

»Ja, wenn ich weiß, wer der Hüter sein wird«, erwiderte Klinger, der sich inzwischen erholt hatte.

»Kein Hüter«, gab die Exzellenz trocken zurück, »vielmehr eine Hüterin. Damen sind in der Hinsicht unbestechlich. Ich habe für Sie ein Drachenweibchen vorgesehen.«

Der andere vergaß, den Mund zuzumachen. »Ein Drachenweibchen?« wiederholte er tieftraurig. »Und wenn ich nicht pariere, werde ich gefressen, ja?«

»Damit wäre niemandem gedient«, erwiderte Darenna pedantisch. »Ein kleiner Feuerstoß ist alles, was Sie zu erwarten hätten, ähnlich dem eben, nur ohne sichtbare Folgen für Sie oder die jeweilige Dame. Falls es so weit kommt. Drachen sind sehr wachsam und haben einen hohen Abschreckungswert.«

»Das will ich Ihnen glauben! Ein Drachenweibchen, wie grauslich! Außerdem, beim besten Willen, Exzellenz, es geht nicht. Man nimmt mir ja einiges an Launen ab, aber ich wage mir nicht vorzustellen, was für ein Tumult losgeht, wenn ich in Wien, in Milano, in London mit einem Drachen auftauche! Und wie bekomme ich das Monster ins Auto, ins Flugzeug, gar ins Hotelzimmer? Sie wollen mich ruinieren.« Er sah deprimiert vor sich hin. »Und die Ernährungsfrage? Was frißt so ein Ungeheuer? Jungfrauenfleisch, wenn ich mich recht erinnere.«

Der Magier schüttelte mißbilligend den Kopf. »Daß Sie einen nie zu Ende anhören können, immer voreilig Schlußfolgerungen ziehen! Bin ich denn ein Narr oder ein Wahnsinniger, daß ich nicht weiß, was ich tue?« Er lächelte eitel. »Wenn ich vorhin sagte, meine Erfahrungen mit der Aufzucht lebender Objekte seien begrenzt, so trifft das nur auf konventionelle Tiere zu. Mit sogenannten Fabelwesen habe ich in der letzten Zeit sehr erfolgreich experimentiert und kann Ihnen so ein Modell zur Verfügung stellen, das sich durch ästhetische Formgebung, gute Manieren und handliche Gestalt auszeichnet. Was die Futterfrage angeht, so sind wir aus den barbarischen Zeiten, von denen Sie reden, natürlich hinaus. Meine Drachen fressen nur Gehacktes, stellen allerdings hohe Ansprüche an die Frische und Qualität ihrer Nahrung. Außerdem verfügen sie über die Fähigkeit des Gestaltwechsels (Modell Chamäleon) und können ihre Größe reduzieren, bis sie bequem in jede Kollegtasche passen.«

»Was Sie nicht sagen!« rief der andere. »Wie groß wäre mein Modell denn im Normalzustand?«

»Armlang etwa«, entgegnete Darenna stolz.

»Und verkleinert?«

Der Magier, enthusiastisch beschwingt von der Darstellung seiner gelungenen Züchtung, krähte: »*So* klein!« Und plötzlich krabbelte statt seiner ein Feuersalamander über den Boden.

Klingers Augen glänzten. »Ach, das hübsche Tierchen, dergleichen sollte man festhalten!« rief er und wollte schnell zupacken, um die Echse zu fangen, aber Darenna war schneller. Er stand schon wieder in seiner eigentlichen Gestalt da und schnarrte höhnisch: »Ei, Herr Elb, sieht so Ihr Versprechen aus, sich mir in allen Dingen zu unterwerfen? Ein feines Beispiel für Treue und Zuverlässigkeit wollten Sie eben liefern!«

»Sie haben recht«, entgegnete Klinger beschämt, »aber die Versuchung war allzu groß. Seien Sie gnädig, Exzellenz, verschweigen Sie meinen Fehltritt vor Leontine.«

»Das wäre ohnehin noch zu klären«, bemerkte der Magier kühl. »Eine Voraussetzung für diese ganze Sache ist, daß das Mädchen nichts von dem erfährt, was wir abgemacht haben, ja daß sie selbst im ungewissen darüber bleibt, ob Sie mich jemals aufgesucht haben. Frauen sind mitleidige Wesen, so eine Prüfung wäre null und nichtig. Aber nach diesem Vorfall halte ich es doch für besser, wenn wir unsere Abmachung schriftlich fixieren. Auch müßten Sie für das kostbare Drachenweibchen einen Versorgungsvertrag unterzeichnen, damit ich sichergehe, dem Tier stößt bei Ihnen nichts zu.«

Er drückte einen der Knöpfe. Aus dem Boden kam lautlos eine zierliche Schreibmaschine, der Darenna die Vertragspunkte in die Tasten diktierte, während Klinger unruhig im Raum auf und ab ging.

»Noch etwas«, sagte der Magier nach der Unterzeichnung. »Es ist mir nicht gelungen, diesen Wesen ihre angeborene Neigung zu Geld und Gold ganz abzuzüchten. Wenn Sie Ihrem Tierchen also etwas Gutes tun wollen, verwöhnen Sie es in dieser Hinsicht. Es fällt Ihnen ja wohl nicht schwer; wie man hört, sind Sie mit Gütern dieser Art reichlich gesegnet.« Er kicherte: »Soweit die Vorbedingungen.«

»Vorbedingungen?«

»Nun ja, Teuerster. Das Ende Ihrer Prüfungszeit wird Ihnen dann Leontine selbst nennen und auch das, was sie von Ihnen verlangen wird. Das wird das Wichtigste sein. Ich kenne es selbst nicht.«

»Aber«, sagte der andere entsetzt, »so schwebe ich ja völlig im ungewissen!«

»Im allgemeinen ergeht es niemandem mit Ihnen besser«, krächzte Darenna schadenfroh und erhob sich, nun wieder als alter Mann in der Strickjacke. »Ich darf Sie zur Tür bringen, Verehrter. Ihre Hüterin wird Sie bereits zu Haus erwarten.«

Schweigend gingen die beiden durch den Garten. Als sie an der silbrigen Kugel des Observatoriums vorbeikamen, überfiel den Elben die Spottlust, und er sagte lachend: »Sehen Sie sich nur vor, Exzellenz, daß Sie nicht einmal eine alte Straßenlaterne als einen neuen Stern anvisieren! Was für Brillen und Rohre Euresgleichen benötigt! Ich schaue die Tänze der Planeten an mit diesen meinen Augen, und wahrlich, ich sehe mehr als Ihr.«

»Vielleicht kommen Sie eines Tages hierher zurück und reden anders«, quäkte Darenna.

Klinger trug jetzt wieder den dunklen Mantel und den Kranz. »Auf den Tag magst du warten, Feuersalamander«, sprach er hochmütig, »der Tar-Ciryatan wieder auf diesen Teil der Hügel und in deine Gewalt bringt. Allzuviel erdulde ich um Liebe. Lebe wohl.«

Er verschwand, wie er gekommen war, in den Rhododendren. Der alte Mann starrte ihm nach in die Finsternis. Über dem Tal erstrahlte in weißem Lichte Venus am Himmel.

Regenmacher

Seine Exzellenz kümmerte sich noch ein bißchen um die glosenden Reste des Feuers, lehnte den Rechen an die Mauer, knöpfte die Strickjacke fest über dem Bäuchlein zu und begab sich dann ins Innere der silbernen Kugel, um, wie jeden Abend, die Konstellation der Sterne zu beobachten. Lange stand er, das Auge gegen das Okular seines großen Fernrohrs gepreßt, drehte an Schräubchen, bewegte Rädchen, versenkte sich in Rechenaufgaben, die er einer Maschine, nicht größer als ein Schmuckkästchen, zur Lösung anvertraute. Das Gerät mit den vielen Knöpfen gab ihm unverzüglich die Antworten, die er erwartete, und mit den wehenden Papierstreifen, auf denen die Berechnungen notiert waren, begab er sich erneut an sein Teleskop.

»Zeit, das Töchterchen heimzuholen«, murmelte er dann und trat zu einer Vorrichtung, die sich in der Glas- und Chromwelt seines Observatoriums recht bizarr ausnahm: Es waren ein paar schöngeformte Gläser mit geschwungenem Rand, die im Kreis angeordnet standen um eine Vedute, einen Kupferstich, der die Stadt abgebildet zeigte von einem jener erhöhten Punkte aus, auf denen Darennas Haus stand. In das alte Bild der Stadt aber waren mit feinen weißen Linien all die Dinge eingeätzt, die sich seitdem verändert hatten, ja, kein Haus, das neu hinzugekommen war, fehlte, und die Lücken vom großen Brand waren mit Sorgfalt eingetragen. An verschiedenen Punkten steckten silberne Nadeln aufrecht im Papier, haarfein untereinander verbunden.

Der alte Mann löschte alle Lichter im Raum und hauchte über die gläsernen Kelche hin, da entbrannte in jedem von ihnen ein sanftes grünliches Feuer und rauschte und sang, und ein Flackern von Licht und Schatten sprang über die Vedute hin. Der Magier führte seinen Zeigefinger behutsam über das Bild, woraufhin einige der silbernen Nadeln zu vibrieren begannen. Nicht lange, und es flogen Funken hin und her von Nadelspitze zu Nadelspitze, und die sie verbindenden Fäden begannen zu glimmen und zu züngeln, als seien es Lunten.

In kompliziertem Zickzack, als folgten sie einem unsichtbaren Strickmuster, fuhren die Hände Darennas jetzt über das flakkernde Gewirr.

Dann warf er einen Blick aus dem Fenster und lächelte befriedigt, als er ein wildes Wetterleuchten über der Stadt gewahrte. Mit gebietender Geste streckte er seine Hand nach den Gläsern aus. Da erlosch alles mit einem Schlage.

Die ersten Regentropfen fielen, als die Exzellenz noch einmal den Garten durchquerte. Er ging zu Bett. Da hörte er Leontines Fußkettchen auf dem Gang.

Gehacktes für Donna

Elben sind nun mal Elben.

Als Klinger sich seinem Haus näherte, mit nachtwachen Sinnen die Spuren Leontines wahrnahm, ihre Fußtritte im Gras, ein Fädchen ihres Haars im Gebüsch hängend, den Duft ihres Zeigefingers am Klingelknopf, vergaß er den angekündigten Tugendwächter und betrat sein Haus in einem Taumel seliger Ekstase, in der Hoffnung, das Mädchen habe ihm eine Botschaft hinterlassen. Beschwingt öffnete er die Zimmertür und sah zu seiner größten Verblüffung eine zweibeinige smaragdgrüne Echse von der Größe eines zehnjährigen Kindes mit elegant gekreuzten Beinen an den Flügel gelehnt, den schuppigen Schwanz, der von inkrustierten Brillanten glitzerte, wie eine Schleppe über dem Arm.

»Was zum Geier ist denn das?« rief er, und da erst fiel ihm ein, daß Darenna ja erklärt hatte, die Hüterin würde ihn schon erwarten. Überwältigt ließ er sich auf den Klavierhocker sinken, während das Wesen einmal kurz die gespaltene Zunge hervorschießen ließ und dann zwar lispelnd, zischelnd und kreischend, aber recht verständlich sagte: »Guten Abend, Herr Klinger. Mit einer Empfehlung von Seiner Exzellenz, ich bin Iguanadonna Saurischia, zu Ihren Diensten.«

»Den Namen soll ich mir merken?« murmelte der Sänger und hob unwillkürlich die Hände an die Ohren, denn er war höchst empfindlich gegen Gekreisch.

»Sie können ihn ja abkürzen«, schlug das Drachenweibchen vor.

Klinger hatte sich inzwischen so weit gefaßt, daß er aufstand und das kleine Monster von nahem betrachtete. Darenna hatte nicht gelogen, es war ein zierliches Ungeheuer. Sein brauner Bauch hob sich in hübschem Farbkontrast vom Grün des Panzerkleides ab, die Lefzen waren weich und rosig, die ausgesprochen schönen Augen dunkel umrandet wie die von Sophia Loren. Vom Kopf zum Nacken zog sich ein scharf gezackter Kamm, dessen Spitzen vergoldet waren. Die gepflegten Vorderpfoten sahen fast wie Menschenhände aus, und die Fingernägel waren sorgfältig rot lackiert, bis auf den Daumen; der war kein Daumen, sondern ein Stachel.

Während der Musterung schlug die kleine Drachenfrau kokett die Augen nieder. Klingers guter Humor siegte bei diesem Lidschlag über seine Verärgerung, und er begann zu lachen. »Du bist ja ein süßes Mädchen«, rief er, »darf ich dich auch mal anfassen?«

Die Drächin nickte schamhaft. Er fand ihre Außenseite rauh, scharf und kalt, den weichen Bauch aber warm und glatt. Als er die Flanke berührte, kicherte sie, und er zog schnell die Hand zurück.

»Wie war doch dein Name«, fragte er, und sie wiederholte: »Iguanadonna Saurischia.«

»Ich werde dich Donna nennen«, entschied er, »aber um eins bitte ich dich: Sprich leise, leise! Deine Stimme ist wirklich abscheulich. Und in gutem Geruch stehst du auch nicht gerade, Pech und Schwefel ist nicht unbedingt mein Fall. Ich werde dir ein französisches Parfüm besorgen, mein Tierchen. Gut, du bist nun also da. Was soll als nächstes passieren?«

Bemüht, ihre Stimme zum Flüstern zu dämpfen, lispelte die Drächin: »Abendessen.«

»Das ist recht und billig«, sagte der Sänger. »Gehacktes, wie?«

Donna nickte.

»Hoffentlich treibe ich das auf. Schließlich war ich nicht auf dich vorbereitet, meine Schöne.«

Im Kühlschrank war nichts dergleichen. Aber in der Tiefkühltruhe entdeckte er nach längerem Suchen ein Päckchen Schabefleisch. »Es wird wohl nichts werden mit deinem Abendessen, Kleine«, bemerkte er. »Das ist frühestens morgen aufgetaut.«

Donna schüttelte das schuppenbewehrte Haupt, legte das Paket auf die Herdplatte, hielt sich die Kralle vor das eine Nasenloch und schnob aus dem anderen kurz über das Fleisch hin. Die Folie schmolz wie im Ofen. Das Fleisch taute in fünf Sekunden völlig auf und ging an einer Seite bereits in den Zustand des Gebratenseins über.

»Prächtig«, sagte Klinger, dem ein bißchen beengt zumute war ob dieser Leistung. »Mit dir kann man den Herd einsparen.«

Unterdessen machte sich das Drachenweibchen in seiner Küche zu schaffen, als sei es da schon jahrelang heimisch, deckte den Tisch mit zwei Bestecken, aber nur einem Teller, tat auf diesen das Gehackte und sah seinen Herrn und Gefangenen erwartungsvoll an. Er begriff, bot Donna den Arm und führte sie zum Platz, rückte den Stuhl, setzte sich daneben. Sie begann manierlich mit Messer und Gabel zu essen, nicht ohne ihn wiederholt aufzufordern, sich an ihrem Mahl zu beteiligen, und er mußte mehrfach erklären, daß er so spät nichts äße.

»Eigentlich ist es gegen den Kontrakt«, sagte die Drächin mit einem Anflug von Strenge, und da Klinger fragend die Augenbrauen hochzog: »Wissen Sie denn nicht, daß Sie die Variante Froschkönig unterschrieben haben – natürlich bis aufs An-die-Wand-Werfen?« Sie kicherte geziert.

Der Elb sah vor sich hin. »Eine verdammte Angewohnheit, Verträge zu unterzeichnen, ohne sie durchzulesen«, murmelte er. Und zu Donna: »Das Kleingedruckte, was?« Er lächelte grimmig, und sie schlug wieder die Augen nieder. Bei dem Gedanken daran, das süße Ungeheuerchen neben sich auf dem Kopfkissen zu haben, war ihm gar nicht wohl, denn abgesehen von anderen Unannehmlichkeiten – was, wenn die Drachendame im Traum ihre gute Erziehung vergaß und ihn einfach unfachiert, ohne Pfeffer und Salz verschluckte? Er sann auf Änderung.

Nach dem Essen plauderte er heiter und schmeichelnd mit dem artigen Monster, und eingedenk des Hinweises, daß Drachen Gold und Geld lieben, versprach er ihm, gleich beim nächsten Gastspiel in einer der reichen Hauptstädte der Welt einen schönen Schmuck zu kaufen, wie es ihn sich selbst aussuchen würde. Kurz und gut, noch keine Stunde später hatte er dem Geschöpfchen durch Freundlichkeit so weit den Kopf verdreht, daß es ein leichtes war, es zu überreden, statt im Bett im Vorzimmer zu schlafen, den Kopf auf der Brieftasche.

Kurz vor dem Zubettgehen eröffnete ihm das perfekte Tier noch, es könne auch Auto fahren und Klavier spielen und stünde seinem Gebieter mit allen Künsten zur Verfügung.

»Natürlich, Exzellenz denkt an alles«, bemerkte Klinger trocken und schloß mit einem Aufatmen die Tür seines Schlafzimmers, wo er, mit sich allein, die Lage überdenken konnte.

Auf seiner Brust brannte das Feuerzeichen in einem zugleich süßen und zehrenden Schmerz. So befand er sich nun also, Leontine im Herzen und einen Drachen im Haus! Ihm war klar, daß Donna ihm in Zukunft kaum einen Schritt allein zu tun erlauben würde. Selbst wenn sie bis über ihre beiden Echsenohren in ihn verliebt war – und es schien nicht allzu schwer zu sein, sie dahin zu bringen –, würde das ihre Wach-Instinkte eher noch schärfen und sie keineswegs nachsichtiger gegen ihn machen. Ja, es war sogar denkbar (hier fuhr er im Bett auf, und eine Falte des Unmuts zeigte sich zwischen seinen Brauen), daß die Drächin ihre eifersüchtige Wachsamkeit auch auf Leontine ausdehnen würde. Beunruhigt griff Klinger nach dem Mal auf seiner Haut. Es brannte stärker als zuvor.

Das war Darenna zuzutrauen! Warum sollte er die Hüterin darauf abgerichtet haben, eine Ausnahme gelten zu lassen? Sicherlich saß er jetzt drüben und lachte sich ins Fäustchen über den leichtgläubigen Elben, der ihm so töricht in die Falle getappt war! Zorn stieg in ihm auf. Aber hatte er sich nicht freiwillig dieser Prüfung unterworfen? Es galt zu dulden und standzuhalten, es galt zu beweisen, daß auch ein Elb fähig war, Treue zu bewahren.

Aufseufzend ließ er sich zurückfallen. Wir werden sehen! dachte er. Außerdem mußte er sich eingestehen, daß er sich im Augenblick gar nicht unbedingt von der Drächin trennen wollte. Er fand sie aufregend und ungeheuer belustigend und war neugierig auf weitere Ereignisse.

Immerhin beschloß er, morgen nicht nur frisches Gehacktes zu besorgen, sondern Donna auch unauffällig auszuforschen, ob sie im Fall Leontine abweichende Instruktionen habe.

Den Namen des Löwenmädchens auf den Lippen, schlief er ein.

Eine Sonate von Muzio Clementi

Kaum hatte Leontine den Venusweg verlassen und war die letzten Stufen heruntergesprungen, als sich der Wind wieder erhob, nach der warmen Windstille dort drinnen heftig, jäh, bösartig. Die Baumzweige schlugen hinter ihr her, als seien sie Ruten in den Händen dunkler Geister, Staub wirbelte ihr in die Augen.

Nur wenige Schritte entfernt sah sie ein Fenster, hell erleuchtetes Viereck, und aus ihm klang nah und klar das Klavierstück, die Sonate von Muzio Clementi. Hinter der Gardine aus altmodischer Häkelspitze zeichnete sich der bewegte Schattenriß der spielenden Frau ab, ein zartes Profil, umflossen von kurzem glattem Haar. Leontine öffnete den Mund, um »Mutter« zu rufen, aber ein zweiter, noch wilderer Windstoß riß ihr das Wort von den Lippen und verklebte ihr Nase und Augen mit Sand.

Halb blind, stürzte sie vorwärts, als mit gellendem Hupen eine dunkle Masse um die Ecke kam und so dicht an ihr vorbeiraste, daß ihr Kleid gestreift wurde. Sie war, ohne es zu merken, auf die Fahrstraße geraten. Entgeistert starrte sie dem Bus nach, der seltsamerweise ohne Licht in die Nacht hineinsauste. Als sie ihre Augen wieder auf das wundersame Fenster heften wollte, war das Licht erloschen, die Musik verstummt, und in der immer dichter werdenden Finsternis schien es, als sei in der Wand da drüben überhaupt kein Fenster vorhanden.

Andere Autos, die Straße in Licht tauchend, jagten an Leontine vorbei, talwärts, als sei es notwendig, noch vor Beginn des Gewitters irgendwo anzukommen. Blitze zuckten über den Hügeln. Blind von Staub und aufsteigenden Tränen, durchquerte das Mädchen den Grund. Sie verschmähte die Bahn Darennas, die auch zu dieser Stunde noch käfergleich den Berg hinaufkroch, und eilte aufwärts auf einem jener alten Elbenpfade, die der Magier geglättet und verbreitert hatte und die nun rechts und links von schönen Landhäusern gesäumt wurden, ehemalige Weinberge zu rasenbedeckten Parkterrassen verwandelt.

Auf halber Höhe der Hügel begann endlich der Regen. Aber das Gewitter kam nicht näher, es stand über der Stadt. Leontine kehrte sich um und sah zurück. Große pfirsichfarbene Blitze zerteilten den Himmel. Die Windstöße jagten ihr das Regenwasser über Gesicht und Leib.

»Ach«, rief sie und stützte ihre Hände auf die Brüstung einer Mauer, »wie kann man nur so glücklich und unglücklich sein zur gleichen Zeit!« Und fühlte, wie unter ihren Händen der feuchte und noch tageswarme Sandstein zu leben begann, sich wölbte, struppigweich wurde, dann vernahm sie ein Knurren, und zu ihren Füßen dehnte sich erneut eine Löwengestalt. Lautlos glitt es links und rechts heran, schmiegten sich drei, vier große Raubkatzen zu ihren Füßen.

Leontine mußte unter Tränen lachen. »Meine lieben Tiere«, flüsterte sie und kraulte die schwarzen und sandfarbenen Mähnen, »die ihr mich begleitet, seit ich denken kann, immer zur Stelle seid, als wolltet ihr mir etwas sagen, was ich doch nicht begreife, um meine Wege streicht, als wäret ihr Gesandte von irgendwoher – liebe Onkel und Tantchen, wißt ihr denn nicht, daß ich, selbst wenn ich eure Sprache und eure Warnungen verstehen würde, euch doch nicht folgte? Ich bin ein ungehorsames Löwenkind, den Menschen verbunden, willens, mit ihnen zu sein. Aber verlaßt mich nicht, ich liebe euch.«

Vom Talgrund her waren Schritte zu hören. Ein einsamer Passant kam den Weg herauf, den Kragen hochgeschlagen. Gerade als er die Augen hob, erhellte ein Blitz die Gruppe: das Mädchen zwischen den steinernen Bildwerken eines Gartentors, die Hände an deren Mähnen gelegt.

»Donnerwetter«, sagte er, »jetzt habe ich aber einen Schreck gekriegt. Ich dachte schon, die Löwen wären echt. Sie werden sich erkälten, Fräuleinchen, so ohne Schirm und Mantel.« Leontine lächelte. »Wohl verliebt?« mutmaßte der nächtliche Wanderer.

»Verliebt bis zum Sterben«, erwiderte sie.

Die Schritte entfernten sich, aber die Löwen blieben nun reglos. Von unten kamen wieder halb verwehte Klänge: Muzio Clementi.

Drachenkünste

Das Läuten des Telefons weckte Klinger. Schlaftrunken griff er neben sich und nahm den Hörer ans Ohr. Es war die Stimme Leontines, die ihm entgegentönte, und sogleich begann das Mal über seinem Herzen zu brennen, selige Wachheit durchdrang seine Glieder und verjagte die Müdigkeit.

»Wo bist du gewesen gestern in der Nacht?« fragte das Mädchen.

»Wo ich war, das kann ich dir nicht sagen, meine Löwin«, erwiderte der Sänger zärtlich, »es soll dir genug sein, daß ich an dich gedacht habe. Du aber – warum konntest du nicht warten? Die Wiese trug noch deinen Tritt, mein Haus plauderte aus, wie ihr miteinander gescherzt hattet, und zitterte vom Echo deines Lachens, die Wände atmeten deinen Duft – komm zu mir!« Bei den letzten Worten warf er einen besorgten Blick zur Schlafzimmertür, war er sich doch nicht sicher, ob ein solcher Wunsch Iguanadonna nicht schon zum Kochen bringen würde und der kleine Feuerstoß in Vorbereitung war.

»Ich kann nicht«, tönte es am anderen Ende der Leitung (gleichzeitig zur Betrübnis und Erleichterung des Elben), »und ich konnte auch nicht warten. Ich ging den Venusweg hinunter . . .«

»Den Venusweg?« rief Klinger. »Du mein süßestes Mädchen!« (Hier zitierte er eines der Musikwerke, mit denen er umging, dergleichen merkte er nicht mehr.) »Und ich war nicht bei dir!«

»Es geschahen seltsame Dinge«, erwiderte das Mädchen, »von denen ich dir irgendwann berichten muß, später. Aber als das Gewitter kam, lief ich nach Haus.«

»Was für ein Gewitter?« fragte Klinger verblüfft.

»Es stand ein großes Gewitter über der Stadt.«

»Ich fühle jedes Gewitter. Die Nacht war klar und ruhig.«

Einen Augenblick herrschte Stille. Dann sagte Leontine: »Norman, was habe ich dir getan, daß du mich anlügst?«

»Warum sollte ich?« rief der Sänger fassungslos.

»Das weiß ich nicht, aber du tust es. Dort, wo du warst, gab es kein Gewitter, das mag sein. Nur warst du dann nicht hier. Du mußt es mir ja auch nicht sagen.«

In der Leitung war ein leises Knacken zu hören. Leontine hatte aufgelegt. Klinger wollte sofort zurückrufen, aber ein Blick auf die Uhr machte ihm klar, daß es zwecklos war, sie befand sich schon auf dem Weg in ihre Schule. Seufzend lehnte er sich zurück. Was für ein seltsames Mißverständnis war das nur? Warum bestand sie darauf, es habe ein Gewitter gegeben? Er spürte Gewitter im weiten Umkreis bis in die Zehenspitzen. Wollte jemand sie verwirren, entzweien? Er legte die Finger auf die linke Brust. Das Mal war tief eingekerbt und brannte wie frisch geprägt, wenn man es berührte. Er biß die Zähne zusammen und lächelte.

Vor der Tür lag das Drachenweibchen noch in tiefem Schlummer, nun nicht mehr auf der Brieftasche, sondern daneben, den bräunlichen Bauch nach oben gekehrt, die Vorderpfoten an die Brust gezogen, den diamantenbesetzten Schweif ums rechte Hinterbein gekringelt. Aus seinen Nüstern gingen kleine Dampfwolken bei jedem Atemzug, und ein leichter Schwefelgeruch breitete sich aus. Offenbar war Donnas Gehör nicht sonderlich fein und ihr Schlaf rechtschaffen gesund. Höchst erfreuliche Entdeckungen. Klinger schmunzelte und ging an ihr vorbei ins Bad.

»Erwarten Sie Gäste, Herr Kammersänger?« fragte die Verkäuferin im Eckladen neugierig, während sie mehrere Kilopakete mit Gehacktem zurechtmachte. Ich werde woanders einkaufen müssen, überlegte er, sonst gerate ich vollends in den Ruf, geheimen Lastern zu frönen. Zu Hause gab es eine Überraschung. Die kleine Drächin war inzwischen erwacht; als sie ihren Gefangenen nicht vorfand, geriet sie in helle Aufregung, so daß ihm ein ungnädiger Empfang zuteil ward. Das erschreckte Monster fauchte und ließ Flammen züngeln, und Klinger mußte es gut füttern, ehe sein Atem wieder die richtige Temperatur hatte. Obgleich die Drächin sozusagen nicht gezielt gewütet, sondern nur vor sich hin getobt hatte, war er doch beeindruckt von der Wucht ihres Unwillens.

»Nicht mal Brötchen holen kann ich, oder?« fragte er vorwurfsvoll, als sie sich beruhigt hatte.

»Doch«, erwiderte sie und züngelte kurz, »aber ich muß es wissen.« Offenbar war ihr der Ausbruch ein bißchen peinlich.

»Und zu Leontine gehen?« forschte er gleich weiter.

»Leontine?« lispelte sie kreischend, »wer ist denn das?«

Klinger schlug verzagt die Augen nieder. Es war klar, sie wußte von nichts. Dieser abgefeimte Feuersalamander!

»Schrei nicht so!« fuhr er sie an und preßte die Hände an die Ohren. »Ich hab dir schon gestern gesagt, daß ich deine Stimme nicht ausstehen kann!«

Sie nickte erschrocken mit dem goldbekammten Kopf, und ihre schönen Augen füllten sich mit Tränen.

Schon tat sie dem gutherzigen Elben leid. »Hast du mir nicht deine Dienste angeboten?« fragte er, um sie zu versöhnen. »Auto fahren, nicht wahr?«

Sie verbeugte sich. »Zu Ihrer Verfügung, Euer Wohlgeboren, Auto fahren!« erwiderte sie beflissen.

»Aber – was werden die Leute sagen, wenn sie dich am Steuer meines stadtbekannten Wagens sehen?«

»Wir fahren so schnell, daß uns keiner erkennt«, versprach die Echse.

Klinger mußte lachen. »Also los! Worauf warten wir?« feuerte er sie an.

Der Wagen des Sängers hatte ein aufklappbares Verdeck, und in seiner übermütigen Laune schlug er es zurück, das Wetter war schließlich schön.

Die kleine Drächin überprüfte fachmännisch Bremsen, Reifen und Benzinstand, steckte den Schlüssel in die Zündung und startete fulminant. Klinger saß neben ihr, seitlich zurückgelehnt, und lachte Tränen. Der glatte Reptilienkopf mit der gespaltenen Zunge, die hin und wieder hervorkroch, die manikürten Hände mit dem Stacheldaumen am Lenkrad erschienen ihm unwiderstehlich komisch.

Das Drachenweibchen nahm die Kurven, als seien Steinchen im Weg, denen es auszuweichen galt, sauste die Hügel hinab und hinauf, als wäre es die Achterbahn, überquerte ein paar Hauptstraßen, ohne die Vorfahrt zu beachten, und rauschte das Tal zwischen Fluß und Hügeln entlang wie eine Kegelkugel auf gebahnter Fläche.

Klinger jauchzte vor Entzücken. Die Landschaft floß in bunten Farben an ihm vorbei, alle Düfte erwachten, der Wind griff ihm ins Haar, alles vermischte sich bunt und schimärisch. Er erhob sich und reckte sein Gesicht der brausenden Welt entgegen, sehr lebend, sehr liebend.

Als die Straße endete, feuerte er die Drächin an: »Weiter, Donna, laß nicht nach! Schneller, schneller!«

Der Zaun, gegen den sie prallten, war von elastischem Draht. Sie flogen beide in hohem Bogen ins Weideland, die Fahrerin links, er rechts. Zerschunden, leicht betäubt, mit zerrissener Kleidung und blutender Nase richtete er sich auf. Die Lachtränen waren noch nicht getrocknet in seinen Augenwinkeln. Donna saß da und schüttelte ihre Schuppen und Edelsteine, daß es klirrte, erhob sich, warf einen kurzen Blick auf das Autowrack und humpelte zu ihm.

»Haben wir noch ein zweites Auto?« fragte sie sachlich.

»Im Augenblick nicht«, entgegnete Klinger, und neues Lachen gluckste in seiner Kehle. »Weder hier noch zu Haus. Das zweite ist für eine Woche in der Werkstatt.« Um seinen Mund zuckte es. »Und wie komme ich morgen nach Salzburg?«

»Wien«, verbesserte Donna. »Salzburg ist ein Irrtum. Morgen singen Sie in Wien.«

»Schön. Und wie komme ich nach Wien?«

Staubbedeckt, zerschrammt, das Seidenhemd zerrissen und fleckig, einen offenbar trotz seiner Kleinheit entsetzlich schweren Beutel bald in der Rechten, bald in der Linken, bald auf dem

Rücken schleppend, so sahen die erstaunten Nachbarn der Hügel den großen Norman Klinger mühselig zu seinem Haus hinaufhinken.

Völlig erschöpft ließ der Sänger drinnen die brenzlig riechende Tasche aus der Hand fallen und warf sich gleich daneben auf den Rasen seines Wohnzimmers. »Um des Himmels willen«, ächzte er, »wer hätte das gedacht, daß so ein spannenlanges Ungeheuerchen so schwer ist! Mir tut alles weh! Und wundern soll es mich nicht, wenn ich zu dem einen Brandmal noch ein halbes Dutzend dazubekommen habe, so heiß war das!«

Aus dem Beutel kroch die auf Salamanderformat verkleinerte Drächin heraus, glitzernd, als sei sie dem Grünen Gewölbe entsprungen.

»Hat Ihnen Exzellenz das nicht gesagt?« fragte sie verwundert. »Mit der Dichte nimmt natürlich auch die Temperatur zu.«

»Exzellenz hat mir, scheint's, manches nicht gesagt«, murmelte Klinger grimmig und lag noch immer, Hände und Füße von sich gestreckt. »Wie zum Beispiel soll ich dich im Koffer transportieren, ohne angesengte Oberhemden zu bekommen?«

»Ein Stückchen Asbest wird sich doch noch auftreiben lassen?« entgegnete Donna ungerührt. Sie war gerade dabei, sich zu ihrer natürlichen Größe zurückzumausern.

Klingers Einwände versiegten nicht. »Und mein Gepäck wird beim Fliegen Übergewicht haben mit dir, du Tierchen? Es ist durch und durch zum Verzweifeln.«

»Es tut mir leid, wenn ich Ihnen Ungelegenheiten mache«, lispelte Donna betrübt. »Ich muß Ihnen gestehen, daß mir Fliegen ausgesprochen schlecht bekommt. Ich speie manchmal hinterher stundenlang unkontrolliert Feuer.«

Klinger sah sie mit stiller Trauer an. Er wagte gar nicht erst zu fragen, ob sie unter solchen Umständen nicht lieber zu Haus bleiben wollte. Sie hätte nur strengen Blicks auf den Kontrakt verwiesen, dessen Bedingungen auf einigen Gebieten ja hinlänglich gelockert waren.

Nachdem sich die beiden von ihrem ersten gemeinsamen Abenteuer etwas erholt hatten, erbot sich das diensteifrige Drachenweibchen, seine Künste im Klavierspiel zu produzieren.

»Nur zu«, bemerkte der Sänger. »Ich bin um einen Begleiter oft recht verlegen; wenn man einen braucht, ist keiner zur Hand.«

Von Ehrgeiz gepackt, setzte sich die hübsche Echse an den Flügel, streifte die Ringe von den Fingern und begann gleich mit Rachmaninow. Abgesehen von dem Geklirr, das ihr Stacheldaumen auf den Tasten hervorrief, legte sie eine beträchtliche Virtuosität an den Tag.

Aber ach, mit Virtuosität war es bei den empfindlichen Sinnen des Elben nicht getan, und im Gegensatz zum Autofahren verstand er keinen Spaß, wenn es um Musik ging. So hielt er sich schon nach kurzer Zeit die Ohren zu, und ihm entfuhr der unwillige Ausruf: »Hör auf, Donna, um Gottes willen! Du ißt Gehacktes, und du spielst Gehacktes!«

Das war zuviel für Donna. Sie klappte den Deckel des Instruments zu, legte die Pfötchen über die Augen und begann zu heulen. Klinger waren Weinende ein Greuel, vor allem, wenn sie weiblichen Geschlechts waren. Erschrocken versuchte er, das jämmerlich schluchzende Reptil zu beruhigen, redete ihm gut zu und kraulte seinen sanften bräunlichen Bauch. Binnen kurzem begann Donna zu gähnen, sich zu recken, schließlich streckte sie sich auf dem Rasen des Zimmers aus und war eingeschlafen, eh man sich's versah.

Sieh da! dachte Klinger. Man kann sie also in Schlaf krabbeln. Und wenn sie schläft, schläft sie. Oder? Zur Probe sang er ein paar Töne in seinem tragenden Forte. Die Drächin zuckte nicht mit der Wimper. »Erfreulich«, murmelte er. »Vielleicht läßt sich diese Art der Bewachung doch ertragen, wenn man sich arrangiert.« Sprach's und enteilte.

»Ihr schönen Augen . . .«

Der Elb lief, als seien seine Füße beschwingt, zu der Stelle, wo er sich mit Leontine zu treffen pflegte; ein Grasflecken unterhalb des dunklen Waldes, nah dem Strom, bei einer großen Weide. Wie seinen Vorfahren war es ihm liebe Angewohnheit, auf Bäumen zu ruhen. Er konnte, leicht hingelehnt an den Stamm, die

Beine und Arme in den Ästen, wie ein Vogel schaukelnd, stundenlang in der Baumkrone hocken, den Blick auf den Lauf des Wassers gerichtet, träumen und vor sich hin summen, wohl auch schlafen auf eine helle, dem Wachen so verwandte Art, daß er hinterher nicht wußte, ob die Träume erlebt waren oder nicht.

Sein Wunsch, Leontine hier vorzufinden, war so heftig gewesen, daß er völlig vergessen hatte: das Mädchen saß zu dieser Stunde über ihren Büchern oder Papieren. Bis zu Tränen enttäuscht über die leere Wiese, ließ er sich am Weidenstamm ins Gras gleiten und heftete die ganze Kraft seines Wünschens darauf, daß die Geliebte käme. Das war zwar hinreichend, das Mädchen zu verwirren und unruhig zu machen, aber es löste sie nicht aus den Pflichten.

Indessen lockte seine Sehnsucht allerlei Getier herbei, das dem Zauber des Wunsches gehorchte wie einem Befehl, der vor undenklichen Zeiten erteilt worden war. Schmetterlinge setzten sich ihm auf Schultern und Haar, Stare und Stieglitze versammelten sich über ihm im Baum und begannen ein unruhig-präludierendes Gezwitscher, Grillen, die vorher schwiegen, setzten ein mit wildem Gezirp, Schlangen glitten lautlos durchs Gras heran, ein Maulwurf steckte Kopf und Pfoten aus dem Grund herauf, zwei Eichhörnchen am Waldessaum verharrten im Spiel und kamen näher gehuscht. Alles drängte sich voll Erwartung nah heran.

Klinger jedoch merkte nichts davon. Er sah hinauf in das Geäst des Baumes, und das Graugrün der Weidenblätter, so von unten gesehen, schien genau die Farbe von Leontines Augen zu sein. Ein altes Lied kam ihm in den Sinn, er wußte nicht, hatte er es einst gesungen, oder sang er es noch heute, und er begann halblaut:

»Ihr schönen Augen,
Ihr heller Glanz,
Wer wird euch taugen,
Ihr blendet ganz.
Ihr klaren Sternen
Scheint gegen mir
Als wie von Fernen
Des Himmels Zier . . .

Ihr Augenlider,
Wenn ihr euch regt,
So hin und wieder,
Bin ich erlegt ...
Zünd an ihr Flammen
Auch alle Welt,
Laßt nur zusammen,
Was mir gefällt ...«

Dann summte er weiter, denn den Text hatte er vergessen. Sein Kummer war vergangen, und mit ein paar leichten Griffen schwang er sich auf den Baum, unter die Vögel des Himmels, die keineswegs aufflogen, als er kam, um da oben, das liebe Laub und den glitzernden Strom vor Augen, zu singen und von Leontine zu träumen.

Ihm fiel ein, wie sie sich das erste Mal begegnet waren über den Auslagen eines Musiksalons, wo sie beide, jedes vertieft in seine Welt, sich von verschiedenen Seiten über die gleiche Schallplatte beugten und dabei derb mit den Köpfen zusammenstießen. Sie fuhren hoch und lachten und wurden sogleich ernst, und die Erinnerung an die Löwenjungfrau aus Stein fiel mit Macht in seine Seele. Dann, wie er, wenn sie seine Konzerte besuchte, ohne zu wissen, warum, von sehnender Unruhe befallen wurde und schon beim ersten Lied sein Blick zu Leontines Augen wanderte, als seien sie zwei Magnete, wie er wohl auch, gefesselt von den sanften Linien ihres Mundes, sich einmal versang oder die Zeilen des Textes verwechselte, und ihr gemeinsamer Schreck darüber, obgleich es niemand weiter bemerkt hatte. Er gedachte der Stunde, da sie sich das erste Mal auf dieser Wiese getroffen hatten; ohne jede Verabredung war das Mädchen von dieser und er von jener Seite des Waldes gekommen, sie gingen aufeinander zu, als müsse es so sein, und sanken sich ohne ein Wort in die Arme.

Als er mit seinen Erinnerungen dahin gekommen war, begann das Mal über seinem Herzen so zu brennen, daß er sich aufbäumte und laut aufschrie. Die Vögel, die um ihn herum im Grün versammelt waren, erhoben sich und trugen den Ton hierhin und dorthin, so daß die Menschen ihre Tätigkeit unterbrachen, den

Kopf hoben und lauschten auf etwas, was sie nicht zu benennen wußten, und die Glocken in den Glockentürmen der Stadt rührten sich und summten leise mit.

»Leontine, was ist mit Ihnen?« rief der Lehrer halb ärgerlich, halb erschrocken vom Klavier her.

Das Mädchen war mitten in seinen Gesangsübungen von einem heftigen Schlucken befallen worden und starrte mit abwesenden Augen vor sich hin. Zum Zeichen, daß sie nichts sagen konnte, schüttelte sie den Kopf. Man rannte nach Zuckerwasser, gab die besten Lehren, wie, man solle an einen Schimmel denken, hielt ihr die Nase zu, um sie zu zwingen, durch den Mund zu atmen – es half alles nichts.

Leontine sei schon den ganzen Tag zerstreut und wie abwesend, bemerkten ihre Freunde, als man sie aus dem Raum brachte und zum Ausruhen auf eine Bank legte. In allen Fächern dieser Schule der Künste, im Rezitieren, im Zeichnen, im Schriftmalen und in der Interpretation habe sie nur wirres Zeug hervorgebracht. Die Lehrer schüttelten besorgt den Kopf. Sie müsse krank sein (oder verliebt, murmelte einer) und solle nach Haus gehn.

Immer weiter schluckend, unfähig zu erwidern, erhob sie sich, nahm ihre Tasche und verließ das Gebäude. Gerade als sie durch die Tür trat, verstummte für den Moment eines Lidschlags jede Regung in der Stadt, ein tiefer Schall wie von Glocken ließ die Luft erbeben, und Leontine lehnte sich halb ohnmächtig an die Linde, die an der Straße stand. Augenblicklich verschwand ihr Schluckauf, als sei er nie dagewesen, und sie hob den Kopf frisch und gesund.

»O nein, Norman«, rief sie, »das ist wirklich zu arg, was du mit mir anstellst. Überschreitet das nicht die Grenzen der Neckerei, mich erst zu betrüben durch Schwindel und Ausflüchte und dann, weil es dir beliebt, meinen ganzen Tag durcheinanderzubringen? Wann kommt Ordnung in diese Sachen? Ich werde zurückgehen in die Schule und mich nicht verwirren lassen.« Dabei war sie schon auf dem Weg zum Ufer des Stroms.

Aber sie kam zu spät, die Wiese war leer, nur im Baum saßen beieinander wohl Hunderte von Staren und Stieglitzen und zwitscherten. Sie ging unter die Weide, umfaßte den Stamm und sah hinauf, die Wange an die Rinde gelehnt. Da schien es ihr, als könne sie inmitten des Geflatters und Geschwätzes Bruchstücke einer Melodie vernehmen, pfiffen die kecken Vögel nicht ein Lied? Jetzt verstand sie sogar Texte wie »Ihr klaren Sternen scheint gegen mir« oder »Ihr Augenlider, wenn ihr euch regt«.

»Lehrt er das Federvolk des Himmels, mich zu besingen, so wird seine Untreue so schlimm nicht sein«, flüsterte sie lächelnd, »oder meint er eine andre?«

Eine Schlange streifte ihren Fußknöchel und brachte ihr silbernes Fußkettchen zum Klingen. »Bist du gefährlich oder ungefährlich? Nun, wenn in seiner Gegenwart mir gewiß kein Tier etwas antut, will ich doch vorsichtig sein.«

Behend kletterte sie ins Geäst der Weide und nahm den Platz ein, auf dem er noch vor kurzem träumend gehockt hatte. Die Vögel waren ihr ausgewichen und in den oberen Teil der Baumkrone geflogen, da musizierten und tirilierten sie noch ein Weilchen, erhoben sich dann und schwenkten nach einem Kreis um den Baum zu den Hügeln ab, als seien sie eine einzige schwarze Schwinge.

Wie ihr Liebster, so versank auch sie in Erinnerungen, nur kamen ihr andere Bilder der Gemeinsamkeit.

Gleich Klinger saß auch Leontine leidenschaftlich gern zu Pferde. Ihr Vater, sonst mißtrauisch dem Umgang mit Tieren gegenüber, hatte ihr schließlich dergleichen erlaubt, denn, so meinte er, beim Reiten und bei der Falknerei sei es zumindest doch so, daß das höhere Tier Mensch sich die Kräfte des niederen zunutze mache und sie dirigiere.

Nun gedachte sie des Tages, wo ihr der Liebste das erste Mal erschienen war. Bei einem Ausritt ins Hügelland war sie träumend in eine ihr unbekannte Gegend geraten. Es glühte ein sommerlicher Mittag, die Hitze lag flirrend über der Landschaft, und die Sonnenstrahlen schossen pfeilgleich vom Himmel. Leontine verhielt ihr Pferd, sah sich um und wollte schon kehrtmachen, als sie vom Ende einer Kirschbaumallee das schnelle Klippklapp von Pferdehufen vernahm. Keinen Lidschlag später erschien ein schlanker Reiter auf dem Wiesengrund, dessen Gestalt in der Helligkeit des Mittags nur aus Licht zu bestehen schien. In fliegendem Galopp durchquerte er das Tälchen und tauchte in den tiefen Schatten des Waldes ein, in dem sich auch das Mädchen aufhielt. Seltsamerweise wurde er von den Schatten nicht aufgenommen, sondern kam gerade auf sie zu, wie umgeben von einem Lichtnebel. Leontine gewahrte das lange Haar, das seinen Hals umwehte; er hatte den Kopf in den Nacken gelegt und summte vor sich hin, und seine Augen, die gleichzeitig freundlich und zerstreut blickten, hätten sie vielleicht gar nicht wahrgenommen, wenn ihr Pferd da zwischen den dunklen Fichten nicht geschnaubt und gescharrt hätte, das andere zu begrüßen. So sah er kurz hinüber, lächelnd, und verschwand im Waldesgrün, umgeben von der ihm eigenen Helligkeit.

Leontine machte kehrt und ritt zurück, langsam seiner Spur folgend; von Zeit zu Zeit unterhielt sich ihr Brauner noch mit dem schnellen Schimmel da vorn, Gewieher klang hin und wieder. Sie aber meinte, die flirrende Mittagshitze habe sie geblendet.

Am gleichen Abend sah sie sein Bild in einer der vielen Zeitungen, die ihr Vater zu lesen pflegte, er war kostümiert in ein lang fallendes Gewand und hielt den Kopf im Nacken, wie auf dem Pferd.

Auf ihre Frage sagte Darenna, ohne weiter hinzusehen: »Den kennst du nicht? Das ist Norman Klinger, unser Nachbar von jenseits des Grundes, dünkt sich groß und ist's wohl auch.«

Sie war betroffen von dem Bild, vergaß es dann, bis ihrer beider Köpfe sich so unsanft im Musiksalon berührten. Beim Gedanken an diese Stunde mußte sie lachen. »Ach über all die Wunder«, sagte sie, während sie vom Baum stieg, »sein schönes Leuchten und daß er mit den Tieren redet und verwandt ist mit den Wesen von ehedem, und darin so fern! Wäre er doch immer wie da, als wir uns beide an den Kopf faßten in einem ganz irdischen Schmerz und genauso irdisch uns in die Augen sahen! Was mach ich nun? Geh ich zu seinem Haus, um wieder Singsang und Klingklang vorzufinden und nicht ihn selbst? Manchmal denke ich, die siebzehn Jahre hat er, und ich bin weise gegen ihn.«

Es dunkelte, und sie wußte, daß ihr Vater wohl wartete. So zwang sie sich, den Umweg zu meiden, und stieg auf ihrer Seite des Grundes den Hügel hinauf.

Darenna ließ sich nicht sehen, er war in seinen Laboratorien beschäftigt. Auf Leontines Schreibtisch lag ein Telegramm von Klinger, des Inhalts, er erwarte sie morgen am Zug nach Wien zum Abschiednehmen. Das Wort klang so traurig, daß das Mädchen gar nicht mehr richtig die Sonate von Muzio Clementi üben konnte, wie sie es sich vorgenommen hatte.

Leontine versteht Bahnhof

Eine Lokomotive pfiff ohrenbetäubend, und Klinger schnitt eine Grimasse. »Was für ein Ort des Schreckens ist so ein Bahnhof!« versuchte er zu scherzen.

Er stand mit Leontine am Ende der großen, von Rufen, Ansagen, dröhnenden Geräuschen erfüllten Halle, mitten im Taubenmist. Das Mädchen hatte ihre Tasche bei sich, sie mußte zum Zeichenunterricht und schwänzte zwei Vorlesungen.

»Ich verstehe nicht, warum du mit der Bahn fährst«, sagte sie. »Du hast immer gefunden, daß es unbequem ist, sie hält ständig dort, wo man nicht hinwill, und kommt zu Zeiten an, wo man entweder noch nicht oder nicht mehr erwartet wird.«

»Es hat sich so ergeben«, erwiderte der Sänger und vermied, sie anzusehen. Sie standen unglücklich voreinander, verwirrt von der Umgebung und dem Krach, bedrückt vom Abschied, auch wenn es nur einer für eine Woche war.

Leontine war zunächst in Normans weit offene Arme geflogen und hatte den Kopf gegen seine Brust gedrückt, worauf er mit einem schmerzlichen Stöhnen zurückwich. Er habe sich ein bißchen verbrannt, entgegnete er auf ihre besorgte Frage, es sei nicht weiter schlimm. Dabei fuhr er sich mit der Hand übers Herz und biß sich auf die Lippen.

Leontine wagte kaum, seine Hand zu halten. »Was ist mit dir?« drang sie in ihn. »Bin ich nicht bei dir, so stoße ich allenthalben auf Zeichen deiner Liebe, aber nah bist du fern, fremd, abwesend. Fehlt dir etwas?«

»Wenn du da bist, fehlt mir nichts«, sagte er und ließ auch noch ihre Hand los. Auf seiner Stirn standen Schweißtropfen.

»Norman!« rief das Mädchen. »Bist du krank?«

Er schüttelte den Kopf. »Ich bin nichts als ein launischer, überempfindlicher Star, dem Bahnhöfe nicht bekommen«, sagte er mit verzogenen Lippen. »Außerdem liebe ich es nicht, im Taubendreck zu stehen, und hier zieht's. Ich habe drei große Partien nacheinander zu singen.«

»Laß uns in diese Nische gehen«, schlug Leontine vor und griff nach seinem Koffer, um ihn umzustellen, aber mit einem Schrekkensschrei ließ sie den Henkel los. »Das ist ja heiß wie eine Ofenklappe«, rief sie, »und so schwer – Norman, was hast du da drin?«

»Heiße Ware«, entgegnete der Sänger und nahm schnell den Koffer auf. »Mein Löwenkind, du träumst. Der Henkel ist warm, weil die Sonne darauf geschienen hat, und drei Klavierauszüge haben nun mal ihr Gewicht.«

Aus dem Gekreisch und Getön des Lautsprechers konnte man mit Mühe heraushören, daß in den Schnellzug nach Wien einzusteigen sei. Klinger behielt den Koffer gleich in der Hand. »Höre, mein Mädchen«, sagte er hastig, »auch wenn ich dir in nächster Zeit etwas seltsam vorkomme. Es hat sich nichts geändert.«

Der Schaffner begann die Türen zu schließen.

»Wann gehst du zu meinem Vater, wie du mir versprochen hast?«

»Sobald ich Zeit habe«, erwiderte der Sänger knapp. »Lebe wohl, lieber Engel.« Er beugte sich vor und küßte Leontine leicht auf den Mund, wie es schien, mit großer Überwindung.

Dann war er fort, und während sie noch stand und dem Zug nachsah, ließ eine der aufgescheuchten Tauben etwas auf ihre Schulter fallen. »Es soll Glück bringen«, sagte sie trübe.

Um sie herum wurde gelacht.

Bei Darenna trafen die ersten Meldungen bereits am nächsten Abend ein. Die Zeitungen aus aller Welt, die er zu beziehen pflegte, vor sich ausgebreitet auf dem großen Tisch mit der Glasplatte, fuhrwerkte er mit einem dicken Rotstift unter häufigem vergnügtem Räuspern herum, dann rief er Leontine, die im Nebenzimmer Klavier übte. »Ich habe da etwas für dich über diesen Herrn, der, wie ich höre, deine Sympathien hat.«

Die Tochter flog herbei, nahm die Blätter zur Hand, in denen die Exzellenz mit säuberlich gezogenen roten Vierecken dies und jenes eingerahmt hatte, und wurde mal rot, mal blaß.

Darenna beobachtete sie mit Genugtuung. Was er ihr zur Lektüre hingelegt hatte, waren die Klatsch- und Kuriositätenspalten einiger bunter Blätter, vornehmlich aus Wien, wo man die Oper so ernst nimmt.

Sie handelten sämtlich von Norman Klinger und seinem seltsamen Gebaren während des Gastspiels. Vom zentnerschweren und glutheißen Koffer war da die Rede, ferner von seinem neusten Hobby, eine kleine exotische Echse mit sich zu führen, die er mit Schmuck behing und die das Zimmerpersonal des Hotels so erschreckte, daß man es ablehne, seine Räume zu betreten. Sodann von seiner Weigerung, ein Bühnenkostüm anzuziehen, das er dort seit Jahren in einer bestimmten Rolle trage und das die linke Seite des Oberkörpers frei lasse. Interviewer hätte der Star schroff und unwillig abgefertigt, Fans und Autogrammjäger kurzerhand vor die Tür gesetzt. Es scheine, der Ruhm sei ihm nunmehr zu Kopf gestiegen.

»Etwas überspannt, der Meister, wie?« krächzte Darenna. Leontine ging schweigend an ihr Klavier zurück, und der Vater wußte, daß er sie, wenn sie nicht wollte, zu keiner Äußerung bringen würde.

Trotzdem legte er ihr auch am nächsten und übernächsten Abend wieder das rot angestrichene Sammelsurium vor. Der Reigen war noch bunter, man warf sich gegenseitig die Bälle zu. Am vierten Abend gab es nur noch eine lakonische Meldung: Klinger habe aufgrund von Indisposition die letzte Vorstellung abgesagt.

»Komödiantenlaunen«, kommentierte die Exzellenz, »Starallüren, Alfanzereien!«

Leontine brach in Tränen aus. »Er ist krank, ich weiß es!« rief sie. »Warum bist du so böse? Du weißt, daß ich ihn mag.«

Darenna sah die Weinende aufmerksam an, hob die Hand und strich vorsichtig über ihre blondbraune Haarmähne, die bei der Berührung knisterte und Funken sprühte. »Ich weiß, daß du ihn magst, ja«, murmelte er mit unerwarteter Zartheit. »Aber man kann nicht mögen, was man nicht kennt.«

»Kennst du ihn denn?« fragte das Mädchen und schlug die feuchten Augen gegen ihn auf.

»Hinlänglich«, erwiderte der Vater knarrend und wandte sich ab. »Drum mach dir keine Sorgen. Ihm geschieht nichts.«

Allein geblieben, nahm Leontine die Schere und schnitt die Zeitungen kurz und klein. Vom Fenster aus sah sie, wie ihr Vater im dämmrigen Garten ein Feuer entzündete.

Feuer und Schwefel

Als Klinger zu spüren bekam, daß das Zusammensein mit Leontine die Schmerzen des Brandmals unerträglich steigerte, daß jeder Kuß, jede Berührung wie ein Feuerstich waren, erreichten seine Verzweiflung und sein Zorn einen Höhepunkt. In finsterer Laune fuhr er zu seinem Ziel.

Was er nicht wußte, war, daß der Magier einen Fehler gemacht hatte. Er hatte nicht eingeschätzt, daß Elben empfindlichere Sinne haben als Menschen, und die Angehörigen des Schönen Volks nicht nur jedes Licht klarer sehen, jeden Klang deutlicher hören und jede Liebkosung inniger spüren, sondern natürlich auch die Schmerzen stärker fühlen. Daß sein »gelindes Nesselbrennen« dem Herrn der Erstgeborenen zur qualvollen Pein werden sollte, hatte er nicht beabsichtigt. Hätte er andererseits erfahren, daß das feurige Geschöpfchen in des Sängers großem Koffer durchaus nicht so strikt seinen Anweisungen folgte, wie er annahm, hätte er wohl Donna unverzüglich abgelöst.

Bisher, so meinte Klinger, ließ es sich mit ihr durchaus leben. Duftend nach dem berühmten Parfüm »Nina Ricci«, die Finger besteckt mit einem Achat und einem schönen Beryll in Weißgoldfassung, einen neuen Brillanten zwischen die Schuppen des Schweifs geklemmt, aß sie ihr Gehacktes zierlich mit Messer und Gabel und warf ihm schmachtende Blicke zu.

Die Wiener amüsierten sich höchlich über das spannenlange, funkelnde Reptil, die neueste Marotte des großen Klinger, das wachsam züngelnd auf seinem Garderobentisch neben dem Spiegel saß oder vom Inspizientenpult her die Vorstellung verfolgte.

Sie begriffen, daß es harmlos war, solange man es nicht reizte, ansprach oder gar berührte – das duldete es nur von seinem Herrn. Eine vorwitzige Choristin hatte gleich zu Beginn die Hand ausgestreckt, den goldenen Kamm zu berühren, und bekam die Finger an einem kleinen Feuerchen verbrannt, das plötzlich irgendwoher kam. Sie behauptete dann, die Echse sei in Wirklichkeit ein Feuerzeug.

So ging es gut bis zum vorletzten Abend, das Kostüm war geändert, das Hotelpersonal beschwichtigt und überhaupt alles halb so schlimm.

Die Partnerin des Sängers, eine muntere junge Frau mit den großen Augen eines Kindes, wohnte mit ihm im gleichen Hause, und schon immer hatten sich beide nicht nur auf der Bühne sympathisch gefunden. So fand er ihren schelmischen Hinweis, sie hätte nichts dagegen, wenn er sie zum Nachtessen einlüde, durchaus nicht deplaciert. Er überlegte kurz, meinte, das ließe sich machen, und beeilte sich, nach der Vorstellung sein Drächlein im Hotelzimmer in Schlaf zu kraulen. Dann eilte er vergnügt und beschwingt in den Speisesaal, wo man diskret einen Zweiertisch hinter einem Paravent verborgen hatte, um die beiden Künstler vor allzu neugierigen Blicken zu schützen.

Alles verlief nach Wunsch. Der Wein war richtig gekühlt, die Krabbenmayonnaise kalorienarm, das Steak durchgebraten, der Salat frisch und die Frau reizend. Klinger hatte sich lange schon nicht mehr so wohl gefühlt. Er hatte keine Schmerzen, die großen Kinderaugen der Dame strahlten, wenn er ihrer Gesangskunst und ihrem Liebreiz ein paar schmeichlerische Worte widmete.

Als Nachtisch nahmen sie Pfirsiche, und er verglich ihre Wangen mit der samtigen Tönung der Früchte, berührte vergleichsweise ihre Haut und die des Obstes, reichte ihr schließlich scherzhaft eine halbe Frucht von Mund zu Mund über den Tisch. Dann, nach einem freundlichen Gute-Nacht, eilte er beschwingt auf sein Zimmer.

Schwefelgeruch schlug ihm entgegen, und ein fahles Licht war im Raum, in dessen Mitte Donna hoch aufgerichtet stand. Sie schien jetzt durchaus nicht die Größe eines Kindes zu haben. Ihr Drachenhaupt drohend erhoben, krächzte sie mißtönend, gleich-

sam wie ihr Meister Darenna: »So geht es aber nicht, Herr Klinger!«

Der überraschte Sänger sah mit Entsetzen, wie bläuliche Feuerzungen aus dem Maul des Drachenweibchens ringelten und dessen Augen rötlich glommen. Ein hohles Geräusch wie von einem Blasebalg erfüllte die Luft, und schon fuhr die Lohe aus dem Rachen der Bestie. Glühende Hitze schlug über ihm zusammen.

»Um Gottes willen, Donna, was machst du!« ächzte er und hob die Hände vors Gesicht, sah nur Flammen und dann gar nichts mehr.

Als er erwachte, lag er in einem Krankenhausbett, ohne die leiseste Erinnerung, wie er dorthin gekommen war. Auf dem Nachttisch hockte das spannenlange Echslein und sah ihn unschuldsvoll an. Ein paar sehr teure Ärzte in makellos weißen Kitteln fragten ihn, was er denn für Geschichten mache und ob er sich etwa überarbeitet habe.

Zum Entsetzen der Herren erhob sich der Sänger, erklärend, ihm fehle nichts, was er sogleich unter Beweis stellte, indem er einen Arienanfang intonierte und seinen Koffer aus dem Schrank zerrte. Wohl oder übel mußte man ihn ziehen lassen, nachdem er die unangemessen hohe Rechnung beglichen hatte.

In der Tat hatte er, abgesehen von ein bißchen angesengten Augenbrauen und Haarspitzen, das Verfahren Donnas schadlos überstanden. Die Kleine sah aufmerksam zu, wie er packte. Er hielt ihr wortlos ihr Asbesttäschchen hin, in dem er sie im Koffer zu verstauen pflegte.

Während sie hineinschlüpfte, lispelte sie: »Entschuldigung. Ich wollte es nicht so stark. Ich wußte nicht, auf welche Dosis Sie anspringen. Schließlich muß ich den Befehlen Seiner Exzellenz gehorchen.«

Klinger seufzte. »Weißt du was, mein Tierchen? Du gehst mir ziemlich auf die Nerven.«

Er zog den Reißverschluß zu und rief die Auskunft an, wann der nächste Zug nach Haus gehe. Die Vorstellung war ohnehin versäumt.

In den Pilzen

Leontine fand ihren Liebsten verändert, ernster als sonst, abwesend, wenig zärtlich. Er weigerte sich, Auskünfte über Wien zu geben: Das sei alles dummer Klatsch, nichts davon stimme. Allerdings habe er die letzte Vorstellung absagen müssen, er sei plötzlich heiser geworden.

Sie waren auf einem gemeinsamen Ausritt unterwegs, eine jener Gelegenheiten, die Klinger sonst mit Entzücken nutzte, sicher vor den Augen der Neugierigen und ohne daß es der Vater wußte, mit ihr zu tändeln, zu plaudern, Seite an Seite dahinzutraben und Küsse zu tauschen.

Heute hatte er eine schnelle Gangart angeschlagen und schien mehr mit seinem Schimmel beschäftigt als mit dem Mädchen. Seine Augen waren beharrlich auf den Hals des Pferdes gerichtet. Leontine betrachtete sein Gesicht von der Seite. Es schien ihr dunkler, strenger, ohne all das Licht. »Wie du aussiehst«, sagte sie, »wie verbrannt.« Sie wußte selbst nicht, woher ihr das auf die Zunge gekommen war.

Er hob kurz den Kopf und sah sie an, und in diesem Blick war so viel Liebe und Leid, daß sie tief erschrak, ihren Braunen antrieb und auf dem schmalen Pfad zwischen den Büschen vor ihm her trabte.

Klinger litt Höllenpein. Alles in ihm sehnte sich danach, das Mädchen in die Arme zu nehmen, aber in der Satteltasche saß Donna, und das Mal glühte. Von Zeit zu Zeit hob Leontine eine Hand und lüftete das Haar vom Nacken, um den kühlenden Wind an ihre Haut zu lassen. Beim Anblick ihres sanft gebogenen weißen Halses durchfuhr den Verliebten hinter ihr jedesmal ein feuriger Strom. Der Schimmel schnaubte und schüttelte die Mähne, die Unruhe des Reiters teilte sich auch dem Tier mit. Als sich der Pfad verbreiterte, überholte es den Braunen und schoß davon wie ein reißendes Wasser, Leontine vermochte nicht zu folgen.

»O Elb, Elb, Elb!« rief sie, ihr Pferd verhaltend. »Wann endet dieses unverständliche Wesen! Wann wirst du abtun, was ich nicht verstehe! Ach, die seltsamen Geheimnisse, in denen du steckst!« Sie ahnte nicht, daß sie mit ihrer Bitte, zu ihrem Vater zu gehn, all das heraufbeschworen hatte, worin sie nun beide verstrickt waren.

Von dem Reiter war nichts mehr zu sehen. Im goldenen Licht des beginnenden Herbstes leuchteten die ersten gelbroten Blätter im Moos und an den Bäumen, und ein würziger Geruch stieg vom Boden auf.

Und wirklich sah Leontine hier und da Gestalten zwischen den Birken, die sich bückten und in Körbe einheimsten, und blitzende Pilzmesser in den Händen warfen Sonnenreflexe in die Augen des Mädchens. Es packte sie die Lust, abzusteigen und es auch zu versuchen.

Ihr Pferd am Zügel führend, ging sie langsam durch das raschelnde Gras, den Blick am Boden. Nachdem sich ihre Augen gewöhnt hatten, Laub, Farn und Kraut vom anderen zu unterscheiden, fand sie alsbald ein Nest gelb leuchtender Pfifferlinge. Sie ging weiter und entdeckte die bräunlichen Kappen der Birkenpilze und den samtenen Lärchenröhrling, wurde vom Jagdfieber gepackt und zog immer weiter zwischen den Stämmen dahin.

Da sie kein Gefäß bei sich trug, um ihre Beute zu verstauen, zog sie die Jacke aus und knotete die Ärmel zu einer Art Bündel zusammen. Immer noch sah sie die anderen Pilzsucher zwischen den Bäumen, sie schienen weder näher zu kommen noch sich zu entfernen und wirkten eigentümlich fahl inmitten der kraftvollen Farben des frühherbstlichen Waldes, aber das Mädchen achtete nicht weiter darauf, so gefangen war sie von ihrer Beschäftigung. Bald hatte sie ihr improvisiertes Behältnis fast bis zum Rand gefüllt. Eine große Krause Glucke, die sie mit den bloßen Händen kaum vom schwarzen Waldboden abtrennen konnte, kam noch obenauf.

Ich will sie Klinger geben, dachte sie, er ißt Pilze für sein Leben gern. In unserem Haus wird dergleichen doch nur mit Mißtrauen betrachtet, oder der Vater läßt sie marinieren als Beigabe zum Wodka.

Sie lächelte und richtete sich auf.

Die Gegend kam ihr gänzlich fremd vor. Eine steil zerklüftete Felswand stieg unmittelbar neben ihr in die Höhe. Weiter hinten schien ein steiler Absturz zu sein, und der Wald hatte seinen lichten Charakter verloren. Anstelle der Lärchen, Birken und Buchen drängten sich hohe Tannen und schwarzstämmige Eichen dicht an dicht, und in der Ferne war ein Getöse wie von einem Wasserfall.

Leontines Brauner zerrte am Zügel, ihm schien es hier nicht zu behagen. Dem Mädchen fiel auf, daß das Pferd seine Hufe sehr vorsichtig aufsetzte, und sie sah nun auch, daß der Boden steinig war, voll großer Löcher, ungewiß, ob das Fuchsbauten waren oder Eingänge ins Innere des Berges.

»Norman!« rief sie laut, aber keine Antwort kam. Der Wald verschluckte den Schall, als sei er ein tiefes Wasser, und nur das Getöse in der Ferne nahm zu.

Nun erst fiel Leontine auf, daß kein einziger Pilzsammler mehr zu sehen war. Manchmal sah sie zwischen den Stämmen einen fahlen Schein oder ein kurzes Aufblitzen wie von den Messern der Sucher, aber wenn sie näher kam, versank alles, rutschte, so deuchte es ihr, weg in die Erdlöcher und war ein Rauch, ein Nebel, ein Sonnenblink.

»Es ist unheimlich hier«, murmelte sie erschauernd, »ich will umkehren.« Sie wendete ihr Pferd, aber wohin sie auch blickte, standen die Bäume ernst herum, als wollten sie den Braunen umzingeln. Der scheute und stieg am Zügel, und sie hatte ihre liebe Not, das Tier zu beruhigen. Noch immer drückte sie ihr Pilzbündel gegen die Brust.

Plötzlich sah sie doch wieder einen der Pilzsucher, es war eine alte Frau in grauer Jacke und mit tief in die Stirn gezogenem Kopftuch, die, einen geflochtenen Korb in der Hand, langsamen Schritts zwischen den Stämmen einherging. Leontine rief sie an, aber sei es, daß die Entfernung zu groß war, sei es, daß die Alte nicht mehr gut hörte, jedenfalls kam keine Antwort von ihr. Das Mädchen beschloß, ihr zu folgen. Sie munterte den Braunen auf, und willig setzte sich das Tier unter ihr in Bewegung. Die eingeschlagene Richtung schien die rechte zu sein, denn das Baumdikkicht öffnete sich bei ihrer Annäherung und ließ sie passieren. Vor ihr, in immer gleichem Abstand, ging die graue Gestalt dahin, und wo sie geschritten war, schien gleichsam eine Schneise zu entstehen, der nachzugehen leicht war.

Endlich, nach einer Zeit, die Leontine lang vorkam, verlor der Wald seine Düsternis. Die ersten Lärchen tauchten auf, vereinzelt schon das helle Gold einer Birke, ihr weißer Stamm im ernsten Grün.

Sie wunderte sich, wie sie sich so weit hatte verlaufen können, und wendete den Kopf: Die Bergwand, der düstere Tann, die aufgehäuften Steine waren hinter einem Hügel, den sie unmerklich überstiegen haben mußte, verschwunden. Endlich machte die Pilzfrau halt an einer der Bauten oder Erdlöcher, die nun spärlicher im Gras auftauchten. Das Mädchen beeilte sich, zu ihr zu gelangen, da sie sich gerade bückte, um noch einen Fund in ihren Korb zu tun.

»Ich danke Ihnen«, sagte sie zu der Hingekauerten, die, vielleicht weil sie kurzsichtig war, das Gesicht tief bis zum Boden geneigt hatte. In ihrem Gefäß lagen, obgleich sie so eifrig gesucht hatte, nicht mehr als drei oder vier zartviolette Schwämme mit grünen Lamellen, die dem Mädchen merkwürdig bekannt vorkamen. »Ohne Sie hätte ich mich hoffnungslos verirrt. Darf ich Ihnen meine Pilze zu den Ihren dazugeben? Wie ich sehe, haben Sie kein großes Glück gehabt.«

Sie wollte ihr geknüpftes Bündel lösen, um ihr Sammelgut in den Korb der Frau zu schütten, aber die bewegte verneinend den Kopf und hob dann das Gesicht. Mit einem Schrei ließ Leontine ihr Bündel fallen. Unter dem grauen Kopftuch sahen ihr die dunklen Augen der Mutter im schmalen, elfenbeinbleichen Gesicht entgegen.

Im gleichen Augenblick ertönte hinter ihr ein heller Ruf. Sie fuhr herum. Zwischen den Stämmen schoß das weiße Pferd Klingers hervor inmitten eines Irrlichtergefunkels von Gold und Silber. Auf dem Stirnriemen des Schimmels, der dank einer kindischen Laune des Sängers reich geschmückt war, brach sich die untergehende Sonne. Wie eine Wolke lauteren Lichts kamen Roß und Reiter daher, und von weitem rief der Mann einige Worte, die Leontine nicht verstand. Sie hörten sich an wie »Elen sila lumenn' omentielvo«.*

* Das ist Elbisch und heißt in der Übersetzung Tolkiens: Ein Stern leuchtet über der Stunde unserer Begegnung.

Das Mädchen drehte sich zurück, um zu sagen: Sieh, Mutter, das ist er, aber da war niemand. Nur ihre Pilze lagen mit der Jacke, deren Ärmelknoten sich gelöst hatten, neben einem alten, halb zugewachsenen Fuchsbau.

Der Sänger war inzwischen heran, er ließ sein Pferd piaffieren und umkreiste sie. »Oh, Pilze!« rief er. »Schenkst du mir die?«

»Ich hatte sie schon vergeben«, murmelte Leontine. »Aber was sagtest du eben?«

»Daß ich mich freue, dich wiederzufinden. War's nicht deutlich? Oder habe ich aus Versehen italienisch gesungen?«

»Das war kein Italienisch.«

Er achtete nicht auf ihre Worte, schien ihr bleiches Gesicht nicht zu sehen, ganz hingegeben der spielerischen Lust des Rittes. »Komm mir nach! Hol mich ein!« rief er, ließ den Schimmel steigen und stob davon, sein Haar flutete schimmernd im Wind.

»Nein, ich bin nicht seinesgleichen«, flüsterte das Mädchen. Sie bestieg den Braunen und folgte in langsamer Gangart. Die Pilze blieben liegen.

Die letzte Strophe

Beim Frühstück mit ihrem Vater war Leontine still und einsilbig. Die Exzellenz liebte es, angetan mit einem rotgeflammten Schlafrock, seine Tochter zu bedienen, ihr Kaffee einzugießen, von einer Maschine zubereitet, den Toast für sie goldgelb aus dem Röster zu heben und ihr bei Tisch das Ei zu kochen in Sekundenschnelle, ohne Wasser und Topf mittels eines kleinen tickenden Apparats.

»Du ißt schlecht, Mädchen«, schnarrte er mißbilligend und nötigte sie, eine zweite Brotscheibe zu nehmen. »Junge Frauenzimmer müssen essen, damit sie wachsen.«

»Ich darf aber nicht in die falsche Richtung wachsen«, scherzte sie müde.

Darenna schüttelte den Kopf. »Unfug«, sagte er eitel, »meine Tochter doch nicht. Dich bedrückt dies und das, ich weiß. Wenn du dir die falschen Leute zu Freunden gewählt hast, kann dir keiner helfen als nur du selbst.«

Leontine sah betrübt auf ihre Toastscheibe.

»Man sollte diese Leute zwingen, sich zu entscheiden, findest du nicht auch?«

»Wie denn?«

»Als nächstes fragst du noch, wofür, oder?« bemerkte der Vater spöttisch und goß ihr Kaffee nach. Er selbst frühstückte nie. »Was hast du heute vor?«

»Ich will in die Bibliothek gehen und mir Lieder heraussuchen.«

»Vergiß den Schirm nicht«, sagte Darenna, ohne einen Blick nach draußen, »es regnet.« Er küßte das Mädchen auf die Wange. »Du bist mein kluges Kind und wirst es schon recht machen.«

Als Leontine gegangen war, drückte er auf einen Knopf, worauf das Tischchen mit den Frühstücksresten im Fußboden versank, und bewegte einen Hebel, der ihm ein Telefon aus der Wand heraus neben seinen rechten Ellenbogen beförderte. Er wählte Klingers Nummer und krächzte in die Sprechmuschel: »Darf ich nachfragen, wie es Ihnen geht?«

Nach einem Schweigen kam die Antwort: »Unerträglich, und Sie wissen es. Sie haben mir Unzumutbares aufgebürdet.«

»Wieso ist es unzumutbar, ein kleines Zeichen der Neigung mit sich spazierenzuführen?«

»Es schmerzt Tag und Nacht.«

»Wie lobenswert, daß Sie Tag und Nacht an Leontine denken! Ansonsten: Seien Sie nicht so empfindlich.«

»Wie lange noch . . .«

»Patientia, Herr Elb, Geduld, Geduld! Vor allem die gilt es zu lernen.«

»Und dies entsetzliche Reptil, das mir überall Ungelegenheiten bereitet?«

»Wieso? Benimmt sich die Hüterin schlecht?«

»Nein, das tut sie nicht, aber ihre Existenz bringt zahllose Verlegenheiten mit sich. Außerdem schießt sie bei jedem Anlaß. Ich bin schon ganz versengt.«

»Ärmster, Sie!« rief Darenna und konnte nicht verhindern, daß in seine Stimme der Ton reinster Schadenfreude geriet. »So sollten Sie versuchen, die Anlässe zu reduzieren.«

»Hören Sie!« kam es zornig zurück. »Es reut mich jeden Tag

mehr, daß ich zu Ihnen gekommen bin, statt mir die Braut zu rauben und mit ihr davonzuziehen!«

»Ei, da ist meine Leontine denn doch eine zu gute Tochter!« kicherte die Exzellenz. »Abgesehen davon, daß mein Arm länger ist, als Sie vielleicht annehmen.«

»O ja, man hört so mancherlei dunkle Geschichten.«

»Ich weiß nicht, was Sie meinen«, sagte der Magier gelassen. »Übrigens, wenn es Sie so hart ankommt, bin ich bereit, den Vertrag zu zerreißen. Sie müssen nichts. Lassen Sie das Mädchen, und alles ist erledigt. Wir haben dann einen Beweis für die Treue und Standhaftigkeit des Schönen Volkes.«

»Davon ist nicht die Rede.«

»Nun, so versuchen Sie, ein Mann zu sein. Zumindest hatten Sie sich ja so weit in der Hand, die Sache nicht auszuplaudern. Wenn ich recht vermute, hat Ihnen Leontine ihre Bedingung noch gar nicht genannt. Sie schweigen? Also habe ich recht. Ach, übrigens, in einer Hinsicht könnte ich Ihnen entgegenkommen. Wäre Ihnen damit gedient, wenn ich das Drachenweibchen in eine Menschenfrau verwandeln würde?«

Er hörte einen erschrockenen Aufschrei. »Das wäre ja nun der Gipfel, Darenna!« Dann hatte der andere aufgelegt.

Der Magier rieb sich die Hände und kicherte zufrieden. Darauf sprang er mit einer Leichtfüßigkeit, die man seinen Jahren nicht zugetraut hätte, die Treppe hinauf in die Mansarde seines Hauses, zog einen Schlüssel aus der Tasche seines Schlafrocks und öffnete eine unscheinbare Tür. Der kleine weißgetünchte Raum war völlig leer bis auf ein seltsames Gebilde auf marmornem Sockel: ein großes Nest aus Rauten und Lorbeer, innen ausgepolstert mit gestickten Purpurbändern. Der Magier verschloß sorgfältig die Tür, nahm die Gestalt eines Feuersalamanders an und schlüpfte in das Nest, wo er sich behaglich zusammenrollte. Regentage liebte er nicht. Er pflegte sie zu verschlafen.

Natürlich hatte Leontine den Schirm vergessen.

Als sie an diesem Mittag vor Klingers Tür stand, floß ihr zwar das Wasser am Körper herab, aber ihre Wangen waren gerötet, und ihre Augen glänzten. An die Brust drückte sie die Fotokopie einer alten Notenschrift, die zum Glück von einer wasserdichten Hülle umgeben war.

Auf ihr Klingeln hörte sie hinter der Tür ein seltsames Zischen und Lispeln und ein heiseres: »Wer ist da? Herr Klinger ist nicht zu sprechen.« Durch den Kristall der Tür spähend, kam es ihr so vor, als nähme sie die Umrisse eines großen Eidechsenkopfes wahr. Sie blinzelte, um mehr zu erkennen, und hörte es drinnen fauchen. »Bitte machen Sie auf, ich weiß, daß er da ist!« rief sie.

Wieder zischte es: »Herr Klinger ist nicht zu sprechen«, und irgend etwas funkelte.

Aber da hörte sie die energische Stimme ihres Liebsten: »Natürlich bin ich zu sprechen. Weg von der Tür, Donna. Geh, gehorche!«

Und schon lag sie an seinem Herzen.

Klinger war, als stünde er von Kopf bis Fuß in Flammen. Vor Schmerzen fast ohnmächtig, umschlang er um so fester sein ganz durchnäßtes Kleinod, und sie schmiegte sich in den Schutz seiner Arme, als wüßte sie, daß es auf lange Zeit das letzte Mal sein würde, und barg ihr Gesicht zufrieden an seinem Hals, nicht ahnend, welche Qualen sie heraufbeschwor.

Im Arbeitszimmer begann jemand laut und schnell Rachmaninow zu üben.

Der Sänger verzog das Gesicht und öffnete, ohne Leontine loszulassen, eine Tür, durch die er das Mädchen zog. »So«, sagte er aufatmend, »hier hören wir das nicht.«

»Wer spielt da?« fragte Leontine.

»Ein Gast.«

»Und was für ein Drache war das hinter der Tür?«

Klinger lachte gequält. »Du ahnungsvoller Engel! Meine neue Putzfrau. Sie ist ein bißchen mißtrauisch. Aber was reden wir? Du bist ganz naß, mein Kind. Warte, daß ich dich trockne.« Und er verschwand.

Leontine war in diesem Raum des spielerisch verbauten Hauses noch nie gewesen. Es war nicht auszumachen, welchem Zweck er diente. Aus jeder der vier Ecken wuchs ein armdicker Efeustock hervor, der fast ein Baum zu nennen war und dessen Schwarz mit dem silbrigen Ton der Seidentapete wunderschön kontrastierte.

Das weitverzweigte grüne Gerank stieg auf bis zur Decke, in deren Mitte sich ein kreisrundes Loch befand, durch das zu ihrem Staunen trotz des Regenwetters ein Streifen heller Himmel sah. Kein Tropfen fiel von dort auf den Fußboden, der hier im Gegensatz zum Rasen in vielen Räumen aus buntgemusterten Hölzern bestand, über die gleich einem Teppich ineinander verwobene Moose unterschiedlichster Art gebreitet waren. In den haarfeinen Gräsern hingen glitzernde Spinnweben.

Indessen kam Klinger zurück, bleich bis in die Lippen, aber lächelnd, beladen mit flauschigen Tüchern in den Farben des Herbstes. Behutsam begann er des Mädchens Haar, Gesicht und Hals zu trocknen, schlang ihr das wärmende Laken um den Leib, stand wie erstarrt, die Hand an der Brust, während sie sich arglos weiter trocknete auf den Moosen.

»Nun, meine süßeste Löwin«, sagte er und setzte sich vorsichtig neben sie, »wären wir geborgen vor schlechtem Wetter. Ach, Kummer, daß wir nicht eintauchen können in den Venusweg, den du schon so wunderbar von selbst eingeschlagen hattest.«

Das Mädchen verstand ihn nur halb. Sie streckte aus dem Nest der Tücher die Hand mit der Notenschrift: »Sieh, Norman, was ich gefunden habe!« Sie berichtete, daß sie in der Bibliothek auf der Suche nach alten Liedern unversehens auf dies gestoßen sei. »Das Lied, Norman, das du unter der Weide die Stare pfeifen gelehrt hast, ganz und vollständig, mit allen Strophen und mit einer letzten dabei, und als ich die las, wußte ich auf einmal, was die Quelle unseres Glücks sein wird.«

Klinger nahm das Blatt und sang mit halber Stimme jene letzte Strophe, die das Mädchen meinte, er begann mit komischer Verzweiflung:

»Was kann ich machen,
Daß Venus' Kind
Durch euer Lachen
Mich so entzündt.
Ich bin geboren
Zur Sterblichkeit
Und ganz verloren
Bei dieser Zeit.«

Beim zweiten Teil hatte sich der Klang seiner Stimme gewandelt, er ließ die Noten sinken und warf Leontine einen Blick von unvermuteter Schärfe zu.

»Ja, Norman«, sagte das Mädchen, und die Röte der Erregung überzog ihr Gesicht. »Irdisch und sterblich liebe ich dich, und irdisch und sterblich soll dich die Liebe machen. Tu die elbischen Spielereien von dir, werde ein Mensch, wie es deine anderen Brüder auch getan haben, und dein Ruhm und dein Glanz werden dir dennoch ungeschmälert bleiben, aber sie sind von meiner Art. Ich mag dich bewundern, ohne zu erschrecken, und kann mich neben dir mit vorhandenem Maß messen, kleiner, als ich bin, aber nicht ausgelöscht von dem fremden Licht, das mir immer unbegreiflich sein wird. Was du aufgibst bei diesen Spielen – mehr kann es ja heute kaum sein –, gewinnst du vielleicht in denen, die wir gemeinsam entdecken.« Sie errötete noch tiefer und sah ihn offen an.

»Und hinter dieser Bedingung steckt dein Vater, nicht wahr?« fragte er leise.

Sie sah ihn verwundert an. »Ja«, erwiderte sie, »insofern, als er mir riet, zu prüfen, was ich liebe.«

Klinger lachte gereizt auf. »Ich hätte mir denken können, daß dergleichen kommt. Der alte Salamander begnügt sich nicht damit, mich zu demütigen und zu drangsalieren . . .«

»Von wem sprichst du?«

»Von deinem Vater oder dem, den du dafür hältst, mein armes verblendetes Kind«, entgegnete der Sänger, und sein sonst so helles Gesicht war hart und zornig. »Ich bin geboren zur Sterblichkeit . . .«, wiederholte er.

»Norman«, sagte das Mädchen dringlich, »ich weiß nicht, warum du auf meinen Vater schimpfst. Du bist ja bisher nicht einmal zu ihm gegangen, wie ich dich gebeten hatte.« (Klinger machte eine unwillige Bewegung.) »Wer weiß, ob seine Bedingungen nicht ganz anderer Art gewesen wären. Dies hier nun ist die meine, und wäre sie es nicht wenigstens wert, in Ruhe bedacht zu werden? Gilt dir so wenig, ein Mensch zu sein mit mir?«

Klinger sah vor sich hin. »Ich bin vielleicht zu aufbrausend«, sagte er. »Jede Bedingung bedarf einer Bedenkzeit. Laß es mich überschlafen. Du weißt, daß ich morgen abend fortmuß, eine

Opernstagione lang den Orfeo singen in Mailand und Palermo. Vorher sollten wir . . .«, er griff sich an die linke Seite. »Wo kann ich dich sehen, zur Stunde, da es dunkel wird? Ich mag nicht begafft werden.«

»Ich zeichne im Park überm Strom mit den anderen. Durch das Pförtchen könnte ich zur Promenade kommen.«

»Nicht am Wasserwerk!« rief Klinger heftig. »Ich hasse es!«

Das Mädchen sah ihn verstört an. »Was hast du, Norman? Wohin soll ich denn gehen?«

Er winkte ab. »Es ist schon gut.«

Leontine erhob sich seufzend. »Ich bin keine Elbin und will keine werden. Ich will nur mit dir leben, Mensch mit Mensch.«

Der Sänger erwiderte nichts. Als das Mädchen fort war, ließ er sich vornüber fallen auf die bunten Tücher, in denen sie gesessen hatte, und preßte das Gesicht in das flauschige Gewebe. Dann riß er die Tür auf. »Komm, Donna. Ich weiß ja, daß du nur darauf wartest, zu pusten.« Die Noten, die ihm Leontine gegeben hatte, hielt er fest in der Hand.

Sie indessen lief im Regen, allein, wollte in den Venusweg einbiegen, aber zwei große schwarzmähnige Löwen lagen quer vor dem Eingang und ließen sich weder durch Bitten noch durch Befehlen, weder durch Streicheln noch durch Zausen vom Fleck bringen. Sie mußte umkehren und die Bahn benutzen.

Schlimmes Wetter

Auch der nächste Tag war regnerisch und trüb. Das Zeichnen im Park wurde abgesagt, aber Leontine fand keine Möglichkeit mehr, Klinger zu erreichen und die Verabredung zu verändern. So saß sie fröstelnd auf der Bank; trotz ihrer dicken Wolljacke und der hohen Stiefel schien ihr, als dränge die Kälte bis ins Mark. Seit dem gestrigen Gang durch den Regen lastete ein dumpfer Druck über ihren Augen, und das Schlucken fiel ihr schwer. Ein schneidender Wind kam auf und vertrieb die Wolken, überm Strom glomm ein unerwartet schönes Abendrot, und das Mädchen zitterte. Der rote Schein erlosch.

Schließlich vernahm sie ein Rascheln im Gebüsch hinter sich, und hervor trat der Erwartete, hoch und schlank, im lang fallenden dunklen Mantel, den Kranz immergrünen Laubes in den Haaren, umgeben von seinem eigenen sanften Licht.

»O Norman«, rief das Mädchen, »die Art deines Erscheinens gibt mir schon die Antwort auf meine Frage. Du bist nicht bereit, mit mir zu leben.«

»Heute und immer bin ich bereit, mit dir zu leben, meine schöne Braut, ich, Glorion Ingildor, genannt Tar-Ciryatan, ein Fürst der Erstgeborenen. Aber nicht als ein Erniedrigter und in seinem Fluge Beschnittener, wie der tückische Darenna es will, sondern als der, der ich bin. Deine Bedingung verwerfe ich als unwürdig und stelle dir dafür die meine: Wenn du mich liebst, so steh auf, gib mir deine Hand und folge mir. Dort an der Straße steht mein schneller Wagen. Wir sind noch vor Sonnenaufgang jenseits der Schneeberge und im Süden. Niemand wird dich sehen, ich verstehe zu verhüllen. Mehr als den beständigen Schmerz kann er mir nicht zufügen; ich lache seiner und ertrage ihn. Die andere kann ich vertreiben.«

Das Mädchen saß wie erstarrt. »Norman Klinger, ich verstehe nicht alles, was du sagst«, brachte sie mühsam hervor. »Aber eines weiß ich: Ich werde nicht mit dir gehen, sterbliche Braut eines Unsterblichen, dunkler Schatten vor einem großen Licht, vergehend, wenn du mich vergessen wirst. Sei mein wie ich dein. Sei ein Mensch und mit menschlichem Maße meßbar.«

Er warf den Kopf zurück. »Der Salamander ist stärker, als ich dachte. Ich wollte nicht hierher, an dies Wasserwerk, diese furchtbare Festung, die er einst baute, die unterirdischen Wasser zu knechten und in die Gewalt der Röhren zu zwingen, jene Wasser, die bei mir frei zu Tal strömen. Hörst du nicht das Ächzen und Stöhnen in der Tiefe? Fort hier! Folge mir! Weißt du denn nicht, daß er, den du Vater nennst, einst große Verbrechen begangen hat? Verlaß ihn!«

»Du bist nicht bei dir, Norman.«

»Und du? Nicht bei mir und nicht bei dir, wie ich sehe. Er hält dich in finsterer Gewalt, armes Kind. Sieh, Remmirath, das Siebengestirn, steht schon am Himmel, und da steigt der rote Borgil durch den Dunst empor wie ein Edelstein. Menelvagor, der Streiter des Himmels, erwacht, mit seinem schimmernden Schwertgehänge geschmückt. Auf! Ich liebe dich.«

»Auch ich liebe dich. Verlaß mich nicht so.«

Er lachte. »Ich muß, soll ich mich nicht selbst verlieren. Es ist spät.« Er schlang den Mantel um sich, beugte sich zu ihr, seine Lippen streiften ihr Haar. »Ewig und unsterblich dein. Auch du hast Bedenkzeit. Jetzt aber ade.«

Das Gesträuch rauschte, er war fort.

Als Leontine zu Hause ankam, glühte sie vor Fieber. Noch ehe die Ärzte eintrafen, war sie bewußtlos.

Darenna wich Tag und Nacht nicht vom Bett der Tochter. Mit neuen Medizinen, von ihm selbst in seinen Laboratorien gebraut, heilte er die Lungenentzündung des Mädchens in kürzerer Zeit, als es je vorher möglich war. Aber eine große Schwäche, eine tödliche Mattigkeit hielt sie umfangen. Teilnahmslosen Blicks verfolgte sie den Fall der Blätter vor ihrem Fenster, sah Flocken kommen und schmelzen, nächtlichen Regen gehn und Frost das Gezweig umklammern.

Trotz der Winterzeit verstand es Seine Exzellenz, ihr Zimmer jeden Morgen mit frischen Blumen zu überschwemmen, seine Treibhäuser lieferten genug. Bücher und Leckereien, Geschenke wurden gebracht, Freunde kamen und flohen vor den matten Augen der Kranken; sie schlief unter Medikamenten, die ihr der Vater reichte. Musik hielt er ihr fern, als ihrer Genesung abträglich.

Jeden Morgen fragte sie nach einem Anruf, und stets erhielt sie die Antwort, da sei nichts. In Wahrheit rief Klinger täglich bei dem Magier an und verlangte das Mädchen zu sprechen. Stets erklärte Darenna, Leontine sei nicht da, habe keine Zeit. Ihre Krankheit verschwieg er dem Elben. Nach Weihnachten hörten die Nachfragen auf. Sorgfältig siebte der Magier die Zeitungen auf Kunstnachrichten aus dem Süden.

Kurz vor Neujahr stand sie zum erstenmal auf, und Darenna gab ihr zu Ehren ein Fest, aber sie lachte nicht. Zur Erholung beorderte der Vater sie in die verschneiten östlichen Berge.

Ganze Tage war sie auf Schneeschuhen unterwegs, im Wechsel von Wolken und Sonne neues Leben atmend. Eines Abends fand sie sich, daß sie vor sich hin sang. Es war »Ihr schönen Augen«.

Weihnachten im Süden

Die dringenden, meist zornigen, oft auch verzweifelten Anrufe Klingers ließen erst nach, als er überzeugt davon war, Leontine wolle ihn wirklich nicht sprechen. Um sie nicht zu quälen oder zu belästigen, meldete er sich nicht mehr, aber er gab die Hoffnung nicht auf. Darenna hatte weder Mal noch Drachen von ihm abgezogen, und sosehr er dem Magier auch Schlechtes zutraute, glaubte er doch, daß dies ein Zeichen sei, der Vertrag laufe noch, er sei nicht aus der Prüfung entlassen.

Der Schmerz der Brandmarkung war, entfernt von dem Mädchen, erträglicher geworden. Anders verhielt es sich mit Donna. Ihre Eifersucht nahm täglich zu, ihre Ausbrüche erfolgten bei den nichtigsten Anlässen, und oft hatte er wahrhaft Furcht, in sein Hotelzimmer zu gehen, weil ihn das liebe Tierchen hoch aufgereckt und bereit, Flammen zu werfen, erwartete. Andererseits konnte er Donna nicht nachtragen, wenn sie das tat, wozu sie ausgesandt war; er wußte im Gegenteil zu schätzen, wie erträglich man mit ihr auskam. Gutherzig, wie er war, rührte ihn die Zerknirschung der Echse nach getaner Tat jedesmal aufs neue. Aber schließlich konnte sie nicht aus ihrer schuppigen, glitzerbehangenen Haut. Auch gab es Vorzüge. Seit sie bei ihm war, hatte zwar sein Verschleiß an schnellen Autos zugenommen, aber mit ihr zu fahren bereitete ihm ungemeines Vergnügen. Zudem führte ihm das kleine Monster einen untadeligen Terminkalender und hielt ein umsichtiges Auge auf die nachlässige Elbenwirtschaft gerichtet. Kein Klavierauszug und kein Manschettenknopf blieben mehr im Hotelzimmer liegen – schon gar nicht, wenn letzterer aus Gold war –, und daß der vergeßliche Sänger bezahlte und dann die Ware nicht mitnahm, kam nicht mehr vor.

Dem Elben tat der Süden wohl; das Land der Musen, Apolls und anderer ihm verwandter Gottheiten nahm ihn freundlich auf und goß ihm neue Lieder ins Herz. Die Schmerzen um Leontine und Donnas glühende Sprache vermochte es nicht, vergessen zu machen, und schmolz nicht die Sehnsucht nach den inzwischen schneebedeckten Hügeln.

Am Weihnachtsabend fand keine Vorstellung statt. Der Sänger hatte freundliche Einladungen von Kollegen ausgeschlagen, dem Drachenweibchen das Abendessen gegeben und saß trübsinnig bei einer Flasche Chianti in seinem Hotelzimmer. Donna posierte mit zierlich übergeschlagenen Beinen vorm Spiegel, manikürte sich die acht Fingernägel und sah den neuen Schmuck durch, den er ihr zur Feier des Tages geschenkt hatte. Die Seufzer ihres Herrn und Gefangenen klangen indessen so erbarmungswürdig, daß sie nach einer Weile mitfühlend fragte, was ihn denn bedrücke.

»Ich habe Heimweh, meine Kleine«, sagte der Elb kläglich. Er war zu zermürbt, um die Sache durch einen Scherz zu verbrämen.

»Heimweh?« erwiderte Donna und züngelte kurz. »Davon habe ich noch nie etwas gehört. Es muß sehr weh tun, nach dem, wie Sie stöhnen.«

»Es tut sehr weh, in einem süßen Schmerz.«

»Süßer Schmerz? Seltsam. Und wie kann man das heilen?«

»Indem man seinen Koffer packt und nach Haus fährt.«

»Das können wir ja nun nicht«, sagte das rationalistische Reptil, »wir haben noch ein paar Vorstellungen zu singen. Wo sitzt denn dieser süße Schmerz?«

»Überall.«

»Ich dachte, besonders links, weil Sie Ihre Hand da immer hinführen.«

»Da«, entgegnete Klinger, der vor Sehnsucht nach einer mitfühlenden Seele heute abend auch mit den Steinen geredet hätte, »da sitzt etwas anderes.« Er wußte selbst nicht, warum, aber er öffnete sein Hemd und präsentierte dem Drachenweibchen das Mal.

»Oh«, sagte Donna und legte den Kopf schief, »das stammt aber nicht von mir.«

»Nein, das ist die Schrift deines Meisters.«

Donna schwieg und züngelte. »Ich bin manchmal zu heftig«, lispelte sie dann. »Ich wußte das nicht. Vielleicht hätte ich mich hier und da etwas zurückgehalten.« Klinger lächelte, sie aber fuhr fort: »Machen kann man da nichts. Aber vielleicht lindern.«

Ohne lange Vorreden sprang sie ihm auf den Schoß und begann ihre gespaltene Zunge über das Feuerzeichen zu führen. Der Elb hob abwehrend die Hände, gefaßt auf neue Quälereien. Aber dann spürte er eine sanfte Kühle wie Windhauch die Glut von dem Mal fortnehmen, und aus seinen geschlossenen Augen flossen erlösende Tränen.

Benetzt und weinend, schlief er getröstet ein – und erwachte im Duft von »Nina Ricci« und Schwefel. Als er die Lider endlich offen hatte, glaubte er zu träumen. Er lag im Bett, auf seinem Bauch fest schlummernd die kleine Echse.

»Das ist ja nun wohl das Letzte!« entfuhr es ihm. Mit angehaltenem Atem hob er das Monster behutsam beiseite, was mit größeren Schwierigkeiten verbunden war, als er zunächst annahm, denn sie hatte ihren reichverzierten Schwanz im Schlaf mehrfach um sein linkes Bein geringelt. Sie schnaufte ungerührt weiter, und er stürzte ans Telefon, um ab sofort getrennte Schlafzimmer zu verlangen. Hüterin und Behüteter wechselten niemals ein Wort über diesen Vorfall, und Donna erhielt wieder die Brieftasche des Sängers zum Bewahren. Manchmal allerdings sah sie ihn so schelmisch von der Seite an, daß auch er sich kaum das Lachen verbeißen konnte.

Eins allerdings hatte dieser Weihnachtsabend mit sich gebracht: Das Mal schmerzte seitdem nicht mehr so unerträglich, und Donna war milder gestimmt. Ersteres blieb, das zweite legte sich schon nach Neujahr, da das Drachenweibchen Feuer spie, als sei es nie anders gewesen. Ende Januar fuhren sie nach Haus.

Die Anschuldigung

Als die Flocken weich und süß übers Land fielen, jährte sich der Tag, an dem einstmals die Stadt im Feuer vergangen war. Jeder am Ort beging ihn nach seinem Geschmack, die einen im Jubel eines ausgelassenen Karnevals, die anderen still oder in musikalischem Gedenken.

Daß zu den Gedenkkonzerten Klinger sang, war nun schon Sitte, und ebenso, daß man sich danach in einem Parkschlößchen zwischen Wald und Hügeln versammelte. Obgleich der Elb keine rechte Lust hatte, an den etwas steifen Versammlungen der Honoratioren teilzunehmen, sagte er doch aus Höflichkeit zu, bedang sich nur aus, etwas später zu kommen, um vorher auszuruhen. In Wahrheit wollte er beim Klang der Glocken allein unter dem fallenden Schnee sein. Elben können, wie man weiß, über lockeren Schnee dahineilen wie andere über gebahnte Straßen. Jedermann glaubte ihm, daß sein Auto im Schnee steckengeblieben war, als er endlich eintraf. In Wahrheit war er den ganzen Weg zu Fuß gegangen.

Man hatte bereits Reden gehalten und tapfer getrunken, und von der inneren Einkehr des Anfangs war kaum noch etwas zu merken. Die Kerzen flackerten im Luftzug, als Klinger eintrat, und man führte ihn unter Applaus zu seinem Platz. Er stutzte, als er sah, daß man ihn ehrenhalber an das obere Ende der Tafel gesetzt hatte, denn ihm gegenüber hockte im gleichen schwarzweißen Habit, das er selbst trug, gebeugt über Glas und Karaffe mit gebranntem Wasser, Exzellenz Darenna und schielte kurz zu ihm auf, um seinen knappen Gruß ebenso gemessen zu erwidern. Neben ihm saß still Leontine in einem weißen Kleid, um die Stirn ein blaßrotes Band, und erwiderte sein »Guten Abend« nur mit einem Neigen der Augenlider.

Das Mal über Klingers Herzen brannte so, daß er kaum die Hand erheben konnte. Er biß sich auf die Lippen. Als er den spöttischen Blick Darennas auf sich fühlte, nahm er sich zusammen und trank hastig ein paar Gläser seines Lieblingsweins, den ihm die zuvorkommenden Stadtväter hingestellt hatten.

Weiter unten am Tisch klang Lachen, das Wachs der Lichter tropfte auf das Tischtuch, und er sah mit Mißvergnügen, wie sein Gegenüber mit dürren Fingern darin herumrührte, bizarre Figuren und kabbalistische Symbole formte, sie an der Flamme schmelzen ließ und umwandelte.

Wider Willen zog es seine Blicke an, wie der Magier (seinem gereizten Sinn nach) die Materie quälte, und obgleich es sein Leiden vermehrte, zwang er sich, zu der bleichen Löwenjungfrau hinüberzusehen. Ihre sanften ungeschminkten Lippen waren geöffnet und zitterten. Zwischen den Fingern drehte sie ihr geleertes Glas.

Er nahm die grünliche Flasche, um ihr von seinem Wein einzugießen, aber blitzschnell legte sich Darennas geäderte Hand über das Gefäß, und die quäkende Stimme bemerkte: »Leontine trinkt keinen Wein.«

Klinger setzte die Flasche hart ab. »Kann mir Leontine das nicht selber sagen?« fragte er grimmig. »Nehmen Sie Ihre Finger da weg und beschäftigen Sie sich mit Dingen, die Ihrem Naturell näherliegen. Zerstören Sie Wachslichte, Exzellenz, in Ermangelung von größeren Dingen.«

Er goß sich erneut ein. Das Mädchen sah nicht zu ihm hin. Vor seinen Augen verschwammen das blasse Gesicht und die Kerzen. »Leontine, Geliebte«, sagte er verzweifelt und tonlos. »Tausendfaches Feuer verbrennt mich deinetwegen.« Er verstummte.

Darennas Gelächter traf ihn wie ein Peitschenschlag. »Bravo, was für ein Mann! Standhaft, duldsam und verschwiegen. Und so gar nicht wehleidig. Ein echter Vertreter des Schönen Volkes fürwahr.«

Klinger wollte entgegnen, aber die Exzellenz hob den Finger. »Ich empfehle Ihnen aufzumerken, falls es Ihnen der genossene Wein noch erlaubt. Soviel ich höre, preist man wieder einmal Ihre begnadete Sangeskunst da vorn am Präsidium des Tisches.«

In der Tat wurde ein freundlich-ehrfurchtsvoller Toast auf Klinger ausgebracht, und er dankte mit gequältem Lächeln.

Es war zu erwarten gewesen, daß man als nächstes Darenna hochleben ließ, als den »Genius und Wohltäter der Stadt«. Der Sänger verschränkte finster die Arme und trank nicht mit. Der Magier lächelte voller Hohn. »Es scheint, Sie halten mich für etwas ganz anderes«, stichelte er.

»Allerdings, verehrter Salamander«, sagte Klinger schneidend. »Wenn Sie es genau wissen wollen, für das Gegenteil, und daß all diese braven Leute Sie arglos feiern, zeigt mir nur, daß das Menschenvolk entweder noch vergeßlicher oder – noch verlogener als das meine ist.«

»Sie meinen?«

»Ich meine, heute kneten Sie nur an Wachslichtern herum, aber einstmals bereiteten Sie sich ganz andere Fackeln zu Ihrem Vergnügen.«

Um die beiden war man aufmerksam geworden, die Gespräche verstummten, und nach Klingers letztem Satz herrschte atemlose Stille im Raum. Ein leiser, schmerzlicher Laut kam von Leontines Lippen. Das war zuviel für den geplagten Elben. Er verlor seine mühsam bewahrte Fassung und sprang auf. Alle gewahrten die Veränderung, die mit ihm vorgegangen war. Der Schnee, den die Wärme des Raumes auf seinem Haar hatte schmelzen lassen, verwandelte seine Locken in wirre nasse Strähnen. Das ungewisse Kerzenlicht gab seinen sonst so freundlichen Zügen fremdartige Hoheit. Dunkle Falten machten ihm Stirn und Mund hart, das heitere Grübchen im Kinn war ein Spalt wie im Felsen, hart und grausam. »Ich verlange«, rief er mit seiner weithin tönenden Stimme, »daß man mir einen anderen Platz gibt. Wenn man selbst keinen Anstand trägt, mit dem Mordbrenner am Tisch zu sitzen, so soll man es doch nicht mir zumuten.«

Leises Stimmengewirr erhob sich, und jemand fragte schließlich zaghaft, was er meine.

Klinger vermied es, Leontine anzusehen. Er reckte den Arm gegen den Magier. »Nicht nur die Erstgeborenen, alle wissen es, daß dieser hier vor vierzig Jahren den Feuersturm über die Stadt vielleicht rief, gewiß aber dirigierte; aus Lust an der Zerstörung und um seine Hügel zu bewahren, ging er ein Bündnis ein mit der Finsternis. Sein Werk ist, was wir heute betrauern.«

Er stieß seinen Stuhl zurück und verließ den Raum. In der Totenstille klangen seine Schritte.

»Norman!« schrie Leontine erstickt.

»Bleibe«, sagte der Magier kalt. »Herr Klinger ist betrunken. So kann man ihn nicht zur Rechenschaft ziehen, wie man es zweifellos sonst getan hätte.«

»Ich möchte gehen«, bat das Mädchen.

»Bitte, wie du willst. Es ist spät«, erwiderte Darenna gleichmütig.

Man entschuldigte sich bei ihm, brach überstürzt auf. Er zuckte die Achseln und füllte erneut sein geschliffenes Glas. Schließlich saß er allein an der Tafel, die Flammen warfen unruhige Lichter über sein rötliches Greisengesicht. Mit spitzen Fingern leitete er die Ströme des zerschmolzenen Wachses über das weiße Tischtuch hin.

Leontine zieht Konsequenzen

Am Abend des dritten Tages nach dem Geschehnis im Parkschlößchen klopfte es auf seltsame Weise an Klingers Tür – es war, als kratze der Schornsteinfeger mit Besen und Kugel im Kamin auf und ab.

Donna schlief schon. Als der Elb öffnete, stand draußen mit gesenktem Kopf ein großer Hirsch. Im unermüdlichen Fall der Flokken leuchtete sein Fell noch weißer als der Schnee. Zwischen den Sprossen des Geweihs steckte ein rotgeflammtes Kärtchen, auf dem nichts weiter zu lesen stand als: Darenna wartet.

Klinger nickte. »Alles nach den großen Bräuchen und wie es Sitte ist von alters her. Zwar habe ich erklärt, jene Seite der Hügel nicht wieder zu betreten, aber seine Rechtfertigung zu hören, falls er eine bereit hat, kann ich nicht verweigern.« Er strich dem Tier zärtlich über die feuchte Nase. »Warte, ich komme mit dir.« Mit einem Blick auf das Schneegestöber warf er sich einen dicken Filzmantel um die Schultern und verhüllte den Kopf mit der Kapuze. Der Hirsch machte ein Zeichen, er solle ihm auf den Rücken steigen, aber Klinger verneinte. »Du hast genug damit zu tun, deine zarten Fußfesseln aus dem Schnee zu ziehen, auch ohne Reiter. Meine Schritte sind leichter als deine. Ich gehe neben dir.«

Er legte den Arm um den Hals des Tieres, und beide eilten hügelab, hügelan. Vor dem Tor des Magiers beugte der Hirsch das Knie und sprang mit großen Sätzen davon in die Dunkelheit.

Die Tür zum Observatorium war offen, Park und Treppe erleuchtet. Klinger trat ein und warf den Mantel ab. Im Raum war es dunkler als draußen. Der Magier schlurfte in seiner unvermeidlichen Strickjacke und in großen Hausschuhen aus Pelz quer durch den Raum, beschäftigt, irgendwelche Schnüre zu spannen. Im Hintergrund kauerte Leontine in einem Sessel und rührte sich nicht, so, als schliefe sie.

Der Elb verschränkte die Arme und sagte hochmütig: »Da bin ich, Darenna. Ich höre.«

»Mit Hören allein wird es nicht getan sein, Herr«, quäkte Darenna und schweißte mit schnellen Fingern ein paar Drähte, wobei er den Daumen als Lötkolben benutzte. »Sie haben mir mit Ihrem Geschwätz großen Schaden zugefügt. Über die alte Verleumdung, von der ich mir gut vorstellen kann, daß sie nicht nur von Elben nachgesagt, sondern auch ausgedacht ward, war gerade Gras gewachsen. Natürlich haben mich die Stadtväter wortreich ihres Vertrauens versichert, aber ob die mir vertrauen oder nicht, das ist mir gleichgültig. Mögen sie mich hassen, mich fürchten oder verachten, nach Belieben. Sie kommen sowieso gekrochen, aus meinen Händen die neuen Erfindungen gegen das Sterben und für das bessere Leben entgegenzunehmen.« Er lachte knarrend auf. »Ich mag verachtet sein. Auch ich bin ein Verächter. Vor diesem Kind jedoch habe ich nicht vor, als Mordbrenner dazustehn, und einzig um ihretwillen bin ich bereit, vorzuführen, was ich tat, und mich zu rechtfertigen.«

Er winkte die beiden mit gebieterischer Geste zu sich an den seltsamen Tisch mit den Gläsern. Dann schnippte er einmal kurz mit den Fingern gegen das große Fenster hin. Klinger entfuhr ein Ausruf des Erstaunens, er machte einen Schritt auf die Scheibe zu.

»Bleiben Sie hier«, sagte der Magier trocken, »von hier ist es am deutlichsten zu sehen.«

Der Schneefall schien verschwunden. Statt dessen war das Bild der Stadt dort hinten verwandelt. Verdunkelt, aber klar erkennbar ragte die große Kirche, deren Trümmer noch heute wahrzeichenhaft über der Stadt sich erheben, unzerstört in den Abendhimmel, Schnee auf Kuppeln und Simsen.

»Das«, sprach Darenna gelassen, als erläutere er ein Lichtbild, »ist eine Fata Morgana, eine Luftspiegelung, losgelöst von ihrem Urbild und in die Zeit geschickt. Alles, was existiert, besteht, nichts ist auslöschbar. Das Bild bleibt. Meine Kunst besteht nur darin, daß ich die Bilder rufen kann, wann ich will. So wäre ich auch in der Lage, Ihnen den Ablauf dieser Entsetzensnacht vorzuführen, als stünden wir dabei. Aber keine Angst, ich bin kein

Liebhaber von Horrorfilmen, und es würde nichts nützen, denn es beweist nichts. Ich will Ihnen nur sagen: Ich *könnte* es.« Er schnippte wieder mit den Fingern gegen das Fenster, das Bild erlosch.

»Etwas anderes will ich vorführen, etwas, wozu der fallende Schnee von Nutzen ist.« Er hauchte über die Gläser hin, die den Kupferstich umstanden, und sogleich begannen die Flämmchen ihren rauschenden Gesang, die silbernen Nadeln vibrierten im Papier und schickten Funken hin und wider, es zitterte in den gespannten Haaren und feinen Drähtchen, der Zaubertisch lebte.

Leontine und Klinger schrien gleichzeitig auf. Über dem sanft funkelnden Bild schien sich plötzlich ein dunkler Rauch zu erheben, von dem eine große Macht der Vernichtung ausging. Es ballte sich zusammen, ein Fliegendes, war es ein Ungeheuer der Vorzeit oder eine Erfindung derer, die Entsetzen nutzten, um über die Menschen zu herrschen? Jedenfalls näherte es sich dem Bild der Stadt von Nordwesten her und zog rasch heran, geflügeltes Wesen der Nacht, umsprüht von roten Blitzen, und so groß war die Bedrohung, daß Leontine den Arm des Vaters umklammerte und rief: »Rette die Stadt!«

Der Magier machte sich frei und wischte mit den Fingern über den Tisch. Das Blendwerk erlosch, Klinger fuhr sich mit der Hand über die Augen, während der andere weitersprach: »Das sah ich an jenem Abend. Und ich sagte mir selbst, da kein anderer an meiner Seite war: Rette die Stadt! Denn was da auf mich zukam, war furchtbar und ein anderes Feuer als das, dem ich diene. Das Feuer der Finsternis hat nichts gemein mit der Flamme des Ursprungs, der ich, Salamander, vertraut bin. Aber meine Kraft reichte nicht aus. Sie reichte nur bis zum Strom. Der Schild weißen Feuers, den ich über die Hügel ausbreiten konnte, versagte vor dem Ansturm da draußen, als neun Minuten nach zweiundzwanzig Uhr der Leib des Ungeheuers barst. Was ich aber tat, war dieses.«

Darenna stand in der Mitte des Raums. Seine Finger berührten die gespannten Drähte. Über den Köpfen der drei öffnete sich das Dach der silbernen Kugel, wich zurück vor einem sich aufwölbenden Ball von Strahlen, in deren Mittelpunkt der Magier sich befand, und vor diesen Strahlen schmolzen die Schneeflocken, zersprühten zu feinen Regentropfen, verdampften nebelgleich, vor den Augen breitete sich der klare winterliche Sternenhimmel aus.

»Am Fenster!« sagte Darenna mit gepreßter Stimme.

Sie sahen hinaus. Über der Stadt flohen die letzten Nebel davon. Das Schneegestöber zog ab in Richtung Süden. Die Luft lag still und durchsichtig über dem Strom.

»Genug der Vorstellung!« krächzte der Magier. Er ließ die Drähte fahren, das Dach schloß sich. Und während er eben noch hoch aufgerichtet und gleichsam lodernd im Raum gestanden war, taumelte er nun und rutschte auf dem Boden zusammen. Leontine umfing ihn mit den Armen. »So tat ich in jener Nacht«, sagte er leise. »Nur daß nicht Schnee vom Himmel fiel.«

Er stand auf und ließ sich von dem Mädchen zu dem Lehnstuhl führen.

Klinger trat herzu und beugte langsam das Knie. »Verzeihung, Hoher Magier«, sprach er.

In Darennas Augen trat ein böses Funkeln. »Verzeihung ist ein feines Wort«, höhnte er. »Ich darf dir verzeihen, und du nimmst es hin und bist entsühnt, leichtfertig und leicht gerührt. Wo warst du, verantwortungsloser Schwätzer, an jenem Tag, an dem ich meine Hand auch über deine Hügel ausstreckte, sie zu bewahren? Schliefest du im Kelch einer Blume, Träume von neuen Liedern auf den Lippen? Scherztest du am südlichen Strand mit den willfährigen Sylphen und Dryaden der Lorbeerhaine? Oder lagst du, toll und voll deines geliebten Weines, berauscht dem brüderlichen Gott mit dem Rebenkranz am Herzen?«

Klinger kniete noch immer, tief gesenkten Hauptes. »Wo immer ich auch war, ich war nicht hier«, erwiderte er, »aber auch wenn ich hier gewesen wäre, hätte es nicht in meiner Macht gestanden, zu helfen.«

»Nein?« krächzte Darenna. »Nicht einmal ein Löwenbaby aus dem Strom fischen, wie? Lieber die Augen abwenden von allem, was nicht schön und heiter ist?«

»Vater!« rief Leontine beschwörend und umklammerte den alten Mann, als wolle sie ihn zurückhalten von weiteren Worten.

»Laß, Leontine«, sagte der Elb und erhob sich. »Er tut wohl recht daran, so mit mir zu sprechen, und nur, daß es vor deinen

Ohren geschieht, trifft mich hart. Ich kann nichts weiter sagen, als daß ich meine Worte bereue. Was ich sagte, habe ich wahrhaftig geglaubt, denn mein Herz war verbittert wegen der Zwänge, die er über mich verhängt hatte.«

Das Mädchen sah ihn fragend an. »Was für Zwänge? Wovon sprichst du, Norman? Suchst du nun nach Gründen für die Beleidigung, die du ihm angetan hast?«

Klinger drückte die Hand auf die Brust. »Es schmerzt noch immer, ja«, sagte er. »Aber ich weiß nun, daß du dich abgewandt hast von mir, weil ich deine Bedingung nicht annehmen konnte, und so sei denn die Abmachung für null und nichtig erklärt. Ja, mein noch immer geliebtes Mädchen, ich war bei ihm, gleich nachdem du mich batest, es zu tun, aber ich konnte es dir nicht sagen, denn das Schweigen darüber war eine Bedingung. Ich will nun, daß es vorbei ist. Zeig ihr das Schriftstück, Feuersalamander.«

Ohne ihn eines Blicks zu würdigen, erhob sich Darenna achselzuckend und holte aus der Schublade das Papier. Leontine las langsam, mit dem Finger Zeile für Zeile folgend, dann entfiel das Blatt ihren Händen.

»Ich verstehe nicht . . ., ein Drache, der . . .«

»Er ist noch bei mir zu Haus.«

»Eine Bedingung von mir . . .«

»Die du nanntest.«

»Und das Mal?«

Schweigend öffnete Klinger sein Gewand und enthüllte das Zeichen, das in ihrer Anwesenheit wie Feuer glühte. Sie verbarg das Gesicht in den Händen.

Darenna nahm das Blatt auf und zerriß es, während er sich krächzend räusperte. »Erledigt«, sagte er trocken. »Die Echse wird abgezogen. Sie erlauben . . .«

Er wollte die Hand nach der Brust des anderen ausstrecken, aber der trat zurück und kreuzte die Hände über dem Signum. »O nein«, sagte er. »Ich habe es getragen als ein Zeichen der Hoffnung, und nun will ich es behalten auch in der Hoffnungslosigkeit und Einsamkeit, denn wenn ich Leontine auch nie wiedersehen sollte, werde ich sie trotzdem lieben, bis die Welt aufhört, im Reigen der Planeten mitzutanzen. Du hast Großes getan an dieser

Stadt, Darenna, und so zögere ich, das, was du an mir versuchtest, tückisch und böse zu nennen. Vielleicht verstehe ich den geheimen Sinn nicht, die Absicht, die dahintersteckt. Ich sehe nur, daß du versuchtest, mich zu erniedrigen und klein zu machen, und daß du dich selbst klein machtest dabei. Ich bin Glorion Ingildor, ein Fürst der Erstgeborenen, genannt Tar-Ciryatan, und kein Wesen Mittelerdes soll mir den Fuß auf den Nacken setzen. Auf ewig will ich mich scheiden von dieser Seite des Grundes und seinen Bewohnern.«

»Fahr hin, hochmütiger Elb«, erwiderte Darenna verächtlich, »ich dachte mir wohl, daß du nichts zu begreifen vermöchtest. Dein flatterhafter Sinn hält nichts. Geh zu den Deinen, der Gebieter des Feuers trägt dir nichts nach.«

Aufgereckt, im vollen Schmuck ihrer Würden standen sie voreinander, bereit, sich zu trennen in Feindschaft für alle Zeit. Da trat Leontine zwischen sie und breitete die Arme wie zu großer Rede. Aber ihre Lippen bewegten sich tonlos, und es dauerte, bis sie langsam und wie abwesend zu reden begann.

»Und ich?« hauchte sie. »Ich, um die ihr vorgebt, dies alles zu tun? Niemand hat mich gefragt, nein. Niemand will wissen, was ich will. Vielleicht will ich mit ihm gehn, wer weiß? Vielleicht bleiben? Ach, es ist euch gleichgültig. Ihr gebt vor, mich zu lieben. In Wahrheit liebt ihr euch, eure Würden, die außerhalb des Menschlichen sind, und führt euch vor, wie groß ihr seid. Ich liebe euch, ja. Ich liebe euch beide. Vater und Mann solltet ihr mir sein. Aber ihr seid Zauberer und Elb. Wenn ihr dorthin geht, wo ihr keine Menschen seid, so will auch ich aus meinem Menschendasein fliehen. Lebt wohl.«

Ihre Stimme war immer schwächer geworden, erlosch wie ein Hauch, ihre Lippen erstarrten. Das Gesicht verlor das Leben, die Augen bewegten sich nicht mehr, wie erkaltete Lava lag das Haar am Kopf, und vor den Augen der Entsetzten wurde ihr Leib zum Löwenrumpf, die Füße zu Klauen, hier wuchs etwas hervor, da verschwand ein anderes. Überm hingestreckten Marmorleib mit Schweif und Tatzen erhob sich der nackte Oberkörper eines Weibes, geschmückt und schön, aber kalt und starr. Leontine war vor Kummer versteinert, sie war zur Löwensphinx geworden.

Von großer Arbeit

Mit einem wilden Schrei stürzte sich Klinger auf die Statue, umarmte den Stein, preßte seine Lippen auf den erstarrten Mund. »Mein Mädchen, meine Geliebte! Komm zurück! Erwache, belebe dich, sei wieder gegenwärtig! Können Küsse, können Tränen dich nicht erwecken?« Schluchzend legte er den Kopf auf die steinerne Schulter, aber Darenna tippte ihn an und knarrte: »Gehn Sie mal beiseite und lassen Sie mich!«

Er streckte die Hand aus, und ein Mantel aus Feuer schien das Bildwerk einzuhüllen. Im flackernden Licht sah es einen Augenblick so aus, als kehre Wärme und Leben in die Figur zurück. Der Magier verdoppelte seine Anstrengungen, seine ausgestreckte Hand zitterte. Aber es war vergebens. Erschöpft ließ er sich in den Lehnsessel fallen.

»Es geht nicht«, sagte er. »Ich bin zu müde von dem Hokuspokus, den ich vorhin für Sie veranstaltet habe, Verehrtester. Und ich bin mir auch nicht sicher, ob es auf diese Weise überhaupt möglich ist. Andererseits, jetzt, wo alles noch frisch ist . . .«

»Versuchen Sie es noch einmal!« flehte Klinger. »Kann ich Ihnen helfen?«

»Indem Sie den Mund halten«, brummte der Magier. Er erhob sich, und wieder umzuckten die Flammen die Löwensphinx, aber sie rührte sich nicht.

»So ist nichts zu machen«, sagte er resigniert. »Sie ist fort. Ich muß andere Künste anwenden, aber dazu muß ich die kabbalistischen Bücher studieren, und das geht erst bei Neumond.«

»Das ist übermorgen!« rief Klinger. »Ich helfe Ihnen. Wir müssen sie zurückholen.«

Der andere warf ihm einen langen Blick zu. »Möglicherweise wären Sie dazu wirklich zu gebrauchen. Die alten Zeichen werden Sie ja kennen, und die Ängste der Menschen sind Ihnen fremd.« Er seufzte. »Da haben wir uns was Schönes eingebrockt! Wie die Gockelhähne haben wir uns aufgeführt, einer mußte den anderen überkrähen.« Er ballte die dürren Fäuste, und sein Gesicht verzog sich in unkontrolliertem Schmerz. »Töchterchen!« rief er, dicht vor dem Bildwerk stehend. »Verdammt noch mal, verzeih mir altem Besserwisser! Nimm ihn, den Luftikus von Elben, nimm ihn, den dreimal Verwünschten, wenn du ihn willst, so wie er ist, ich gebe ja zu, es gibt Schlimmere als ihn – nur komm uns wieder!«

Und Klinger, Stirn an Stirn mit der Bildsäule, flehte: »Leontine, mein Mädchen! Komm zurück, und ich will tun, was du willst. Wenn du mir befiehlst, der Exzellenz Vater wie ein Hund auf allen vieren nachzukriechen, auch das würde ich tun! Nur bleibe bei uns!«

»So weit müssen Sie nicht gehn«, sagte Darenna, der sich wieder gefaßt hatte. »Aber vielleicht sollten wir wirklich Hand in Hand arbeiten. Wenn ich mich recht erinnere, gibt es wirksame belebende Räucherzauber mit Kräutern, die aber jetzt unterm Schnee hervorzugraben nicht ganz einfach sein dürfte. Elben sind erfahren mit der Kräuterei, hieß es vorzeiten.«

Klinger rief eifrig: »Ich finde, was Sie brauchen, und wenn ich den Schnee mit den Händen fortschaufeln muß!«

»Womit sonst? Und halten Sie keine großen Reden, Sie wissen, ich kann das nicht leiden. Gehn Sie nach Haus, schlafen Sie, vor übermorgen geht es nicht weiter.«

»Ich mag nicht fort, vielleicht, daß doch . . .«

»Klinger, seien Sie vernünftig, auch wenn es Ihnen schwerfällt. Falls sich etwas ändert, rufe ich an. Ach so, die Drächin.«

»Lassen Sie die noch«, bat der Sänger. »Ich bin an sie gewöhnt, und ich glaube, sie wäre ohne mich ganz vereinsamt.«

»So, meinen Sie?« fragte Darenna und sah ihn von der Seite an. »Dann werden wir zumindest das Feuerspeien abstellen.«

»Ach ja«, erwiderte Klinger müde, »das war recht lästig. Bitte, Exzellenz, halten Sie mich auf dem laufenden. Ob wir es schaffen?«

»Es wird schwer«, murmelte Darenna. Allein geblieben, fiel er in seinen Sessel und schloß die Augen.

Der Elb hatte einen natürlichen Widerwillen gegen den magischen Zwang, den Darenna auszuüben beabsichtigte; das gewaltsame Eindringen in die Dinge, das Sprengen organischer Bindungen war seinem Wesen entgegen. Trotzdem assistierte er dem Magier am übernächsten Abend bei den Beschwörungen mit seinem ganzen Genie. Eine große Kraft wurde da von den beiden Mächtigen versammelt, und mit nicht nachlassendem Willen rangen sie bis zum Morgengrauen um die Wiederkehr des Mädchens. Dann mußten sie ablassen, ohne daß sich das Steinbild belebt hatte.

Das Observatorium trug deutliche Spuren ihrer Arbeit. Das Dach hatte Beulen, Brandflecke zierten den Arbeitstisch und den Fußboden, die Wände waren rußgeschwärzt. Grau vor Erschöpfung, sahen sich die beiden erfolglosen Großmeister beim ersten Frühlicht ohne Hoffnung in die Augen.

Darenna schloß das Buch der Beschwörung und räusperte sich. »Es hat keinen Zweck. Sie haben sich nicht übel geschlagen, Klinger. Wenn man bedenkt, daß das Feuer nicht Ihr Element ist.«

Der andere winkte ab. »Sie hatten mir ja hinlänglich Erfahrung vermittelt im letzten halben Jahr, Exzellenz.« Er fröstelte.

»Eine Tasse Tee?« schlug der Magier vor, und Klinger nickte.

Bei Biskuits und Earl Grey wurde dann die Lage erörtert. Da sich die gewaltigen Exorzismen dieser Nacht als erfolglos erwiesen hatten, zeigte sich Darenna wenig optimistisch. Die Versteinerung sei schon zu weit fortgeschritten, um sie noch mit milden Kraut- und Räucherzaubern zu durchdringen. Trotzdem wollte man nichts unversucht lassen. Der Sänger stimmte ihm mit gebremster Lebhaftigkeit zu. Mehr als den alten Zauberer hatte ihn, den verwöhnten Luftgeist, diese Nacht des Feuers und der Willensanspannung mitgenommen. An der Erde sitzend, den Rücken gegen Leontines Löwenflanke gelehnt, hielt er seine Teetasse umklammert und sprach von der sanften Macht der Beständigkeit, vom stetigen Einwirken wie dem des Regens auf die Erde, das vielleicht den Stein besiegen könne.

Darenna nickte. »Es bleibt unsere einzige Möglichkeit, also hoffen wir.« Er seufzte. »Noch einen Tee?«

»Gern.«

»So stehn Sie um Gottes willen auf und holen Sie ihn. Ich bin müder als Sie.«

Der Sänger bediente sich und die Exzellenz. »Ihr Tee ist vorzüglich.«

»Das liegt am Quellwasser. Ich kann Ihnen eine Karaffe voll mitgeben.«

»Sehr freundlich. Falls es Ihnen recht ist, gehe ich nach Hause, um ein paar Stunden zu schlafen. Ich muß heute abend in Berlin den Belmonte singen.«

»Na, wie sich das trifft«, krächzte Darenna. »Da können Sie ja gleich nach ein paar winterfesten Kräutern Ausschau halten, die nur in verschneiten Kiefernwäldern gedeihen, und zwar morgens zwischen drei und vier. Ich gebe Ihnen eine Liste mit.«

Aber obgleich die beiden Männer unermüdlich waren, obgleich Klinger im Frost des Nordens und in der Hitze des Südens die geheimen Pflanzen sammelte und im Kampf mit bewachenden Alraunen und rauhen Erdgeistern Zähigkeit und Mut entwickelte, obgleich Darenna nächtelang Absuder und Rauchwerk herstellte und das Bildwerk bestürmte, zog der Frühling ins Land, und nichts hatte sich verändert. Das Mädchen war verloren.

In Klingers Haus hatte sich die kleine Drächin, nachdem ihr Meister ihr die Feuerkraft genommen hatte, zu so etwas wie einem Winterschlaf niedergelegt. Ihre umständlichen Erklärungen, daß sie als Echse Unterkühlungen ausgesetzt sei und ohne ihre Flämmchen auf wärmere Zeiten zu warten habe, verstand Klinger nur halb. Ihm war, als sei nun auch das zweite weibliche Wesen, das ihm nahestand, gleichsam von einer Erstarrung befallen. Während der Fütterungszeiten, zu denen die Echse regelmäßig erwachte, klagte er ihr sein Leid. Sie hörte ihm gähnend, aber verständnisvoll zu (mit dem Verlust des Feuers war auch ihre Eifersucht geschwunden) und ringelte sich dann zu erneutem Schlaf zusammen. Nicht einmal das Versprechen einer schnellen gemeinsamen Autofahrt konnte sie ermuntern, und das Angebot, sie dürfe nach Herzenslust Rachmaninow spielen, entlockte ihr nur ein Schnarchen. Ein neues Juwel für ihren Schuppenschwanz betrachtete sie blinzelnd und lispelte: »Später, Herr Klinger.«

So war dem Sänger in diesem Winter, auf dem erstarrten Moospolster und den vergilbten Gräsern des Fußbodens, als lege sich der Panzer der Kälte und Einsamkeit ebenfalls wie eine Steinschicht um sein Leben, und in den dunkelsten Stunden war ihm, als sei Leontine tot. Nur der ziehende Schmerz des Males der Liebe war seine Hoffnung.

Als es Frühjahr wurde, schlief Donna immer noch, Klinger flog nach Japan, und einzig Darenna beräucherte mit ingrimmiger Hoffnungslosigkeit das Standbild seiner Tochter, als sei es eine Gottheit, der das tägliche Opfer zu bringen sei, gleich, ob es einen erhöre oder nicht.

Am Brunnquell der Güter

Aber Leontine war nicht tot. Während das steinerne Bild an die Stelle ihres Leibes trat, fiel sie, fiel durch die Schichten der lebendigen Erde zum äußersten Grund des Gesteins, dahin, wo die Zeit nicht gezählt wird, durch Feuer und Wasser. Schwach drang an ihr Ohr das Geräusch der Welt, Singen und Weinen, Lachen, Lieben und Sterben und das Ächzen der Steine. Vielleicht wäre sie wirklich dort unten geblieben im Todesdunkel, aber etwas fing sie auf und verwandelte ihren Fall in ein sanftes Schweben, und als trüge sie eine Strömung, ward sie in eine Richtung gezogen, von wo goldgelber Schimmer durch die Finsternis drang und immer größer wurde.

Weich abgesetzt, fand sie sich zunächst geblendet, ertaubt und verstummt, Atem schöpfend wie nach heftiger Anstrengung, die Augen noch brennend von den ungeweinten Tränen des vorigen Lebens, aber schon gestillt. Wie durch Watte, dann immer deutlicher, drang in ihre Ohren ein bekannter Klang: eine Sonate von Muzio Clementi.

Der Fenstervorhang aus alter Spitze glitt zurück und gab die Öffnung frei, durch die sie eintrat.

Die Mutter saß am Klavier, im Kerzenschein, die dunklen Augen auf die Noten gerichtet, ein Lächeln auf den blassen Lippen.

Das Mädchen trat von hinten an sie heran und legte den Kopf auf diese schmale Schulter.

Und die Mutter, da sie gerade mit der Linken einen schwierigen Lauf übte, hob die Rechte, um über das Haar des Mädchens zu streichen. »Du bist lange ausgeblieben«, sagte sie, bevor sie das Andante ma non troppo begann.

»Ich erinnere mich, ich erinnere mich an dich, Mutter. Wir spielten vierhändig, nicht wahr? Und steinerne Löwen lagen vor unserer Gartentür. Das Haus war groß.«

»Es war groß«, sagte die Mutter, »und wir froren darin, als es finster geworden war. Einst war ich der Ruhm dieser Stadt, so wie es jetzt der ist, den du liebst. Dann begannen sie mich zu vergessen aus Furcht vor der Dunkelheit. Ich war gebannt.«

»Aber warum?«

Die Mutter lächelte zart. »Die Finsternis braucht wenig Gründe dafür. Es genügte, daß mein Haar so am Kopf lag, wie du es hier siehst, und daß ich dunkle Augen hatte. – Ja, sie mieden mich aus Furcht. Aber sie hätten auch reden können, mich ganz zu verderben. Das taten sie nicht, eingedenk ihrer alten Liebe. Und so stand ein Wall von Schweigen um unseren Park und unser kaltes Haus ohne Brot und Wein. Das Schweigen war Schutz, und es war Einsamkeit. Weißt du noch, Leontine, wie wir gingen, du und ich, in der Dämmerung Holz zu suchen für unseren Kamin?«

»Ja, Mutter. Es reichte gerade immer, uns die Hände zu wärmen für einen Satz.«

»Es reichte für das Andante ma non troppo.«

»Aber wir verbrannten die Bücher nicht.«

»Nein, nicht die Bücher.«

»Du lasest mir vor in die beginnende Dämmerung hinein, bis dir die Augen tränten.«

»Sie tränten nicht nur deshalb, meine kleine Leontine.«

»Wo sind die Bücher, Mutter?«

Die Mutter lächelte. »In deinem Kopf, in deinem Herzen, in allen deinen Sinnen. Später, als alles brannte, brannten sie auch.«

»Wir sammelten Pilze im Park, neben dem Holz.«

»Ja, Kind. Wir sammelten die seltsamsten Arten, von denen es heißt, in ihnen sei nichts als Gift. Ich aß sie und hatte bunte Träume, und immer, wenn ich eine neue Sorte überstanden hatte, gab ich auch dir davon. Der Hunger tat nicht so weh.«

Leontine ließ ihre Augen durch den großen Raum mit der Stuckdecke schweifen, von der ein vielfach glitzernder Kronleuchter hing, das Wachs der Kerzen tropfte. Von Wand zu Wand zogen sich, Girlanden gleich, Ketten getrockneter Pilze, zartviolette mit grünlichen Lamellen, rötliche, silbergrau geschuppte mit verdickten Knollen. Erdiger Geruch erfüllte den Raum.

»Vielleicht begann damit schon deine Verwandlung, Leontine, mit den süßen Giften. Deine einzigen Spielgefährten waren die steinernen Löwen am schmiedeeisernen Parktor. Du konntest dorthin gehn, um deiner Löwenhaare willen. Das Haus galt als verlassen. Es wuchs mit Efeu zu.«

»Manchmal, wenn ich morgens zum Tor lief, war ein Brot da oder ein Krug bläulichweiße Milch.«

»Oft, Leontine.«

»Ach, Mutter.«

»Nicht weinen, Leontine. Es war schrecklich, mein Löwenmädchen, und es war schön. Wollen wir vierhändig spielen? Ich rücke beiseite.« Sie begannen mit den alten Übungen der Klavierschule und unterbrachen nur, um zu korrigieren.

Als sie geendet hatten, ließ Leontine sich vom Stuhl gleiten, legte den Kopf in den Schoß der Mutter und umschlang sie mit den Armen. »Mutter, wie war es, daß ich zur Löwin wurde?«

Die Mutter streichelte lächelnd ihre Haarmähne. »Ich weiß es nicht, meine Kleine. Vielleicht bist du diesen Tieren verwandt aus unerinnerten Zeiten, so daß sie bereit waren, dich aufzunehmen. Vielleicht halfen die Gottheiten der Stadt, die ich liebte bis zuletzt, dich zu bewahren als ein Zeichen. Ob Götter, ob Menschen dich forttrugen aus dem Feuersturm, auch das weiß ich nicht. Du wurdest gerettet, bekamst ein zweites Leben. Ich verging mit meinem Haus, wie die anderen schon vorher vergangen waren, bevor sich die Wut der Finsternis umkehrte und zurückschlug auf die, die sie entfacht hatten.«

»Aber du lebst doch!« rief Leontine und sah zu ihr auf.

Die Mutter nickte ernst. »Hat es dir dein Pflegevater nicht gesagt? Nichts ist auslöschbar, das Bild bleibt, unberührt von der Zeit.«

»Wo sind wir hier?«

»Außerhalb der Zeit. Ruhe aus, mein Kind, schlafe, reife, wachse.«

»Ach, Mutter, der Kummer! Es ist, als wollten mich zwei zerteilen, und wie soll ich halb leben? Da jeder doch mehr verlangt, als ich ungeteilt und ganz zu geben vermag. Warum kann man nicht einfach Mensch sein?«

Die Mutter spielte einen perlenden Lauf über die ganze Tastatur. »Es gibt keine einfachen Menschen, Leontine. Alle sind vielfältig und gebrochen, zusammengesetzt, Elb und Zwerg, Gott und Teufel, Nöck und Salamander. Was verlangst du? Sollen sie ärmer werden deinetwegen? Werde du reicher und wachs ihnen zu. Die Welt braucht Vielfältige. Liebe ist schon irdisch genug.«

Das Mädchen hob den Kopf, um weiterzufragen, aber die Mutter hatte die Hände erhoben, und über dem beglückten Haupt des Kindes rauschte eine Invention von Bach dahin.

Der kalte Frühling ging ins Land mit Sturm, Hagel und Schnee, als wolle der Winter nicht nachgeben. Leontine ruhte in der Höhle der Wiederkehr wie das Korn im Schoß der Erde, träumend, schlafend, wachsend, ohne zu wissen, auf welches Ziel hin, Schmetterling oder Larve im Wandel der Erscheinungen, von der Musik der Mutter gewiegt, saugend am Born der Erinnerung, gleich, ob bitter, ob süß, im Duft der bunten Pilze, genährt mit Zärtlichkeit. Als die Tage droben länger wurden, kam Unruhe in ihr Herz.

»Du mußt bald fort«, sagte die Mutter. »Du liebst zu sehr.«

»Ja. Aber wie?«

Die Mutter zuckte die Achseln. »Es wird sich ergeben.«

»Muß ich wieder vergessen?«

»Ja, Kind. Aber du wirst dich stets erneut erinnern. Und stets erneut wiederkehren. Gedenke der Mutter und der Stadt.«

Dann spielten sie zusammen, und Leontine sang leise das Lied, das die Mutter noch nicht kannte, alle Strophen. Beim Klang einer Mozartsonate schlief sie ein, den Kopf auf dem Schoß, der sie geboren.

Noch einmal von vorn

Im Mai gab es die ersten wirklich schönen Tage. Das Drachenweibchen begann sich in der Wärme zu regen und einen so durchdringenden Schwefelgeruch auszuströmen, daß Klinger sogleich in die Stadt fuhr, um im besten Geschäft das teuerste Parfüm für die Echse zu kaufen. Nach langer Zeit hatte er Lust auf eine wilde Spazierfahrt, aber dann fiel ihm ein, daß sein Zweitwagen in Reparatur war und er in dieser Woche noch einige Termine hatte, und er beschloß, reiten zu gehen.

Die Hügel grünten und leuchteten, Blatt und Blüte waren nach so langer Zurückhaltung gleichzeitig hervorgeschossen. Lind strich die Luft um Roß und Reiter, von Ast zu Ast gaben ihnen Vögel das Geleit. Der Sänger vergaß seinen Kummer. Den Kopf im Nacken, seine Weisen summend und singend, zog er durch Wald und Tal, umflossen von Licht.

Plötzlich stutzte er. Diese Birken, Lärchen und Buchen, die sich fast ohne Übergang in ein Tännicht wandelten, diese aufgehäuften Steine, die Felswand dort – er kannte die Gegend. Dort war er mit Leontine gewesen an einem goldenen Herbsttag, sie hatte Pilze für ihn gesucht und sie dann, wer weiß, warum, liegenlassen. Wenn das Wetter sich hält, muß es bald Mairitterlinge geben.

Er wendete sein Pferd, spähte in das üppig sprießende Gras. Ein quäkendes Maunzen drang an sein Ohr. Der Schimmel schnaubte. Klinger drehte sich um und stieß einen hellen Ruf aus. »Elen sila lumenn' omentielvo!«

Sprachlos vor Entzücken, betrachtete er seinen Fund.

Neben einem karstigen Fuchsloch lag auf einem Grasbüschel ein fast armlanges Löwenbaby und sah ihn unverwandt mit klaren graugrünen Augen an, wild fauchend, als er die Hand ausstreckte.

Darennas großer schwarzer Wagen durchquerte den Grund und kroch zielstrebig die andere Seite der Hügel empor. Der Magier fuhr auf die Hügel der Elben – ein Ereignis, über das, wären sie Zeugen gewesen, Wissende wahrlich gestaunt hätten.

»Wo zum Teufel stecken Sie, Klinger«, sagte Darenna unwillig, als auf sein wiederholtes Klingeln endlich geöffnet wurde. »Wenn man Sie braucht, sind Sie nicht da. Die Löwensphinx ist spurlos verschwunden aus dem Observatorium, ich habe keine Ahnung, wie . . .«, er verstummte und sah entgeistert auf den Elben.

Der Sänger drückte sich ein Taschentuch gegen die von tiefen Kratzspuren blutende Wange, sein Hemd war zerfetzt, aber seine

Augen strahlten, und er lachte mit allen Zähnen. »Bitte einzutreten, Exzellenz«, sagte er vergnügt, »seien Sie willkommen, Herr Salamander, in Klingers Haus.«

Darenna trat ins Wohnzimmer. Knurrend und fauchend übte das Löwenkind seine Krallen am Stamm der Linde, daß der Bast nur so flog.

»Jetzt könnte ich ein gebranntes Wasser vertragen«, krächzte Darenna und fiel auf das Sofa.

»Gebrannte Wasser sind nicht mein Ressort, um Sie zu parodieren«, versetzte der Elb. »Aber ich denke, wir könnten uns auf einen Tee einigen, auch wenn er nur mit gewöhnlichem Hügelwasser gebraut ist.«

Beim Tee berichtete Klinger über den Fund. Darenna schüttelte den Kopf. »Solche Metamorphosen spotten all meiner Theorien. Aber ich werde schon noch dahinterkommen. Sie fängt also noch einmal ganz von vorn an. Hoffentlich braucht sie nicht wieder dreiundzwanzig Jahre, bis – na, vielleicht überspringt sie diesmal ein paar Etappen. Sie ist ja ganz schön lebhaft, was?«

Leontine benagte gerade die Beine von Klingers Flügel, daß der Lack splitterte und das Holz knirschte.

»Am besten nehme ich sie mit. Ich habe ja schon meine Erfahrungen . . .« Unter dem Blick Klingers brach er ab. »Also gut – ehüm –, Sie haben sie gefunden. Mag sie hierbleiben. Aber sie wird Ihnen zu schaffen machen, starrköpfiger Elb. Außerdem werde ich Ihnen etwas bringen lassen, was sicher nützt, so schwant mir.« Und da Klinger fragend die Augenbrauen hob, »Sie erinnern sich an das Nest, von dem ich Ihnen erzählte, ein Nest aus Rauten und Lorbeer, ausgepolstert mit Purpurschärpen, in dem sie antrieb . . .«

». . . und das Sie verbrannten«, ergänzte der andere.

»Unsinn, Ihr schwaches Erinnerungsvermögen trügt Sie mal wieder, Herr Kammersänger. Nichts habe ich verbrannt. Das Nest ist da. Ich pflege selbst von Zeit zu Zeit darin zu schlafen – ehüm – in meiner anderen Gestalt. Ich schicke es. Bin sehr gespannt auf die Entwicklung. Viel Milch geben, und Gehacktes – ach, da fällt mir ein: Was ist mit dem Drachenweibchen? Die beiden Spezies vertragen sich in der Regel nicht.«

»Da haben Sie wahrhaftig recht«, bestätigte Klinger. »Die beiden gingen gleich aufeinander los, daß ich dachte, ich bin in der römischen Arena. Ich hatte Mühe, sie zu trennen.«

»Und wo ist das Reptil jetzt?«

»Ich habe es ins Badezimmer gesperrt«, sagte der Sänger schuldbewußt. »Nicht gerade kavaliersgemäß, ich weiß. Aber was sollte ich machen?«

Darenna erhob sich kichernd. »Ich werde es daraus befreien. Schließlich gehört es ja nun wirklich zu mir.«

Klinger öffnete ihm die bewußte Tür, und durch den Spalt streckte der Magier den Arm. Gehorsam sprang die Echse in verkleinerter Gestalt auf die Hand ihres Herrn und Meisters. Dem anderen erschien wunderbar, daß der alte Mann das Tier, das, wie er nur zu gut wußte, schwer wie ein Stein war, mühelos auf der Handfläche davontrug, als sei es eine Wieseneidechse.

Donna warf ihm einen schmachtenden Blick zu und senkte dann kokett die Lider, und ihr ehemaliger Gefangener seufzte.

»Machen Sie sich keine Sorgen, Klinger«, sagte die Exzellenz trocken. »Ich habe einiges mit ihr vor.«

Ein wilder Schmerz in der Wade ließ den Sänger aufschreien. Leontine war ihm hinterhergesprungen und hatte ihre nadelscharfen Zähne in sein Bein geschlagen, durchaus spielerisch, aber mit allem Übermut.

»Sie haben wirklich eine schöne Stimme!« sagte der Magier bewundernd und stieg in sein Auto.

Das Nest, das noch am gleichen Abend ankam, wirkte indessen Wunder auf das Gemüt des Löwenkindes. Es wurde sogleich beschnuppert und dann ohne Zögern angenommen. Mit sanftmütigem Katzenschnurren ließ sich Leontine darin nieder und wälzte sich rücklings auf den Schärpen. In diesem Bett ließ ihr Betragen nichts zu wünschen übrig. Kaum aber hob Klinger sie heraus, verwandelte sie sich in ein fauchendes Teufelchen, das seinem zärtlichen Pfleger manchen Prankenhieb und manchen Biß versetzte.

Leider mußten Magier und Elbenfürst feststellen, daß die Kleine bei unverminderter Munterkeit nicht recht gedieh. Die

Flanken fielen ein, das Fell wurde struppig, die Knochen guckten hervor. Die beiden Männer wechselten die Diät des Löwenkindes, Klinger versuchte mit Gesang und Darenna mit Hypnose, die Freßlust zu stacheln, aber es verfing nicht.

Eines Abends, als der Sänger sorgenvoll auf der Terrasse saß, das Nest neben sich (Leontine nuckelte ihm am Daumen), hörte er im Garten tiefes Grollen und dumpfes Fauchen. Er erhob sich und ging in die Dunkelheit hinaus. Zwei riesige schwarzmähnige Löwen und eine nicht minder imposante Löwin kamen langsam auf ihn zu.

»Kommt«, sagte er leise, »und wenn ihr es vermögt, so helft. Sie ist euer, ich weiß, nur hergeliehen in diese Welt. Helft eurem Kind.« Langsam folgte er den drei gewaltigen Gestalten, die fauchend und brüllend auf die Terrasse sprangen, von wo ihnen das erwartungsvolle Maunzen des Löwenmädchens entgegendrang. In respektvollem Abstand sah er zu, wie Leontine unter Bewachung durch die beiden Löwenmänner von dem Weibchen gesäugt wurde.

Er erzählte Darenna kein Wort davon. Der Magier sah, wie die Kleine gedieh, und zu seiner Überraschung stellte er fest, daß sie mit großer Schnelligkeit zu wachsen begann. Zum Glück wurde sie dabei verständiger, denn sonst wäre vom Haus des Elben wohl nicht viel übriggeblieben.

Die Löwen kamen noch zweimal, nicht nur, um Leontine zu atzen, sondern auch, sie zu putzen, zu belecken und zu liebkosen. Dann wurden sie nicht mehr gesehen.

»Wenn sie so weiterwächst«, sagte Darenna eines Abends Anfang August (er kam jetzt häufig zu dem Elben zum Tee, um mit dem Tier zu spielen und über den Fortgang der Dinge zu reden), »müssen Sie Ihr Grundstück einzäunen lassen mit einem hohen Zaun. Sonst springt sie darüber.«

Klinger lachte. »Haben Sie schon einmal einen Elben gesehen, der sich und die Seinen einzäunt? Wenn sie bleibt, ist es gut, wenn sie geht, ist es ihr freier Wille.«

»Wie Sie meinen«, erwiderte Darenna achselzuckend.

Vierzehn Tage später rief Klinger an. Leontine war verschwunden.

Sie durchforschten die Gegend einen ganzen Tag im Umkreis, so weit eine halb ausgewachsene Löwin laufen kann, ließen die Motoren ihrer Wagen heißlaufen, krochen zu Fuß in alle Winkel, riefen, lockten – umsonst.

Als die Nacht hereinbrach, beschlossen sie endlich, die Suche abzubrechen.

»Wenn sie will, wird sie sich finden lassen«, sagte der Magier müde, »wenn nicht . . .«, er vollendete den Satz nicht.

Klinger ging zu Fuß nach Haus, die Luft war still und klar und der Himmel heiter und voller Sterne. Er achtete nicht auf seinen Weg, vertraut, wie seine Füße waren mit den Treppen, Stiegen und Wegen.

Plötzlich wurde die Luft um ihn warm, es raunte und rauschte, Wind fuhr durch die Baumkronen. Der Elb war in den Venusweg eingebogen, ohne es zu merken, und das vernarbte Mal auf seiner Brust begann zu schmerzen wie am ersten Tag.

»Leontine?« fragte er halblaut.

Das Mädchen lag quer über dem Weg, sanfter, ruhiger Atem hob und senkte ihre Brust. Das Haar fiel ihr in die Augen, sie war nackt.

Der Magier betrat das Zimmer mit dem Efeu und dem Moosteppich schnell. Vor Leontine, die, von Klingers dunklem Mantel bedeckt, am Boden lag, ging er in die Knie und schlug die Hände vors Gesicht.

»Sie schläft noch immer«, sagte der Elb leise.

»So eine Verwandlung muß viel Kraft kosten«, erwiderte der Magier. Er holte aus seiner Hosentasche ein Fläschchen und rieb mit der Flüssigkeit die Handgelenke des Mädchens. Opalisierende Tröpfchen spritzten nach allen Seiten.

Leontine regte sich, seufzte, schlug die Augen auf und sagte: »Mir ist warm, ich will keine Decke.« Mit einem Fußtritt schleuderte sie den Mantel beiseite, sah erst Darenna, dann den Geliebten an, blickte an sich herunter und errötete dunkel. So vorsichtig, als sei sie aus Porzellan, bedeckte der Magier sie wieder mit dem Mantel. Dann nahm er Klinger beim Arm und zog ihn hinaus in den Garten. »Wir sollten keine Reden schwingen, sondern den

Mund halten über unsere Torheiten und froh sein, daß wir sie wiederhaben«, sagte er, und seine Stimme klang knarriger denn je.

»Und sorgen, daß sie uns bleibt«, ergänzte der Sänger.

Eine Sternschnuppe fuhr in leuchtender Bahn durch die Finsternis des Alls.

»Keine Wünsche?« fragte Darenna und kicherte.

»Oh, doch«, sagte der Elb ernst, den Blick unverwandt auf den gestirnten Himmel gerichtet. »Daß unser Planet in dem Konzert des Himmels noch eine Weile seinen Part spielen möge, mit allem, was auf ihm lebt, und in aller Demut.«

Der Magier räusperte sich. »Ganz so einfältig, wie Sie mir vorkamen, sind Sie wohl doch nicht«, krächzte er.

Zu Beginn des Herbstes gab Klinger ein Konzert. Es erregte Aufsehen, mit welcher Zärtlichkeit er einem jungen Mädchen in der dritten Reihe (Löwenmähne und schräge graugrüne Augen) ein Lied zusang. Es endete mit der Strophe:

»Was kann ich machen,
Daß Venus' Kind
Durch euer Lachen
Mich so entzündt.
Ich bin geboren
Zur Sterblichkeit
Und ganz verloren
Bei dieser Zeit.«

Am nächsten Abend ließ er sich bei Darenna melden.

Die Exzellenz empfing ihn in seinem inzwischen renovierten Observatorium bei Tee und Biskuits. Der Lehnsessel war fortgeräumt. Statt dessen stand auf einer kleinen, bemerkenswert verschnörkelten Konsole das Foto einer schönen Frau mit dunkel umrandeten Augen, viel Gold im Ohr und im Haar, Perlen um den Hals.

Klinger trat heran und musterte das Bild nachdenklich. »Sie erlauben, Exzellenz ... Irgendwie kommt mir die Dame bekannt vor.«

»Das will ich glauben«, knarrte Darenna. »Meine Protegée, die begabte und hoffnungsvolle Nachwuchspianistin Iguanadonna Saurischia, gibt in einem Monat ihr erstes Konzert. Sie läßt Sie herzlich einladen.«

»Da hat mein Echslein Karriere gemacht!« rief der Sänger lachend. »Was spielt sie denn?«

»Rachmaninow.«

»Damals war sie schrecklich. Laut und schnell. Und jetzt?«

»Wieso schrecklich? Sie ist noch lauter und noch schneller geworden.«

»Ich glaube, ich bin den Abend verhindert«, sagte Klinger. »Rosen werde ich ihr schicken und eine schöne Brosche mit Rubinen.«

»Tun Sie das, Verehrtester. Sie sind es ihr irgendwie schuldig. Aber was führt Sie zu mir?«

Der andere trat zurück und beugte feierlich das Knie. »Exzellenz Darenna, Herr Feuersalamander und Hoher Magier, ich bitte Sie um die Hand Ihrer Tochter Leontine.«

»Verehrter . . ., wie war doch gleich Ihr Name beim Schönen Volk? Glorion Ingildor? Gildor Inglorion? Und der Beiname?«

»Ich weiß im Moment nicht so recht«, sagte der andere und erhob sich mit leicht verwirrtem Gesichtsausdruck. »Vielleicht sollten wir es bei Norman Klinger belassen?«

»Das ist Ihre Sache«, quäkte Darenna. »Meine Tochter Leontine . . .«

In dem Augenblick entfuhr dem Sänger ein ärgerlicher Ausruf. Er starrte auf die Spitzen seiner weichen hellen Schuhe, die von Schmutz verkrustet waren. »Ich verstehe das nicht! Ein bißchen Dreck im Garten, und schon sehe ich aus wie . . . Früher sank ich nie so tief ein. – Entschuldigen Sie«, sagte er beschämt, »ich habe Sie unterbrochen.«

»Meine Tochter Leontine«, setzte der alte Mann erneut an, dann winkte er ab. »Wir können uns das eigentlich sparen. Es ist ja alles klar. Eine Tasse Tee?«

»Gern«, sagte der Sänger, »indessen hätte ich noch eine Bitte. Darf ich einmal die Apparatur Ihres Observatoriums benutzen? Ich habe Sehnsucht nach einem Blick auf den gestirnten Himmel.«

»Nanu?« fragte der andere verwundert. »Schauten Sie nicht die Tänze der Planeten mit bloßem Auge klarer als ich durch alle meine Brillen und Rohre?«

»Vorbei«, murmelte Klinger.

Darenna machte eine ironisch-einladende Bewegung zu den Ferngläsern hin. »Bedienen Sie sich, Norman. Aber passen Sie auf, daß Sie nicht eine alte Straßenlaterne als einen neuen Stern anvisieren!«

MIRIAM MARGRAF

Sonnenaufgänge

1. Teil

Zur Zeit der Großen Dunkelheit, als noch kein menschliches Wesen lebte, zog das Volk der Erstgeborenen heimatlos umher und ging im Zwielicht, das unter dem dichten Wolkenmantel herrschte, der die Erde hüllte. Es war sehr kalt. Weil die Elben ziellos wanderten, geschah es, daß ihr Pfad sie immer weiter nach Norden führte, dorthin, wo die grimmigen Fröste plötzlich und mit jäher Gewalt einbrechen.

So kam es, daß ein Schneesturm die Wanderer überraschte. Er löste die Verankerung der leichten, beweglichen Elbenhäuser und trug viele mit sich fort; was er ließ, zerfetzte er, deckte das Lager mit Eis und Schnee.

Die Elben drängten sich dicht zusammen. Sie weinten und klagten sehr. Wenn sie auch nicht erfrieren konnten, da sie unsterblich waren, so fühlten doch ihre empfindlichen Sinne um so mehr die scharfen Schmerzen, die der Frost ihnen zufügte. Zudem überlebten nur wenige ihrer Pferde den Kälteeinbruch, und die Elben mußten den Weg ohne sie fortsetzen. Müde, unglücklich und allein auf die Schnelligkeit der eigenen Füße angewiesen, machten sie sich auf die Suche nach wärmeren Gefilden, obwohl sie nicht einmal wußten, in welche Richtung sie ihren Schritt lenken mußten.

Traurige Lieder kamen ihnen auf die Lippen, und vielleicht hätten sie aufgegeben; dann wäre keine Kunde vom Schönen Volk bis in unsere Tage gedrungen. Doch eine ihrer Fürstinnen, Aina-Aglar, sang von der Hoffnung: Ein großes Licht werde aufgehen, bald sollte der Dunkelheit ein Ende bereitet sein. In ihrem Lied prophezeite die Elbin der Kunst eines seltsamen kleinen Volkes die große Stunde. Jenes Licht nannte sie die Sonne.

Lautlos eilten die Elbenschuhe über den Schnee. Wohl mußte die Elbin eine so flinke Gangart anschlagen, denn ihre Stiefelchen aus weichem, dünnem Leder roter und gelber Farbe waren viel zu leicht für eine Wanderung im winterlichen Hochwald.

Aina-Aglar lief schon seit Tagen unermüdlich. Kaum daß sie ein wenig an den Lembas knabberte, den berühmten Elbenwaffeln, die jede andere Nahrung ersetzen. Manchmal schlief sie, in Felle gehüllt, zusammengekrümmt unter einer Tanne. Doch solcherart Ruhe brachte ihr kaum Erholung, denn nach wenigen Stunden erwachte sie halb ohnmächtig vom Biß des Frostes.

Allein war die Kälte kaum mehr zu ertragen. Solange man in Gruppen wanderte, konnte man sich zum Schlafen aneinanderschmiegen und Felle darüberbreiten. Auch hatten die Elben einige Pferde, die ihnen geblieben waren, mit den Fetzen der großen, warmen Tuche bepackt, mit denen sie vordem die Gerüste ihrer Zelthäuser bespannt hatten. Die Stoffe vermochten am ehesten vor den Unbilden der Witterung und der Eiseskälte, die aus dem Boden aufstieg, zu schützen. Nun aber hatte Aina-Aglar nichts mehr als die beiden Pelze, die sie um die Schultern trug.

Sie hatte gewußt, daß es unsinnig gewesen wäre, ihr geliebtes, trauriges Volk zur Suche nach den Zwergen anzutreiben, denn der Weg hier im Gebirge war beschwerlich, für die Pferde kaum passierbar und führte zudem allem Anschein nach in immer kältere Regionen.

Die Elbin verfügte über die Gabe der Voraussicht in dem Maße, wie es alle Großen der Erstgeborenen tun. Hin und wieder kommt sie ihnen abhanden, oder sie vergessen sie. Auch ist sie nicht solcherart, daß man mit ihrer Hilfe die Zukunft sehen könnte. Doch verleiht sie die Fähigkeit, in Zeiten der Not vorausschauend zu handeln, mit einem Grad von Weisheit, der den Elben sonst fern. Fast unbewußt ist ihnen ihr Handeln dann, als gehorchten sie kaum noch dem eigenen Willen.

So folgte auch Aina-Aglar jetzt einer Berufung, indem sie das hilfreiche Volk der Zwerge aufsuchte. Sie tat es, ohne nachzudenken, denn eine innere Gewißheit ließ sie spüren, daß dieser Weg der rechte sein mußte.

Sie erreichte einen Bergkamm. Hinabblickend sah sie zu ihrer Linken die dunkle Masse des Waldes, der sich in die Dämmerung hinausstreckte. Rechter Hand aber, dort, wo sie ihr Ziel vermutete, senkte sich das Land sanft einem Flußbett entgegen. Im Stromtal mußte es wärmer sein, denn man konnte Wasser blinken sehen, auf dessen Oberfläche die Eisschollen einem fernen Meer zutrieben.

Obgleich die Kälte sie quälte, konnte sich Aina-Aglar an dem Bild erfreuen. Hoffnung erfüllte sie beim Anblick der mit weichem Schnee bedeckten Hügel, und sie ahnte, daß ihre Suche bald beendet sei.

Zuversichtlich lief sie, leichten Schrittes keine Spur hinterlassend, hinab ins Hügelland. Schon lichtete sich der ernste Nadelwald. Birken, Eichen, Buchen und schließlich auch die empfindliche Kastanie säumten den Weg der Elbin. Wenn auch ihre Äste zu dieser Jahreszeit kahl waren, zeigte sie doch an, daß hier mildere Witterung herrschte als oben im stets verschneiten Tann. Die neue Landschaft beflügelte Aina-Aglars Schritte. Rasch näherte sie sich dem Strom.

Als die Elbin schon das warme Flußtal unterhalb der Hügel erreicht hatte, überraschte sie vielstimmiges Gelächter. Jetzt erst bemerkte sie, daß es hier Wesen gab, die nun hinter den Weidenstämmen hervorkamen. Es waren dick vermummte, untersetzte Gestalten, die Aina-Aglar neugierig beäugten und ihren Anblick anscheinend höchst belustigend fanden.

»Ist das nun einer dieser putzigen Elben oder ein zu groß geratenes Kaninchen?« fragte jemand und spielte damit wohl auf den Pelz an.

»Die närrischen Schuhe!« kicherte ein anderer. »Alle Zehen erfrören mir, müßt ich darin laufen!«

»Und wenn es wirklich so wäre?« fragte die Elbin zurück. Sie war den Tränen nahe und wußte nicht einmal, ob aus Wut über diesen Empfang oder aus Freude, am Ziel zu sein. Denn kein anderes als das Volk der Zwerge war es, das so herzhaft über sie lachte.

Auf ihre Bitte führte man Aina-Aglar hinab zur Schmiede. Die Zwerge waren in den Künsten des Feuers wohlerfahren, und das, was sie aus den Erzen, die sie gruben, schufen, war begehrteste Ware. Unter ihren geschickten Händen entstanden Pflüge, Äxte, Arbeitsgerät, aber auch feiner Schmuck, kostbare Gold- und Silbergeschmeide von unnachahmbarer Schönheit.

Zum erstenmal sah ein Elb die Wunder der Zwergenhöhle: die mächtigen Feuerstellen, die Ambosse, die Schmiedehämmer in den Händen der kleinen, stämmigen Gesellen. Dröhnen und Rauschen erfüllte die stickige Luft.

Die plötzliche Hitze machte Aina-Aglar taumelig. Sie mußte die Felle ablegen, während ihren Begleitern die Wärme nichts auszumachen schien.

Ein großes Ah! erhob sich aus den Mündern der Schmiede, als die Elbin ihr blondes Haupt enthüllte und sie der hohen, schlanken Gestalt ansichtig wurden, die unter den Pelzen erschien. Kaum ein Zwerg hatte damals schon einen Elben zu Gesicht bekommen. Beide Völker kannten einander nur wie aus Sagen. Manchmal hatte zwar ein Weitgereister, der ausgezogen war, um fernab wertvolles Gestein zu schürfen, von einem jener Lichtwesen berichtet, doch hielt man das meist für Legende.

Jetzt aber konnten sie eine Angehörige des Schönen Volkes mit eigenen Augen betrachten. Sie erschien ihnen fremd und zauberisch zugleich, wiewohl sie blaß war und gezeichnet von den Mühen der Wanderung.

Wie sie gebeten hatte, brachten die Zwerge sie vor einen ihrer Meister: Tardak Aridon, den Herrn der Goldschmiedekunst.

»Es wird nicht leicht sein, euch zu helfen«, sagte der Zwerg und warf einen kurzen Blick über seine großen Brillengläser hinweg zu Aina-Aglar.

Er hatte das Zeremoniell der Begrüßung schnell beendet und war, nachdem er der Elbin einen Becher leichten Weißweins vorgesetzt hatte, zu seiner Arbeit zurückgekehrt, die ihn allem Anschein nach mehr fesselte als der ungewöhnliche Besuch.

Der Raum, in dem sie sich befanden, war angefüllt mit seltsamem Gerät. Da gab es miteinander verbundene Rädchen und Wellen, die sich nach einem für Aina-Aglar unergründlichen Mechanismus bewegten.

Über eines der Räderwerke beugte sich Tardak Aridon und schraubte mit flinken Händen daran herum.

»Schon«, sagte er, »haben wir Kunde von Geheimnissen, die über die gewöhnliche Schmiedekunst hinausgehen, und mehr Macht über die Erze, als mancher glauben mag. Doch sie so zu zwingen, daß sie Lebendiges erhalten können, ist ein Werk, das größer ist als alle je begonnenen.« Tardak Aridons Art zu reden erweckte keineswegs den Eindruck, daß man ihm Glauben schenken müsse, so beiläufig sprach er davon. Doch das lag wohl daran, wie gut er um die Grenzen seiner Kunst wußte. Vielleicht aber, so dachte er, ließen sie sich ein wenig ausweiten, wenn man die legendäre Zauberkraft der Elben dazunähme, von der er freilich wenig mehr als das Gerücht kannte.

»Ich habe, offen gesagt, nicht die geringste Ahnung, wie es anzustellen sei«, gestand er.

Aina-Aglar trat neben ihn.

Mit wachsendem Interesse richtete sich der Zwerg auf, wobei er mit dem Daumenknöchel über das gekrümmte Rückgrat fuhr, als müsse er es glätten.

Die Elbin löste ihr bislang verborgenes Halskettchen und zog daran ein kaum geformtes Metall hervor.

Helles Licht erfüllte den Raum.

Tardak Aridon reckte sich der Handfläche entgegen, die das Kleinod trug.

»Es ist ein seltenes Gold«, sagte Aina-Aglar. »Unter den Großen unseres Volkes geht dieses Stück seit langem von Hand zu Hand.

Ich erhielt es von meinem Bruder Tar-Ciryatan, der sich mit dem Tand nicht schmücken mag, so sagt er jedenfalls. Doch weiß ich wohl, daß ihm die Bürde zu groß ist, denn es heißt, es sei eine der kostbaren Waren, die den Elben helfen wird, wenn sie der Hilfe bedürfen.«

Der Zwerg streckte die Hand danach aus, und ohne zu zögern, gab die Elbin das Metall her, um es begutachten zu lassen.

»Gewiß hat es noch andere Eigenschaften als gewöhnlicher Glitzerkram«, fuhr sie fort. »Es ist an der Zeit, den Zauber zu offenbaren. Kannst du daraus etwas schmieden, das die Dunkelheit vertriebe? Sieh nur den Glanz!«

Es schien, als brenne der Schatz auf des Zwerges Hand in allen Farben des Feuers.

Tardak Aridon betrachtete ihn eindringlich. Dann sah er auf die Elbin. »Mit deiner Macht und Hilfe, Hohe Frau«, antwortete er, »will ich noch heute das große Werk beginnen.«

Ein Schauer ging durch die Natur, als der Zwerg seine Arbeit in Angriff nahm, aus dem Klümpchen Metall ein Ding von größerer Macht zu schmieden. Dabei stand ihm die Elbin hilfreich zur Seite, legte selbst mit Hand an, so gut sie es verstand, sang die alten Elbenlieder und richtete all ihre Gedanken darauf, daß das Werk gelinge.

Bald regte sich in den kahlen Wipfeln der Laubbäume ein milder Wind, und die nackten Äste rauschten aneinander, als flüsterten sie sich Geheimnisse zu.

Weithin vernehmbar war der Klingklang von Tardak Aridons Hammer, obwohl er unter der Erde arbeitete. Er war wie der Pulsschlag eines jungen Herzens, das unter dem Berg pochte. Darüber flossen Aina-Aglars Gesänge wie Ströme munteren Blutes in den belebten Adern.

Rascher schossen nun die Flüsse dahin, angefüllt mit Unmengen Schmelzwassers, das sich aus dem Gebirge ergoß. Weitab spürte auch das Volk der Elben die Bewegung und ahnte, wovon sie ausging. Aus ihren schönen Gesichtern schwand die Furcht, und die Kummertränen trockneten in ihren Augen. Sie lauschten auf das ferne Lied ihrer Fürstin, das mit dem warmen

Wind kam. Bald zogen sie wieder voll Hoffnung und singend des Weges.

Als das Kunstwerk fertig war und seine Schöpfer müde, hieß Aina-Aglar den Zwerg, es hinauszutragen auf den Kamm der Hügel.

Tardak Aridon wog den schmalen Goldreif auf der Hand und strich liebevoll darüber. Er merkte wohl, daß man ihm das, was er für sein Meisterwerk erachtete, nicht lassen wollte. Obwohl er kein Recht auf den Besitz hatte, denn Aina-Aglars Zauber war ebenso darin wie der seine. So murrte er und wand sich, nicht alle Welt müsse das kostbare Kleinod sehen, das entfache nur Neid.

»Ich weiß nicht, was du meinst«, gab ihm die Elbin zurück, »wir werden sein Licht als Himmelsfackel entzünden – für jedermann.«

Tardak Aridon blinzelte zu Aina-Aglar auf. Mechanisch, entgegen dem eigenen Willen, hüllte er den Reif in ein Tuch, reichte das Päckchen der Elbin und folgte ihr hinaus.

Mit sicherem Schritt ging sie voran, den Schatz in den Händen geborgen. Als sie zur Kuppe des Berges emporstiegen, atmete Tardak Aridon tief; die Luft war angefüllt mit fremden Gerüchen. Er bemühte sich, in das Land hinauszuspähen, ob sich darin etwas verändert habe. Doch vermochte er nichts zu erkennen, denn es herrschte eine Düsternis über dem Strom, dichter denn zuvor. Das einzig Helle war geschwunden: der Schnee.

Aina-Aglar legte das Päckchen nieder und begann behutsam das Tuch auseinanderzuschlagen. Der Zwerg wollte mittun, doch unbewußt oder absichtlich wehrten seine Hände denen der Elbin. Sie schob ihn beiseite, schlug den letzten Zipfel zurück und hielt den Reif empor.

Der Zwerg schrie auf, sprang und entriß ihn ihrer Hand.

Zu spät.

Ein greller Riß ging durch den Himmel, geradeso, als habe jemand eine Riesenfackel entzündet. Eine Sturmböe fegte über die Hügel in dem Augenblick, da die Sonne als gleißende Flamme am Himmel stand.

Der Reif aber war fortan verschwunden.

Die Zwerge erschraken sehr vor dem gleißenden Licht, das sie plötzlich blendete, sie warfen sich zu Boden, kreischten und schirmten das Gesicht mit den Händen, denn sie glaubten, Furchtbares geschähe. Kaum noch fähig, den Blick aufzuheben, krochen sie tastend in ihre Höhlen, und es gab viele unter ihnen, die sich nie mehr hervorwagten. Wie verstörte Tiere gruben sie sich immer tiefer ins Erdreich hinein. Aber auch die, die ihren Schreck überwanden, kamen erst nach geraumer Weile wieder ans Tageslicht.

So war die Sonne dem Volk der Kleinen von Anfang an unheimlich, wenn nicht gar verhaßt.

Zwar fürchteten sich zuerst auch die Elben beim Aufflammen des Himmelslichtes; doch sie erkannten bald, daß es wohltat und Wärme spendete im rauhen nördlichen Gebirge. Neben ihrem Weg gingen Ströme Schmelzwassers zu Tal, erste Blumen blühten ihnen zu Füßen.

Da stimmte Tar-Ciryatan ein Lied auf seine Schwester an, die im Hügelland weilte. Die Vögel, die aus dem Süden kamen, erlernten seinen Gesang, und er wurde zu ihrer Sprache.

Vielleicht wäre das Schöne Volk schon in jenen frühen Tagen zum Stromtal gelangt, wäre nicht ein Umstand eingetreten, der erneut Verwirrung stiftete.

Plötzlich verdunkelte sich der Himmel wieder, unheimlicher als von aufziehenden Wolken. Der Vögel Lied verstummte ängstlich. Furchtsam schlossen sich die zagen Blüten. Selbst der fröhliche Wind verharrte stumm und lauschte.

Tar-Ciryatan befiel große Angst um seine Schwester und das Geschick der Elben; war er doch der einzige außer Aina-Aglar, der um das Geheimnis des Goldes wußte und ahnte, was geschehen war. Er eilte, die Elbin zu suchen. Der Weg war ihm weniger beschwerlich als Aina-Aglar, denn der rauhe Wald hatte schon sein Gesicht verändert. Überall spürte man den Frühling. Der Pfad war gangbarer geworden und die Kälte längst nicht mehr so unerbittlich.

Tar-Ciryatan fand seine Schwester schlafend vor Erschöpfung auf dem Grat der Hügel, als er die Berge zum erstenmal bestieg.

Aina-Aglar wirkte zerbrechlicher denn je. Sie war allein. Der Elb hob sie auf und trug sie hinab ins Stromtal. Sie schlief in seinem Arm.

Vieles von dem, was weiter geschah, weiß niemand zu berichten. Selbst Tar-Ciryatan, der Geheimnisse sonst nicht lange hütete, schwieg darüber, als er zurückkehrte. Das Schöne Volk schrieb das Schweigen seiner Übermüdung zu und vergaß irgendwann, danach zu fragen.

Folgendes hatte sich ereignet:

Plötzlich ging die Sonne wieder auf, doch weniger heftig und grell. Großen Fühlern gleich streckte sie ihre Strahlen über den Horizont und hob das flammengekrönte Haupt darüber. Sie wanderte eine Zeitlang am Himmel, und die Elben konnten ihrer Bahn mit den Augen folgen, bis sie sich dem Erdenrand zuneigte und die Strahlen hinter den rotglühenden Gipfeln verbarg.

Da fürchteten sie, das geliebte Feuer wäre ihnen wiederum genommen worden. Doch bald darauf stieg es in neuer Pracht am östlichen Horizont empor, und zerstreut waren all ihre Ängste.

Niemand sprach je darüber, und doch schien ein jeder zu ahnen, daß die Dunkelheit das Werk Tardak Aridons gewesen war.

Der Drang, den schönen Reif zu besitzen, war in dem Maße in ihm gewachsen, wie das Kleinod unter seinen Händen gedieh. Weniger der Wert des Goldes hatte ihn verlockt als die Sehnsucht, das Meisterwerk für sich alleine zu behalten, verborgen vor den Augen der Welt.

Daß er sein Volk verängstigt und wimmernd am Boden liegen sah, hatte ihn in der Überzeugung bestärkt, falsch gehandelt zu haben, als er den Reif aus den Händen gab. Er vergaß, daß das Gold sein rechtmäßiger Besitz nicht war, und er ersann etwas, das den Zauber des Reifes auf geheimnisvolle Art einzuschränken vermochte. Es gelang ihm, das Licht untergehen und wiederum Finsternis herrschen zu lassen.

Niemand wußte freilich, woher er solche Macht über den nicht mehr auffindbaren Schatz besaß.

Dunkelheit deckte das Land bis zur Ankunft Tar-Ciryatans.

Lange sprachen Zwerg und Elbenfürst miteinander. Kein dritter erfuhr je ihre Reden.

Tar-Ciryatan verließ Tardak Aridon zur Stunde des zweiten Sonnenaufgangs. Er stieg empor zur Hügelkette, und neben ihm ging Aina-Aglar. Der Fluß spiegelte die roten Strahlen wider und zog sich gleich einem feurigen Band durchs Tal.

»Vielleicht«, sagte der Elb, »kehre ich eines Tages hierher zurück.«

2. Teil

Seltsam, daß diesen Sommer die Tage nicht kürzer werden, dachte Lindo, während er am Ufer des Stroms entlang den Weg zur Behausung seines ehemaligen Freundes Adalbert nahm. Er sah auf die Uhr: Es war bereits kurz nach zehn, und noch immer stand die Sonne wie festgehängt über dem Horizont. Auch fragte er sich, was Adalbert bewogen haben mochte, ihn telegrafisch um sein Kommen anzuflehen. Seit Jahrzehnten lagen sie mehr oder weniger in Fehde; das heißt, Adalbert ignorierte ihn, und Lindo nahm es hin.

Ein seltsames Paar waren sie immer gewesen, der griesgrämige, fade Zwerg und Lindo, dessen Vater aus dem kunstbeflissenen Geschlecht der Elben stammte. Obwohl die Mutter eine Sterbliche gewesen war, hatte Lindo doch Elbisches geerbt: Schönheit, ein wenig Musikalität und vor allem die Flatterhaftigkeit. Letztere war es, die ihn mit Adalbert zusammengeführt und die sie wieder getrennt hatte.

Als die Elben ehedem ihr Reich auf den Hügeln über der Stadt errichteten, kam Lindo mit ihnen her. Dem Kleinen Volk mißfielen die lauten Gesänge der Elben, das ewige Gelächter und die vielen Feste. Es zog sich tiefer und tiefer ins Herz der Berge zurück. Viele gingen fort. Nur wenige blieben und hielten am Recht der Alteingesessenen fest. So auch Adalbert, der sich entschloß, mit den Elben zu verhandeln, auf daß sie ihn in Ruhe ließen und mit ihrem Singsang von seinem Haus fernblieben. Lange hatte er es abgelehnt, mit den Elben zu reden, denn er glaubte sich stets gefoppt, weil sie unentwegt gickerten; selbst den Weiseren unter ihnen – Adalbert hielt zwar diese Bezeichnung für Elben unangebracht – saß stets der Schalk im Auge. Deshalb war Lindo dem Zwerg ganz recht, um als Mittler zu fungieren, denn er verstand es, mit den Elben umzugehen, und war doch ernsthafter. So konnte sich Adalbert mit den leichtfertigen Geschöpfen einigen.

Anfangs hatte Lindo den Alten recht putzig gefunden, und das stete Gefühl, der Zwerg hüte ein Geheimnis, das er ihm einst anvertrauen wollte, machte ihn neugierig. Aber als sich nie eines Rätsels Schleier lüftete, wurde es Lindo langweilig. Er schloß sich mehr und mehr den Menschen an, wenn er sich nicht dazu hinreißen ließ, mit den Elben zu singen. Das verstimmte Adalbert. Und so ging die Freundschaft auseinander. Adalbert, einsamer und verbissener denn je, ließ niemanden mehr herein und zeigte sich nur noch selten bei Tageslicht. »Er stochert im Berg herum und gräbt nach Schätzen«, meinten die Elben lachend.

Der Zwerg empfing Lindo in der Tür und führte ihn schweigend unter dem Torbogen, der sich in die Mauer fügte, hindurch, erst in sein Haus, dann abwärts in tiefe Schächte. Je weiter sie gingen, desto vernehmbarer wurde ein unentwegtes, vielstimmiges Ticken. Sie betraten einen Raum, in dem sich nichts weiter befand als zahllose Uhren: Standuhren waren, gegeneinandergelehnt, in der Mitte placiert, an den Wänden hingen Kuckucksuhren aller Größenordnungen, auf Regalen häuften sich Wecker, Taschenuhren, Armbanduhren, und alle zusammen verursachten einen schier unerträglichen Lärm. Beim Eintritt hatte sich Lindo die Ohren zugehalten, die von elbischer Empfindlichkeit waren. »Seit wann«, fragte er, »frönst du diesem Hobby?«

»Schon immer«, erwiderte Adalbert kurz, »aber bisher zeigte ich die Sammlung keinem. Ihretwegen habe ich dich auch nicht mitgenommen. Komm weiter!«

Er drückte eine Tapetentür auf, die kein Unkundiger entdeckt hätte. Allein Lindo waren schon die feinen, rechteckig verlaufenden Linien im Gemäuer aufgefallen, doch hatte er geschwiegen, um den Zwerg bei Laune zu halten, denn er war sehr neugierig, mehr zu erfahren, vielleicht jenes lang verschwiegene Geheimnis ...

Sie durchschritten einen sauberen Gang, der von violettem Neonlicht erhellt wurde. Lindo begann sich unwohl zu fühlen. Es war wider seine Natur, so tief unter der Erde zu sein. Elben lieben bekanntlich Baumwipfel, die auch den Menschen angenehmer sind als verworrene Höhlenlabyrinthe.

Das Ticken der zahlreichen Uhren wurde nun abgelöst durch ein verwandtes Pochen, viel gewaltiger aber, so stark, als werde es durch eine große Maschine verursacht.

Adalbert trat vor Lindo in den Raum, aus dem das Gepoch kam. Neonröhren flackerten auf. Lindo mußte sich abermals die Ohren mit den Fingern verstopfen und zudem mit den Augen zwinkern. Als er sich endlich an die Beleuchtung gewöhnt hatte, fand er sich tatsächlich inmitten einer mächtigen Apparatur: Mannshohe stählerne Zahnräder griffen ineinander, armdicke Keilriemen schwangen sich über blitzendes Metall hinweg ins Dunkel. Lindo stand offenen Mundes, erschrocken und überwältigt.

Adalbert lächelte zufrieden. »Möchtest du wissen, was das ist?«

Der Halbelb nickte und lüpfte einen Finger etwas.

»Es ist die gewaltigste Maschine, die ich je erdachte«, sagte der Zwerg bedeutungsvoll.

Lindo zog die Stirn kraus, denn er verstand nicht, wovon Adalbert sprach.

»Hier«, fuhr dieser fort, »ist das Getriebe, durch das Tag und Nacht und wieder Tag und wieder Nacht entstehen . . .« Er atmete tief. »Und das alles hüte ich.«

»Und was habe ich damit zu schaffen?« fragte Lindo.

Adalbert winkte ihn näher und wies mit finsterer Miene auf ein Zahnrad in der Nähe der Wand. Ein junger Baum wuchs dort aus einem Mauerspalt, wuchs hinein in das sich drehende Geräder und behinderte seinen Lauf. Allerorten bot sich ein ähnliches Bild. Lindos Auge entdeckte rundum Büsche und hellgrünes Blattwerk, das die Maschine einspann, allmählich, wie eine Spinne die Beute zu umgarnen pflegt. Der Anblick der furchterregenden Apparatur, die so sanft eingewoben wurde, machte Lindo lächeln.

Plötzlich hakte sich ein Zweig in ein Rad und brachte es zum Stocken. Mit einem Aufschrei stürzte der Zwerg hinzu und riß den jungen Baum heraus, ohne zu beachten, in welche Gefahr er sich selbst begab, wenn er mit dem Arm durch die riesigen Speichen langte. Er schleuderte den Entwurzelten von sich, und in einem Anfall von Raserei zerfetzte er das munter sprießende Grünzeug überall, wo er es erreichen konnte.

»Hast du es gesehen?« schrie er. »Hast du gesehen, wie es die Uhr zerstört! Nichts, nichts wird mehr sein, wie es war, wenn sie kaputt ist. Weder Tag noch Nacht wird es geben, alles gleich, immer gleich!« Er ließ sich vor Lindo auf den Boden fallen und weinte bitterlich. Der wußte nicht, was tun.

Als sich Adalbert ausgeschluchzt hatte, erhob er sich ächzend und sagte heiser: »Komm, dir gefällt es hier nicht, wie ich merke. Gehen wir hinauf. Dort erkläre ich dir alles.«

Sie saßen im Wohnzimmer der Zwergenbehausung, die gar nicht so klein war, wie man annehmen möchte. Lindo fühlte sich noch immer benommen und lag mehr im Sessel, als er saß, während Adalbert auf dem Stuhl ihm gegenüber Platz genommen hatte.

»Ist dir nichts aufgefallen, als du herkamst?« erkundigte er sich.

»Doch«, Lindo hob träge den Kopf. »Der Tag schien mir länger geworden zu sein.«

»Das ist es!« kreischte der Zwerg auf. »Ich hatte heute noch nicht gejätet! Und jetzt zu dir. Wozu ich dich brauche . . .«

Sofort war der Halbelb aufmerksam bei der Sache.

»Du mußt mit dem Elben oben verhandeln.«

Lindo pfiff durch die Zähne. »Dem Herrn Kammersänger?«

»Ja, mit Klinger.« Adalbert begann wieder zu schluchzen, und Lindo reichte ihm ein Taschentuch, das jener dankbar annahm.

»Er ist nämlich an allem schuld.« Der Zwerg machte eine Pause, um sich zu beruhigen, während Lindo geduldig wartete. Dann fuhr er fort: »Seit er sich verliebt hat, ist sein Gesinge unerträglich geworden. Er nimmt auf niemand Rücksicht, singt und singt, und überall tiriliert es und tanzt und blüht und wächst . . .«

Ein heftiger Weinkrampf schüttelte den Zwerg.

Das rührte Lindo so sehr, daß auch ihm die Tränen in die Augen traten.

». . . wächst«, wimmerte Adalbert, »dieses verdammte Grünzeug eben auch. Und sogar hier unter der Erde, wohin nie ein Samen-

korn drang. Ich reiße es aus, aber es hilft nichts. Schon am nächsten Morgen ist es wieder da und macht die große Uhr kaputt, wächst, wächst ...«

»Und du meinst, ich könnte bei Klinger etwas erreichen?« fragte Lindo skeptisch.

Der Zwerg schneuzte sich. »Wer, wenn nicht du! Zumindest bist du seinem Volk verwandt und außerdem am selben Haus engagiert.«

»Aber nur als Chorist«, gab Lindo verstimmt zurück.

Adalbert sah ihn mit großen, verzweifelten Augen an.

»Nun gut, ich lasse mir was einfallen«, seufzte Lindo und erhob sich, um daheim in Ruhe nachzudenken.

Als Lindo am folgenden Abend mit einem Handwagen voller Kisten über den Berg zog, vernahm auch er die Stimme Klingers, die Busch und Gasse füllte. Statt sich mit dem Klavierauszug der heute bevorstehenden Repertoire-Vorstellung zu befassen, trällerte der Sänger im Garten eines seiner Lieblingslieder:

»Die güldne Sonne
Voll Freud und Wonne
Bringt unsern Grenzen
Mit ihrem Glänzen
Ein herzerfrischendes, liebliches Licht ...«

Lindo nahm schmunzelnd wahr, daß sich die Besungene wiederum nicht zum Untergehen bequemen wollte. Der milde Tag nahm schier kein Ende.

Ein Weilchen verharrte der Halbelb vor Klingers Tor, lauschte, teils beglückt und teils verärgert, weil ihm solche Töne nicht gelangen, und zog dann mit seinem Karren weiter, den Berg hinab. Er hatte schon fast das Tal erreicht, als ein blitzender Wagen sanft surrend an ihm vorbeiflog, kaum daß es Lindo gelang, den Handwagen rechtzeitig von der Straßenmitte zu zerren. Klinger mußte plötzlich eingefallen sein, daß seine Vorstellung in einer halben Stunde begann, obwohl die Sonne noch immer hoch über der Stadt hing.

Lindo sammelte einige Kisten auf, die heruntergerutscht waren, zum Glück aber keinen Schaden genommen hatten, und setzte seinen Weg fort. Vor Adalberts Tür machte er halt.

Gemeinsam schleppten sie die Kisten hinunter. Was denn darin sei? wollte der Zwerg wissen, aber Lindo ging auf seine drängenden Fragen nicht ein. Sie schafften ihre Last in den Raum mit dem Großen Uhrwerk.

Beim Anblick des Baumwuchses, der das Getriebe wieder erheblich behinderte, heulte der Zwerg auf und machte sich besessen daran, das Grünzeug wegzureißen.

Währenddessen packte Lindo aus: gebündelte Kunststoffplatten, Planen, selbstklebende Dichtungsstreifen und Sprayflaschen. Die Etikette der Serie glichen sich. Sie trugen die Aufschrift »Antidröhn – die garantiert sicheren Isoliermittel gegen Lärmbelästigung jeder Art«. Aus einem anderen Karton holte Lindo Präparate zur Unkrautbekämpfung hervor: Gifte und Herbizide, dazu Schaufeln und eine Spitzhacke.

Adalbert betrachtete die ausgebreiteten Dinge und schluchzte gerührt.

Der Halbelb klatschte in die Hände. »Nun denn, an die Arbeit! Erst das ...«, er wies auf die Gartengeräte, »... und dann das Antidröhn.« Sie arbeiteten bis spät in die Nacht. Jeder grüne Zweig, jeder Grashalm war einzeln und mit Sorgfalt auszureißen, zu vergiften, zu zertreten.

Lindo mußte mehrmals fliehen, um sich von den ungesunden Dünsten, die aus den bestäubten und besprühten Felsspalten drangen, zu erholen. Adalbert hingegen kroch in die letzten Winkel des Uhrwerks, um sie gründlich vom Grünen zu säubern. Ein Wunder, daß ihn die Zahnräder nicht erfaßten.

Als alles Wachsende vernichtet war, machten sie sich daran, Wände, Decke und Boden mit den isolierenden Platten und Planen zu verkleiden. Sie hämmerten und klopften, bis Lindo ganz taumelig wurde. Zum Schluß verklebten sie die Fugen und Ecken mit Dichtungsstreifen und sprühten eine blasentreibende Masse, die sich schnell verfestigte, in die letzten Ritzen und sicherheitshalber über die gesamte Wandfläche, um sie gleichsam zu versiegeln.

Endlich war die Arbeit getan. Erschöpft lagen beide in Adalberts Zimmer – der Zwerg in der finstersten Ecke, Lindo auf dem Bord des geöffneten Fensters, wo er das Rauschen des Waldes hörte. Bald würde es tagen. Die Uhr arbeitete präzise.

Adalbert schlief erlöst, während sich Lindo am Morgen von der alten, rumpelnden Straßenbahn ins Stadtzentrum transportieren ließ. Er hatte heute ein Chorsolo zu singen und versuchte, ein paar Töne zu summen, doch den Nasenlöchern entwich nur ein heißer Luftstrom. Die Vokale formten sich hartnäckig zu heiseren Krächzlauten um.

Das sieht ja bös aus, dachte er. Und Klinger gibt die Titelpartie!

Der Dirigent bestand darauf, das Bariton-Solo zu wiederholen. Der Chorist erwies sich entweder als unbegabt oder als indisponiert.

Die Sopranistin gähnte, die Altistin blickte auf die Uhr, der Bassist räusperte sich zum fünften Male ungebührlich laut, und Klinger grinste.

Lindo stand mit hochrotem Kopf, die Kehle war ihm wie zugeschnürt. Er stammelte entschuldigend, er sei heiser, und trat zurück in die Reihe. Betretenes Schweigen herrschte. Dann erhob sich Klinger, noch immer lächelnd, erklärte, daß man die Chorproben doch wohl auch ohne ihn abzuhalten imstande wäre, und verließ leichten Schrittes den Saal.

Nach der blamablen Probe hatte Lindo nichts Eiligeres zu tun gehabt, als sich krank zu melden. Nun lag er am Ufer des Stroms im Schatten eines Weidenbaums und blinzelte in die Abendsonne. Ein ausgiebiger Mittagsschlaf hatte ihn erquickt. Er fühlte sich gestärkt, und sogar die Lust zum Singen kehrte ihm zurück. Es war schön, unter dem sommerlich blauen Himmel zu liegen und zu spüren, wie einem der Wind sanft durchs Haar fährt.

Ein rechtes Wetter für Verliebte, sagte sich Lindo und stimmte ein altes Lied an: »Mein G'müt ist mir verwirret, das macht ein Jungfrau zart ...« Als er weitersang und es hieß: »Wann ich's anschau, vermein ich, ich sei im Paradeis ...«, fiel plötzlich eine zweite Stimme ein. Erschrocken setzte er sich auf und blickte sich nach dem anderen um, der so geräuschlos dahergekommen war.

Klinger, mit einem weiten Obergewand, halb elbisch, halb irdisch leger gekleidet, blickte freundlich. »Warum hörst du auf zu singen?« fragte er und ließ sich neben Lindo ins Gras nieder.

»Müssen Sie heute nicht das Konzert geben?« fragte Lindo.

»Ich habe abgesagt.« Klinger lächelte. »Der Abend war so schön, und mich verlangte es, ans Ufer zu gehen.« Er strich einem Eichhörnchen, das ohne Scheu herangehüpft war, über den Rücken.

»Närrischer Elb!« entgegnete Lindo, streckte sich wieder aus und fuhr fort, sein Lied zu singen: »Ich kann nicht g'nug erzählen ihr Schön und Tugend viel . . .«

Klinger stimmte ein. So sangen sie viele Stunden, erfanden neue Melodien, die sie zu den alten fügten. Als sie müde wurden, lauschten sie den Vögeln, die ihre Lieder aufgenommen hatten und weitertrugen.

Der Halbelb betrachtete lange die rote Sonnenscheibe, die noch immer über den Dächern funkelte. Dann wandte er den Kopf zu Klinger und sagte: »Ich glaube, wir müssen einmal miteinander reden, Herr Elb!«

Vor Adalberts Tür türmte sich ein Abfallhaufen auf, den Lindo überklettern mußte, um hineinzugelangen. In der Wohnung war der Zwerg nicht zu finden. Mit einer bösen Vorahnung im Herzen eilte Lindo hinab zum Uhrwerk. Dort fand er Adalbert inmitten abgerissener Triebe und zerstörten Isolationsmaterials, schweißüberströmt und schwer atmend. Müde deutete er auf die Wände. Überall hingen Fetzen herab, lösten sich die von der Kraft des wachsenden Gesträuchs zerstörten Platten.

Der Halbelb zog schuldbewußt den Kopf zwischen die Schultern und wagte nicht, Adalbert in die Augen zu schauen.

»Du mußt zu Klinger gehen«, flüsterte der Zwerg.

»Ich habe schon mit ihm gesprochen.«

»So?« In Adalberts Stimme schwang wenig Hoffnung.

Lindo blickte noch immer zu Boden. »Er sagt, seinetwegen müsse die Sonne nie untergehen. Er liebe sie, sie könne ihm gar nicht lange genug scheinen.«

»So, sagt er das?« Adalberts Augen funkelten böse. »Der Herr Elb meint demnach, die ganze Ordnung durcheinanderbringen zu können; alle mögen den Kopf verlieren, weil er ihn auch verloren hat.«

Lindo zuckte bedrückt und hilflos die Achseln.

Adalbert richtete sich plötzlich auf und gewann einiges an Größe. Fast reichte er dem Halbelben bis zur Schulter. Lindo mußte den Zwerg ansehen, verwundert, wie sich dessen Wesen gewandelt hatte, er war nicht mehr gebeugt, vielmehr ging eine trotzige Erhabenheit von ihm aus. »So werde ich selbst mit dem Elben reden.«

»Warte noch!« rief Lindo. »Er wird dich nicht anhören, wenn du ihn nicht dazu zwingst.«

»Was soll ich tun?«

»Warte bis in die frühen Morgenstunden, wenn es noch ganz dunkel und der Mond schon untergegangen ist, dann werde ich kommen, damit wir uns gemeinsam auf den Weg machen.«

Zur festgesetzten Zeit erschien Lindo. Er schleifte einen Leinensack hinter sich her, der recht schwer zu sein schien.

»Was hast du darin?« fragte Adalbert.

»Sand.«

»Und was willst du damit tun?«

»Ich will ihn ins Getriebe schütten.«

Der Zwerg schrie auf und klammerte sich an Lindos Arm, um ihn festzuhalten. Der aber zog unbeirrbar hinab zum Uhrwerk. Die Kraft Adalberts reichte nicht aus, ihn abzuhalten.

»Du willst die Uhr zerstören, Verräter!« zeterte er, nun wieder klein und grau. »Du hast dich mit Klinger verbündet, du Elb, du Schuft!« Er weinte.

Lindo hielt inne. »Im Gegenteil«, erwiderte er. »Auf deiner Seite bin ich. Das bißchen Sand wird deiner Uhr nicht schaden; nach einer Weile hat sie sich freigearbeitet.«

»Lügner, Betrüger!« schluchzte Adalbert.

»Was sollte denn Klinger für Nutzen daraus ziehen, wenn ich die Uhr zu dieser Stunde anhalte?« fragte Lindo. »Wenn es zur Zeit des Tagesanbruchs noch immer dunkel ist, wird er sich nach der Sonne sehnen. Das ist unsere Chance, ihn zu bewegen. Was weiß denn er? Wir werden ihm sagen, daß seine Bäume schuld sind. So wird er auf uns hören, denn er ist ein Kind des Lichts.«

Damit zerrte Lindo den Sack durch die Tapetentür und schüttete den Inhalt zwischen die beiden größten Zahnräder.

Ein gewaltiges Knirschen hob an. Es war, als wollten sich die Wellen biegen und splittern; die mächtigen Speichen strebten nach außen, als müßten sie im nächsten Augenblick herausspringen. Dann gab es einen Ruck, ein Zittern lief durch den Fels. Das Uhrwerk stand.

Der Zwerg sank ohnmächtig in Lindos Arme.

Unter den Baumwipfeln, wohin ihn der Halbelb getragen hatte, kam Adalbert wieder zu sich. Ein linder Wind fächelte ihm Kühlung. Doch er war des Rauschens der Zweige und der Frische der Luft entwöhnt. Seine Heimat war unter der Erde. Er schluchzte auf und kroch seiner Tür zu.

»Bleib, Adalbert!« vernahm er Lindos Stimme. »Wir müssen bald aufbrechen. Die Morgenstunde naht.«

Wimmernd kam der Zwerg zurück.

»Betrachte nur den Sternenhimmel«, rief der Halbelb aus, »ist er nicht schön!«

Adalbert blickte empor und reckte sich ein wenig auf. Doch als eine Böe durch die Blätter ging, zuckte er erschreckt und fiel in sich zusammen.

»Einst«, flüsterte er, »habe ich jedes Sternbild gekannt, bevor wir Zwerge unter dem Berg gruben, damals, als die Welt noch jung war. Aber jetzt habe ich viel vergessen. Es ist so lange her. Tardak Aridon war mein Name.«

Lindo sah ihn verwundert an.

Der Zwerg lächelte und wies nach den Sternen. »Die Waage, erkennst du sie?«

»Ich kenne sie alle«, erwiderte Lindo.

»Natürlich, Elbenkind!« Wieder erschreckte ein Windstoß den Zwerg. »Ich bin es nur noch nicht gewohnt«, sagte er. Es klang fast wie eine Entschuldigung. Adalbert stand auf. »Wenn es an der Zeit ist, so machen wir uns auf den Weg.« Er schien jetzt größer, so, als sei eine schwere Last von seinen Schultern genommen.

Lindo erhob sich langsam, ohne die erstaunten Augen von Adalbert zu wenden.

»Es wird nicht das letzte Mal sein, daß du dich heute verwunderst, nehme ich an«, sagte der Zwerg. »Gehen wir, es ist schon sehr kühl.«

Lindo mußte geraume Zeit läuten, ehe Klinger unwillig öffnete.

»Ist das jetzt Sitte, die Leute zu mitternächtlicher Stunde aus den Betten zu klingeln?«

»So verschlafen sehen Sie nicht aus«, erwiderte Adalbert barsch und schob sich nach vorn. »Zudem ist Mitternacht lang vorüber.«

Klinger musterte den Zwerg aufmerksam und bemerkte dann spöttisch: »Freundlicher hat Sie das Alter nicht gemacht, Verehrtester. Wir sahen uns wohl länger nicht . . .«

»Das ist wahr«, gab Adalbert, sichtlich verstimmt ob des kühlen Empfanges, zurück. »Zumal ihr Elben, wie ich merke, die Nasen immer noch so hoch tragt, daß ihr uns schwerlich am Boden zu entdecken vermögt.«

Ob dieser Bemerkung war der Sänger drauf und dran, ihnen die Tür vor der Nase zuzuschlagen, doch Lindo setzte den Fuß in den Spalt. »Bitte hören Sie ihn an!«

»Habe ich das nötig?« Lindo traf ein kühler, abweisender Blick, der ihn zurückweichen ließ.

»Vielleicht haben Sie es nötig«, knarrte Adalbert, »denn wenn ich seit Jahrhunderten das erste Mal wieder den Weg unter den Sternen antrete, so wird es, wie Sie mir glauben sollten, angemessene Gründe dafür geben.«

»Torheit des Alters!« Klinger zitierte unbewußt einen geläufigen Operntext.

Der Zwerg versuchte das Wort zu überhören und fragte: »Haben Sie eine Uhr?«

»Ja, aber zu dieser Zeit pflege ich sie nicht zu benutzen«, entgegnete der Elb schnippisch.

»Und wenn Sie doch einmal daraufsähen?« bemerkte Lindo zaghaft, »oder auf meine.« Er hielt ihm seine Armbanduhr hin. Sie zeigte halb sieben.

Der Sänger warf einen Blick darauf und stutzte. »Täuschen Sie sich nicht? Nach meinem Empfinden, der Dunkelheit und der Kühle ist es vier Uhr noch nicht vorbei.«

»An Ihrer Stelle würde ich mir Gewißheit verschaffen«, gab Adalbert zurück.

Klinger griff zum Telefon neben sich und wählte eine Nummer. »Sechs Uhr einunddreißig«, tönte eine unangenehme Frauenstimme aus dem Hörer. Der Sänger legte auf und fragte mit einem Blick zum pechschwarzen Himmel: »Bleibt das so?«

»Das liegt unter anderem bei Ihnen.« Adalbert zuckte die Achseln. »Aber wie ich höre, lehnen Sie es ab, mit dem Hüter der Großen Uhr zu reden.« Damit drehte er sich auf dem Absatz um und machte Anstalten zu gehen.

Doch Lindo zog ihn zurück. Klinger hatte ihnen schweigend die Tür freigegeben.

Beim Setzen tastete Adalbert den Grasteppich ab, als sei es ein fremdes Wesen, und ließ sich nur sehr vorsichtig darauf nieder. Klinger registrierte das mit einem Lächeln.

»Ich war sehr lange fort«, sagte der Zwerg. »Doch zum Thema. Lindo hat Sie bereits unterrichtet?«

Der Sänger zog die Stirn kraus, als müsse er sich an eine Nichtigkeit erinnern. »Ach ja, die Bäume«, sagte er schließlich.

»Die Uhr steht!« Adalbert holte tief Luft. »Sie haben es geschafft!«

»Was?« fragte Klinger abwesend.

»Daß es ewig finster bleibt«, fuhr der Zwerg in drohendem Ton fort. Er trat auf Klinger zu. Der erhob sich ebenfalls.

»Tar-Ciryatan«, zischte der Zwerg, und er redete den Elben mit dem Namen an, den ihm einstmals die Erstgeborenen gegeben hatten, »es ist mir zu ernst, als daß ich mich von dir narren ließe. Wohin schweifen deine Gedanken? Komm zurück, ich rede mit dir!«

Der Elb wischte sich mit der Hand über die Augen. »Was verlangst du, Tardak Aridon? Soll ich aufhören zu singen, weil du das uralte Getriebe nicht mehr zu hüten fähig bist? Das kann ich nicht.«

»So bleibt es finster.«

»Das ist unmöglich«, erwiderte der Sänger. »Meine Bäume gedeihen nicht bei Nacht. Sie alle wollen ans Licht und haben sich nur ins Innere des Berges verirrt.«

Lindo, der atemlos am Boden kauerte, erschien Adalbert jetzt nur wenig kleiner als der Elb, der vor ihm stand, den Kopf trotzig zurückgeworfen.

»Nie wollte ich Feindschaft zwischen uns«, sagte Adalbert leise und scharf, »gemeinsam schufen Elben und Zwerge die Uhr. Doch ihr, flattriges Lichtvolk, ließet die Wache im Stich und verbanntet uns unter die Erde.«

Klinger machte eine unwillige Kopfbewegung.

»Ich weiß, daß ihr das nicht gerne hört.« Adalbert trat noch zwei Schritte auf den anderen zu, womit er wiederum an Größe gewann. Sein Schatten fiel auf das Gesicht des Sängers und verdunkelte es. »Aber heute wird es enden.« Schon streckte Adalbert die Hand nach dem Elben aus.

Lindo war aufgesprungen, um zwischen sie zu treten, doch Klinger war schon ausgewichen.

Da plötzlich begann ein mächtiges unterirdisches Dröhnen. Der Boden, auf dem sie standen, zitterte. Die drei verharrten regungslos und lauschten auf die Geräusche der Erde. Tief unten war Knarren und Knirschen vernehmbar, dann ein dumpfes Grollen, als ginge irgendwo fernab eine Lawine zu Tal.

Nachdem es still geworden war, wies Klinger zum Fenster: Es begann zu dämmern.

Kraftlos ließ der Zwerg die Arme sinken.

»Wie ich sehe, arbeitet Ihr Wunderwerk wieder«, bemerkte Klinger, und seine schmalen, geschwungenen Lippen bekamen jenen Ausdruck der Ironie, den Adalbert nicht ausstehen konnte. »Wenn Sie nun die Güte hätten, mich in Ruhe zu lassen. Ich muß mich mit dem Studium meiner nächsten Partie befassen.« Er wies zur Tür.

Ohne ein Wort der Widerrede oder des Abschieds verließ der Zwerg das Haus.

Lindo sah dem Elben in die Augen. Der senkte die Lider und schloß die Tür sacht hinter ihm.

Schweigend stapfte der Zwerg neben dem Halbelben einher.

Lindo fühlte Erleichterung, als die ersten orangen Sonnenstrahlen in den Fluß tauchten, auf den man vom Kamm des Berges, wo

Klingers Haus gelegen war, hinabsah. Auf dem Ufergras schimmerte der Frühtau.

Auch Adalbert spähte ins Tal. Und plötzlich, als sie an einen Platz gelangt waren, von dem man eine gute Aussicht genoß, blieb er stehen und ließ die Blicke über das Land schweifen.

Lindo, der ihn betrachtete, fiel auf, daß er sich verjüngt zu haben schien. Die tiefen, dunklen Falten waren aus dem Gesicht verschwunden und hatten nur ein paar Runzeln hinterlassen.

Der Zwerg stand aufrecht und trug den Kopf stolz auf den Schultern. »Nein«, sagte er, »ich kann euch nicht zürnen, Lichtvolk, euch nicht, euren Gesängen und eurem Leichtsinn, auch wenn ich euch nicht begreife.«

Lindo berührte seine Schulter, als müsse er ihn aus einem Traum wecken.

»Ich will nicht wieder unter den Berg zurück.« Adalbert lächelte. »Es ist schön hier oben.«

»Aber die Uhr?« fragte Lindo tonlos, kaum daß ihm seine Verwunderung noch das Sprechen möglich machte.

»Ja, die Uhr«, Adalbert atmete tief. »Ich weiß nicht.«

Das Uhrwerk war von der groben Unterbrechung doch ärger mitgenommen, als Lindo erwartet hatte.

Sie standen unter dem großen Zahnrad, dessen Welle sich in stetigem Druck gegen den Fels gestemmt hatte, bis ein Durchbruch entstanden war. Loses Gestein war herabgerieselt und gab nun einen Schacht frei, der nach draußen führte.

»Alles, was ich anpacke, will mir nur halb gelingen«, murmelte Lindo bedrückt. »Immer muß ich auf halbem Wege aufgeben. Vielleicht ist es mein Schicksal, weil ich halb Elb, halb Mensch bin.«

Der Zwerg erwiderte nichts. Er prüfte das Getriebe, das trotz des Schadens tadellos arbeitete. Plötzlich entfuhr ihm ein Ausruf der Verblüffung. Lindo eilte hinzu, und nun sah auch er: Die Bäume und Triebe, die zuvor den Gang der Uhr behindert hatten, weil sie ziellos in die Dämmerung hineinragten, rankten sich jetzt entlang der Mauer zum Lichtschacht hin und streckten die dünnen Zweige der Sonne entgegen.

»Sie alle wollen ans Licht und haben sich nur ins Innere des Berges verirrt«, zitierte Lindo die Worte des Elben. »Er hatte recht. Sieh nur!«

»Natürlich sehe ich«, entgegnete Adalbert.

Es war nicht allzu schwierig gewesen, den Schacht ein wenig zu erweitern. Adalbert und Lindo brauchten nicht länger als einen Tag, um von oben her noch so viel Geröll loszuschlagen, wie es der Fels zuließ. Nichts war mehr, wodurch der Lauf der Zahnräder gehemmt wurde. Adalbert stand am Hang des Berges, dort, wo das Tageslicht die Geheimnisse, die die Erde barg, aufgespürt hatte. »Wir werden die Stelle absichern müssen«, bemerkte er und spähte in die Tiefe, aus der ein stickiger Geruch aufstieg. Dann wandte er sich ab und wies zum Kamm. »Da oben soll mein Haus stehen, damit ich über das Land blicken kann. Unter den Kiefern will ich wohnen, um ihren Duft wieder zu erlernen.«

Lindo hockte am Rand des Schachtes und warf Erdklümpchen hinab. »Halb Mensch, halb Elb bin ich«, sagte er, »und gern wäre ich einer des Lichtvolks. Doch ich tauge nicht zum Sänger. Mir gehorchen die Gräser nicht und nicht die Blüten. So laß mich denn das hüten, was nicht lebt, das Uhrwerk. Die Zeit ist heran, daß sich die Elben der Wache annehmen. Ich werde an ihrer Stelle gehen. So bin ich einer der Ihren und bin es doch nicht.«

Miriam Margraf

Der Weiße Hirsch

Dodo ließ sich erschöpft ins Gras fallen, zog vorsichtig die Wildlederstiefel von den Füßen und befühlte seine schmerzenden Sohlen. Dann tauchte er sie ins lindernde kalte Wasser der Waldquelle. Seit Sonnenaufgang war er der Spur eines Hirsches gefolgt und hatte geglaubt, der Vorsprung des Tieres verringere sich. Gegen Mittag war es ihm sogar erschienen, als sähe er das weiße Fell des kostbaren Jagdguts auf Schußweite durch das Gehölz schimmern. Doch stets war es Täuschung, das Wild scheute, ehe er darauf anlegen konnte. Jetzt neigte sich schon der Tag. Nicht die Füße allein taten Dodo weh, sämtliche Knochen meinte er zerschunden, und hungrig war er wie ein Wolf. Er zog einen Brotkanten aus der Tasche, tunkte ihn ins Quellwasser und schob ihn zwischen die Zähne. Kein Festmahl, dachte er, aber besser als gar nichts. Mit einem tiefen Seufzer ließ er sich auf den Rücken fallen.

Als er so lag und gedankenverloren zum Waldessaum blickte, erschien ihm mit einemmal jene graue Silhouette vor dem Schwarz der Tannen, die er bislang für einen Felsblock gehalten hatte, als eine menschliche Gestalt. Er richtete sich auf und spähte angestrengt hinüber, denn er wußte nicht, ob er seinen Augen trauen durfte im diffusen Licht der Dämmerung. Als aber das Wesen näher kam, wich Dodo mit einem Aufschrei zurück.

»Was ist?« fragte eine rauhe Altmännerstimme, »fürchtest du dich vor mir?«

»Soeben noch hielt ich dich für einen Stein«, entgegnete Dodo. »Da erschrak ich, als du dich plötzlich regtest.«

Der Alte lachte auf. »Dein Jägerblick scheint recht scharf. Bist vielleicht etwas kurzsichtig, ha?« Er grinste mit einem Anflug von Schadenfreude; um die kleinen, flinken Augen zeigten sich lustige Runzeln.

Dodo versagte sich die Widerrede. Der Alte war wirklich schwer auszumachen, denn seine graue, säuberlich geflickte Kleidung unterschied sich farblich kaum vom Hintergrund.

»Alonzo«, sagte er mit einer höflichen Verbeugung, »Förster. Sie gestatten, Ihren Jagdschein einsehen zu dürfen!«

Dodo warf dem seltsam kostümierten Männlein einen befremdeten Blick zu. »Zeig mir erst mal deine Legitimation, Alterchen, ehe wir weiterreden!«

In Blitzesschnelle hatte Alonzo eine schon arg zerflederte Lizenz aus einer der zahlreichen Rocktaschen zutage gefördert und hielt sie dem anderen hin.

Der winkte ab. »Schon gut, verzeih, aber deine Uniform ist etwas ausgefallen.«

»Ob ausgefallen oder nicht«, entgegnete Alonzo, »den Jagdschein!«

Dodo wies das Papier vor.

Der Alte prüfte genau, ob auch kein Stempel und keine Unterschrift fehlte. »Gut, gut«, sagte er schließlich und gab den Schein zurück, »wohl kein Glück gehabt?«

Dodo planschte mißmutig im Quellwasser.

Feixend stimmte der Alte ein Lied an:

»Ich schwing mein Horn in Jammers Ton,
Mein Freud ist mir verschwunden,
Ich hab gejagt ohn Abelon,
Das Wild lauft vor den Hunden.«

Dabei tanzte er mit eigenartig großen und zugleich gemessenen Bewegungen um Dodo herum.

»Närrischer Alter!« rief der in den Gesang hinein. »Muß ich mich von dir foppen lassen!«

»Nicht von mir!« antwortete Alonzo lachend und sang weiter:

»Ein edel Wild in diesem G'fild
Hab ich mir auserkoren,
Es scheucht ab mir, als ich es spür,
Mein Jagen ist verloren.«

Dodo packte einen Schlammbrocken und schleuderte ihn nach dem munteren Männlein, das dem Geschoß erstaunlich behende auswich.

»Einen Greis solltest du noch treffen können!« spottete er und hörte auf zu tanzen.

Beschämt ließ Dodo den Arm sinken, den er schon zum nächsten Wurf gehoben hatte.

»Du bist nicht der erste Narr, der glaubt, den Weißen Hirsch erlegen zu können«, sagte der Alte unerwartet. »Er ist klüger als du, gewiß!«

»Woher weißt du, wen ich verfolge?« fragte Dodo unwirsch, während er mühsam die Stiefel über die nassen Füße zog.

»Gestern kam ein Rudel Hirsche zwei Meilen weiter nördlich vorbei, und das nächste Rudel spüre ich noch weitab«, erwiderte Alonzo, »du kannst kein anderes Wild meinen, wenn du heute jagst.«

Dodo musterte sein Gegenüber schweigend.

»Es hat dich weit fortgelockt«, fuhr der Alte fort. »Ich weiß um einige, die lange umherirrten, ehe sie den Heimweg fanden. Die Nacht wird kühl werden. Mein Haus ist nicht allzu fern. Wenn du klug bist, so nimm die Einladung an und sei mein Gast!«

Dodo fühlte sich wohl. Draußen entlud sich ein Abendgewitter. Violette Blitze zuckten vom Himmel, der Regen trommelte aufs Dach. Die müden Füße des Jägers ruhten unter einem reich gedeckten Tisch. Sein Blick folgte den graziösen Bewegungen der

Frau, die kurz nach Alonzos Fortgang eingetreten war, um Pilze zum Trocknen auf dem Kaminsims auszulegen. Vor dem dunklen Hintergrund wirkte sie sehr blaß. Ihr kurzes Haar war mehr weiß als blond. Um die zierliche Gestalt floß ein leichtes Seidenkleid. Sie hatte Dodos Anwesenheit mit einem kurzen Begrüßungsnikken aufgenommen und kümmerte sich nicht weiter um ihn. Fremde waren hier wahrscheinlich häufige Gäste.

Ein Pilz fiel zu Boden. Dodo sprang hinzu, ehe sie sich bücken konnte, und hob ihn auf. Während sie sich lächelnd bedankte, sah er in ihre Augen und erschrak vor der dunkelbraunen Tiefe des Blicks. Er mußte sich abwenden, als habe er etwas Verwerfliches erschaut.

Die Schöne lachte auf und ging.

Vielleicht wäre ihr der Jäger gefolgt, hätte ihn Alonzos Eintreten nicht zurückgehalten. »Überrascht?« fragte der, und Dodo war sich nicht im klaren darüber, worauf die Frage sich bezog. Doch fühlte er sich ertappt und kehrte an seinen Platz zurück. Wie sie heiße, fragte er.

»Diana«, antwortete der Alte.

»Deine Tochter?«

»Das nicht.« Alonzo lächelte, ohne auf Dodos Neugier zu achten.

In der Nacht erwachte Dodo vom Licht des Vollmonds, der in sein Fenster schien. Er erschrak vor dem eigenen Schatten an der Wand. Seine Müdigkeit war auf einmal wie fortgeblasen, Unruhe befiel ihn.

Die Wiese vor dem Haus lag taubeglänzt im fahlen Licht und lockte ihn, den Fuß in das silbrige Naß zu setzen.

Er streifte sich Wams und Hosen über und schlich hinaus. Kaum war er vor die Tür getreten, gewahrte er ein großes äsendes Tier, das ihn nicht sofort bemerkte, weil der Wind die Witterung forttrug. Es war eine Hirschkuh, kräftiger als jedes Hochwild, das der Jäger jemals zu Gesicht bekommen hatte. Ihr Fell leuchtete weiß.

Dodo schlich zurück ins Haus und ergriff seine Waffe. Für die Dauer eines winzigen Augenblicks fühlte er ein unbestimmtes Widerstreben, doch schließlich siegte der Ehrgeiz, die Trophäe zu

besitzen. Er lud, spannte den Hahn und näherte sich der Beute so weit, daß er sie kaum verfehlen konnte.

Plötzlich zuckte das Tier und wandte die großen, dunklen Augen nach ihm. Gleichzeitig schlug ihm jemand das Gewehr aus der Hand, so daß der Schuß über den Kopf der Hirschkuh hinweg ins Leere gelenkt wurde. Das Wild sprang geräuschlos durchs Unterholz davon.

Alonzo gab dem Jäger die Waffe zurück. Seine kleinen Augen funkelten zornig. »Wer hat dir erlaubt, auf meinem Grund und Boden herumzuschießen? Bist du verrückt?«

Dodo war wie gelähmt vor Schreck. »Ich . . ., ich wollte nicht . . .«

»O doch, den Weißen Hirsch wolltest du haben«, fauchte Alonzo. »Aber laß dir gesagt sein: Wage kein zweites Mal, auf ihn anzulegen, weder hier noch draußen im Wald, wo er ungeschützt ist. Mach dir seine Hüter nicht zu Feinden.«

Daß er den Tag nicht verlöre, hatte Alonzo seinen Gast vor Sonnenaufgang geweckt. Dodo war unbehaglich zumute. Verdrossen mümmelte er an einer Waffel und sann darauf, das Haus des Waldhüters so bald wie möglich zu verlassen. »Ich glaube, es ist am besten, gleich aufzubrechen«, sagte er und erhob sich rasch.

Alonzo grinste und lehnte sich mit verschränkten Armen zurück. »Wenn du den Weg kennst.«

Dodo vernahm einen bissigen Unterton. »Ich denke, wir sollten die Angelegenheit vergessen!« bat er.

»Welche Angelegenheit? Wovon redest du?« entgegnete Alonzo harmlos. »Höre! Ich leihe dir ein Pferd für den Rückweg, ein gutartiges Tier, das dich sicher zum Waldrand tragen wird. Dort schickst du es zurück. Es ist mit seiner Aufgabe vertraut.« Auf eine abwehrende Handbewegung des Gastes hin unterbrach er sich. »Verstehe«, fuhr er verständnisvoll fort, »wer wagt sich heutzutage noch auf den Rücken eines Pferdes. Maschinenhörige, ihr!«

Dodo suchte seine Habe zusammen.

»Ich werde dich ein Stück geleiten«, entschied Alonzo, »und wenn ich umkehre, hüte dich, den Pfad, den ich dir weise, zu verlassen, denn wir sind in einem Waldstück, das den Elben gehört. Der letzte, der ihnen blieb von den Orten, wo sie ungestört sind. Sie dulden keine Sterblichen hier.«

Alonzo schlug einen Weg ein, den Dodo nicht kannte. Der Tann war hier sehr finster und der Boden nachgiebig.

Als Alonzo gegangen war, begann sich Dodo zu fürchten. Aus den Tiefen des Waldes drang das Glucksen lebendigen Moores, das wie die Gespräche alter, finsterer Wesen anmutete. Dodo schritt schneller aus, um die Gegend, die ihm fremd und unheimlich war, so bald wie möglich hinter sich zu lassen. Es schien ihm seltsam, daß er sie beim Hinweg, der durch pfadloses Gehölz geführt hatte, umgehen konnte.

Plötzlich sah er etwas Großes und Lichtes durch das mannshohe Farnkraut schimmern, und zugleich nahm er eine Schneise wahr, die zwischen den Riesengewächsen hindurch dorthin führte. Er vergaß augenblicklich den Rat Alonzos und folgte dem Pfad vorsichtig. Als das Wesen vor ihm sich gar bewegte, erfaßten ihn Schauder und Frohlocken zugleich: Der Weiße Hirsch lief ihm direkt vor die Flinte.

Im Bann der ersehnten Beute ließ er alle Vorsicht außer acht. Er zerrte den Fuß aus Brombeerranken. Es knackte. Dodo sah den Hirsch erschrecken, ehe er selbst stürzte, aber den Hufschlag des fliehenden Wildes hörte er nicht. In Dodos Haut bohrten sich Stacheln, das derbe Leinenwams vermochte nicht zu schützen. Kopf und Hände aber, die das Gesicht bargen, schlugen auf weichen Boden. Er versuchte, sich aufzustützen, doch die Finger drückten sich in Morast, der ihm schon Augen und Mund verklebte. Langsam drehte er sich auf den Rücken. Dann lag er ganz ruhig, damit das Brennen nachlasse, und wischte sich den Schlamm mit dem Handrücken aus dem Gesicht. Plötzlich vernahm er dicht an seinem Ohr Schritte. Er öffnete die Augen. Was er sah, war der weißblonde Haarschopf Dianas.

Sie bückte sich wortlos, löste die Schlinggewächse von seinen Füßen und sah wohl, daß er unter der Dreckschicht, die sein Gesicht bedeckte, vor Scham errötete. »Jagst du noch immer den Weißen Hirsch?« fragte sie spöttisch.

»Ich fürchte, ich muß aufgeben, schönes Kind«, sagte Dodo und warf einen Blick auf seine verschlammte Flinte.

Um ihren Mund zuckte es schadenfroh. »Hatte dich Alonzo nicht gewarnt?«

Er seufzte. »Spotte nur! Ich habe es nicht besser verdient.« Jetzt erst fiel ihm auf, daß sie genau dort stand, wo seine Hände eingesunken waren, als er sich aufstützen wollte, und daß ihre Schuhe so sauber waren, als wäre sie auf einer asphaltierten Straße hierhergelangt. Wie ging das zu?

»Komm«, sagte Diana mit unerwarteter Freundlichkeit. »Ich werde dich an einen Bach führen, wo du dich waschen kannst.«

Als Dodo den Morast vom Körper gespült hatte, war ihm wohler. »So bin ich dir zu tiefstem Dank verpflichtet«, sagte er pathetisch und sah zu Diana auf, die ihm sein zerfetztes Wams reichte. Als er nach dem Kleidungsstück griff, faßte er ihre Hand, die so schmal war, daß er kaum wagte, sie festzuhalten. Er zog Diana sanft zu sich hinab. Doch sie lachte, befreite sich mit einer energischen Bewegung und lief leichtfüßig davon. Dodo sprang auf, um ihr nachzuhasten. Sie aber enteilte mit der Behendigkeit eines Rehes, ohne im feuchten Gras eine Spur zu hinterlassen. Dodo sah den weißblonden Schopf bald zwischen den dunkelgrünen Tannen, bald über dem Blattwerk der Sträucher auftauchen, aber er konnte die spielerisch Enteilende nie erreichen. Ein Himbeergebüsch riß sein ohnehin verschlissenes Oberkleid in Fetzen, während sie sich immer weiter entfernte. Hier und da erschien ihm noch das fahle Gold ihrer Haare wie ein Leuchten zwischen den Gehölzen. Aber er mochte ihr nicht länger folgen und suchte einen anderen Weg. Immer dichter wuchs das Grün. Hier gab es keinen Durchschlupf mehr. Dodo wandte sich um, doch gleichsam als hätten sich die niedergetretenen Gerten hinter ihm wieder aufgerichtet, war da kein Pfad mehr, der zurückführte. Verzweifelt zerrte er das Gestrüpp fort, fühllos die Finger. Betäubt vom Schmerz und zu Tode erschöpft, ließ er sich fallen. Zweige brachen, darunter bröckelte Gestein. Dodo konnte sich gerade noch an ein paar Äste klammern. Unter ihm klaffte ein Abgrund. Er blickte schaudernd in die Tiefe.

Da ertönte heller Hufschlag auf einem Plateau, das sich über ihm erhob. Steinsplitter flogen umher wie ein Sternenregen. Oben, bedrohlich nahe am Rand, stand ein weißes, zierliches Pferd. Sein Reiter wirkte hochgewachsen, schlank und hatte eigenwillig gelocktes, helles Haar. »Elen sila lumenn' omentielvo!« sprach er spöttisch die freundliche Begrüßungsformel der Elben. »Wen wünschen Sie denn zu sprechen, daß Sie so eilig eintreten, ohne anzuklopfen?«

»Helfen Sie mir!« keuchte Dodo und streckte mit Anspannung seiner letzten Kräfte die Hand nach der Fessel des Pferdes aus. Der Reiter gebot dem Tier, vorsichtig seinen Fuß zu heben, so daß Dodo auf diese Art emporgezogen wurde. Schwer atmend blieb er liegen, einer leichten Sopranstimme lauschend, die Alonzos Lied sang:

»Kein edler Tier ich jagen kann,
Des muß ich oft entgelten,
Noch halt ich stets auf rechter Bahn,
Wie wohl mein Glück kömmt selten.«

Sie kickste ein paar geschwinde Läufe hinein und sang weiter:

»Mag ich nit han ein Hochwild schon,
So laß ich mich begnügen
An Hasenfleisch, nit mehr ich heisch,
Das kann mich nit betrügen.«

Tanzend sprang Diana über die Ranken und Schlingpflanzen dahin, kaum daß sie die Erde berührte. Der Reiter glitt vom Pferd, um sie in die Arme zu schließen.

Dodo ächzte, zu schwach, um aufzustehen.

»Das ist mein Bruder«, sagte Diana.

Der Jäger ließ den angespannten Oberkörper zurücksinken. Neugierig beschnupperte ihn das Pferd.

»Den Weißen Hirsch wolltest du also jagen«, bemerkte der Elb und trat vor Dodo hin, »was niemandem gelang seit Jahrhunderten, meintest du vollbringen zu können?«

»Nicht dem Hirsch folgte ich!«

Der Elb schwieg und reichte ihm wortlos die Hand. Mit einer raschen Bewegung hatte er des Jägers Arm im Griff. »Ich muß dich in Gewahrsam nehmen«, sagte er hart, »denn du bist eine Gefahr.« Er deutete auf Diana, die Dodo schelmisch zublinzelte.

Dodo, erschrocken und überrascht zugleich, gab jeden Widerstand auf. »Gefahr für Diana?« fragte er ungläubig.

»Sie ist Aina-Aglar, eine Tochter der Erstgeborenen. Verstehst du nun?«

Dodo war wund und müde, kaum vermochte er ein Bein vor das andere zu setzen, und der Elb half ihm schließlich, aufs Pferd zu steigen, das er nun am Zügel führte.

Sie kamen durch lichte Laubwälder und über sonnige Wiesen. Die Landschaft hier leuchtete hell und freundlich. Zwar war Dodo zu erschöpft, um sich am vielfältigen Grün zu ergötzen, aber es linderte die Angst und Unruhe in seinem Herzen.

Er schaute immerfort auf Dianas weißblonden Schopf. Die Elbin hatte des Bruders Hand gefaßt und unterhielt sich mit ihm in der Elbensprache, die wie Gesang klang. Beide lachten oft. Und obwohl Dodo nichts verstand, fand er es angenehm, ihnen zu lauschen.

Nachdem sie eine Weile gegangen waren und es Dodo fast schien, als hätten die Elben seiner vergessen, gelangten sie zu einer Felswand, die am Rande einer Lichtung schroff emporragte. Tar-Ciryatan hieß Dodo absitzen, befreite das Pferd von Sattel und Zaum und ließ es grasen. Zu Fuß kamen sie an einen schmalen, kaum sichtbaren Spalt im Gestein, durch den sie Zutritt zu einer Höhle fanden.

Was Dodo drinnen im Licht der Fackel, die der Elb entzündete, sah, machte ihn vor Staunen stumm: Wände und Decken funkelten von Edelsteinen, von glitzernden Metallen und Gläsern, die, Prismen gleich, das Licht der Diamanten brachen und in allen Farben des Regenbogens zurückschickten. Der Boden war mit Marmorplatten ausgelegt, die hell zu dunkel ein Schachbrettmuster ergaben.

Das erste Gewölbe, das sie durchquerten, war leer. Im zweiten standen lange Tafeln und Bänke – Zeugen einstiger Gastmahle.

»Laß uns einen Augenblick verweilen, Schwester«, sagte Tar-Ciryatan und schritt die Wände ab, um die Fackeln zu entzünden. Da wurden die Farben noch mannigfaltiger. Der Elb stand am Ende einer großen Tafel, und um ihn tanzten die Schatten der flackernden Lichter wie Gestalten. Sein Blick wanderte durch den Raum, als versuche er vergebens, die Schönheit zu fassen. Auf einmal schien Tar-Ciryatan zu wanken. Seine Hand griff nach der Tischplatte.

So schwach war die Bewegung, daß Dodo sie, versunken in den Anblick des Saals, gar nicht bemerkte. Doch Diana sprang hinzu, faßte des Bruders Arm und rief: »Was ist dir?«

Der Elb lächelte. »Nichts, Kleine, nichts. Ich bin etwas mitgenommen von meinem anderen Sein.«

»Noch niemals hast du dich darüber beklagt!« erwiderte die Schwester. »Welches Tun wäre dir je lieber und vertrauter als das Singen gewesen!«

»Daran hat sich nichts geändert. Aber manchmal ist es schwer, unter Menschen zu sein. Das irdische Leben brennt uns aus.« Plötzlich preßte er den Arm an die Brust.

Diana sah, daß er litt und sich niemandem anvertrauen wollte, selbst ihr nicht. ». . . und die irdische Liebe? Meintest du das nicht auch?«

»Ja, auch sie«, antwortete der Elb, der sich wieder gefaßt hatte.

Die Mundwinkel Dianas verzogen sich, ungewiß für Dodo, ob mitleidig, ob spöttisch.

Ihr Bruder strich sich mit einer heftigen Handbewegung die Haare, die ihm über die Augen gefallen waren, aus dem Gesicht. »Du hast dergleichen nie gekannt«, sagte er auffahrend, »vielleicht wäre dir sonst weniger nach Spott zumute!«

Sie wurde ernst. »Ich weiß sehr wohl darum, vielleicht anders, das mag sein. Aber vergiß nicht, daß auch ich mit dem elbischen und dem anderen Gesicht lebe.«

Dodo war zwischen die Geschwister getreten und sprach leise, mit fast erstickter Stimme: »Was redet ihr von elbischem und menschlichem Sein, von zwei Leben und wie euch das eine quält? Legt es ab, wenn es euch stört! Ich habe nur dies eine und kein unvergängliches und muß sehen, wie ich es mir einrichte!« Er zitterte vor Erregung. Sein Blick war unverwandt auf Diana geheftet. Sie wich befremdet einen Schritt zurück.

»Laß sie!« wies ihn der Elb hart zurecht.

Dodo warf den Kopf trotzig in den Nacken und baute sich herausfordernd vor ihm auf. »Wenn ich sie nun aber nicht lassen will, Herr Elb.«

Tar-Ciryatan sah mit Verblüffung auf den verwegenen Fremden und fand keine Antwort.

»Ihr selbst macht keinen Hehl aus Euren Klagen, Fürst Glorion Ingildor«, höhnte der Jäger, dessen Augen kalt zu funkeln begannen, »und mir verbietet Ihr Weg und Blick?«

Tar-Ciryatan fing seinen Schlag mit blitzschneller Gegenwehr ab.

Sofort bekam Dodo zu spüren, daß da eine andere Kraft war als die menschliche, und kopflos stürzte er dem Ausgang entgegen. Ein Gitter sauste nieder, er prallte dagegen und sank ohnmächtig zu Boden.

Als Dodo wieder zu sich kam, hatte er keinerlei Erinnerung an das, was geschehen war.

Ein fast noch runder Mond schien durch Fichtenzweige auf sein Moosbett. Er stand auf und erreichte mit wenigen Schritten eine Wiese. Dahinter ragte dunkel eine Felswand gegen den sternenübersäten Himmel auf.

Plötzlich erinnerte er sich dieser Landschaft, doch war ihm, als habe er sie bei Tage gesehen. Wann das gewesen war, wußte er nicht mehr. Und plötzlich erschien ihm das Bild einer schönen, weißblonden Frau, der er bis zur Erschöpfung gefolgt war. Sie hatte Spottlieder auf ihn gesungen, und er mußte wohl, noch matt von den Strapazen des Vortags, ohnmächtig niedergesunken sein. Unterdessen hatte er wunderbare Träume gehabt, deren Inhalts er sich zwar nicht mehr entsinnen konnte; doch noch immer hielt ihn ihr Zauber umfangen.

Er stand im Schatten des Waldes, und plötzlich glaubte er, daß sein Blick ihn trüge: Wie aus Nebelschleiern zusammengefügt, stand ihm vor Augen der Weiße Hirsch, friedlich grasend und sich ungestört wähnend. Instinktiv griff Dodo zur Schulter, merkte, daß er ohne Waffe war, und fühlte sich plötzlich erleichtert darob. Er versuchte, sich der Erscheinung zu nähern, da verschwamm sie, und an ihrer Statt erblickte er Diana.

Dodo wollte zu ihr stürzen, doch eine Hand legte sich auf seine Schulter. Der Schrei blieb ihm in der Kehle stecken. Er wagte nicht, sich umzublicken; aber er spürte, daß ein großer, unerbittlicher Wille ihn zurückhielt und ihm Schweigen gebot.

»Schönste, unter dem Mond also treibst du deine Spiele, und ich warte vergebens auf dich«, knarrte vom anderen Ende der Lichtung her eine rauhe Stimme, die Dodo nicht ganz unbekannt war.

Obwohl er sich unter dem Zwang, der ihn beherrschte, nicht zu rühren wagte, konnte er doch beobachten, was geschah.

Auf die Wiese, ins Mondlicht, schlurfte Alonzo, die Hände in zweien seiner zahlreichen Taschen vergraben und ein wenig gebückt. »Ich habe mir Sorgen gemacht, leichtsinnige Schöne!«

Sie schlang die Arme um ihn. »Ach, es ist gut, daß du mich suchst, mein junger, alter Hüter, daß du mich immer noch suchst.«

»Es ist nicht gut, daß ich dich suchen muß«, brummte er liebevoll, »Aina-Aglar, Geliebte!«

Dodo hielt es kaum noch in seinem Versteck, doch die Hand drückte ihn fast zu Boden. Er war benommen von Angst und Wut.

»Laß uns heimgehen«, sagte Diana. »Ich bin müde vom Tag. Und ...«, sie blickte aufmerksam in die Runde, »wir sind hier nicht allein.«

»Das habe ich längst bemerkt«, erwiderte Alonzo, »aber es sind keine bösen Seelen. Wenn sie uns nicht stören, wollen auch wir sie in Frieden lassen. Komm!«

Er nahm ihre Hand. Diana sah noch einmal um sich, und Dodo war der festen Überzeugung, daß sie ihn entdeckt habe, aber er wagte kein Zeichen. Dann verschwanden die zwei von der Lichtung, leichtfüßig und behende wie Tiere, die zu flüchten gewohnt sind.

Als Diana und Alonzo so weit entfernt sein mußten, daß keine Aussicht mehr bestand, sie einholen zu können, fühlte Dodo den

Druck auf seiner Schulter nachlassen. Doch die Angst wich erst von ihm, als die Hand zurückgezogen wurde. Er verharrte, noch zitternd, aber nichts regte sich. Mit einem Ruck wandte er sich um. Da stand vor ihm eine Gestalt, deren er sich mit jäher Macht erinnerte und mit ihr auch aller vorgefallener Ereignisse. Kein anderer war es als Tar-Ciryatan, der Elbenfürst, im Glanz seiner Würden, dem dunklen Umhang, der von seinen Schultern fiel, und der Krone aus Blüten und Laub, die das Haupt zierte. Das Leuchten der Sterne war in seinen Augen.

Deutlicher denn je zuvor spürte Dodo, wie wenig er seinesgleichen war.

»Nun?« fragte der Elb. »Verstehst du jetzt mein Gebot, Aina-Aglar zu lassen und den Weißen Hirsch auch?«

Dodo senkte den Kopf.

»Sie bedarf unseres Schutzes«, fuhr Tar-Ciryatan fort, »meines und des Waldhüters, der sie liebt. Verletze deshalb die Grenzen dieses Gebietes nicht wieder, denn einzig hier noch können wir Elben den Mantel des Irdischen fallen lassen. Wahre die Geheimnisse, die du sahst! Dann will ich dich für dieses Mal gehen lassen.« Der Zorn war aus seinem Antlitz gewichen, und Dodo sah zum erstenmal jene Helligkeit darin, die das Elbische ausmacht.

»Nein, ich will nicht hierher zurückkehren«, antwortete er und fügte leise hinzu: »Euer wahres Gesicht ängstigt mich.«

Tar-Ciryatan hatte Dodo den Weg gewiesen, bis man schon die Lichter auf den Hügeln am Fluß sehen konnte. Jetzt, da sich der Jäger dem Stromtal näherte, glaubte er einen Gesang zu hören, den der Wind mit sich trug. Die Melodie kannte er wohl.

»Fahr hin, du Wild, in Waldes Lust,
Ich will nit mehr erschrecken
Und jagen dein' schneeweiße Brust,
Ein andrer muß dich wecken
Mit Jägersg'schrei und Hundeskrei,
Daß du kaum mögst entrinnen.
Halt dich in Hut, mein Tierlein gut;
Mit Leid scheid ich von hinnen.«

Der weite, wohltönende Klang der Stimme war Dodo anfangs angenehm. Plötzlich aber begann ihn zu schaudern, und er beschleunigte seine Schritte, um die Hügel so schnell wie möglich zu erreichen.

Miriam Margraf

Diese und jene Lehren

Dodo mußte lange an der Haustür läuten, ehe ihm geöffnet wurde. »Entschuldigen Sie bitte«, sagte der Hausherr, »aber ich war im Keller mit meinen Uhren beschäftigt, da halte ich das Läuten zuweilen für einen Wecker, wenn es nicht länger als zwei Minuten anhält.«

»Verständlich«, beteuerte Dodo mit einer leichten Verbeugung, obwohl er nichts begriff, und stellte sich vor. Dabei nahm er den jungen Mann, der ihm gegenüberstand, in Augenschein. Er war groß, schlank, vielleicht etwas zu zierlich, so schien es Dodo, aber dennoch tauglich für seine Pläne.

»Sie sind es also, der auf meine Annonce ›Suche unternehmungslustigen Gesellen für abenteuerliche Jagd‹ geantwortet hat?«

»Ja, auf so eine Anzeige habe ich wohl mal geschrieben«, erwiderte Lindo, »aber treten Sie doch bitte ein!«

Sie saßen bei Tee und Biskuits – eine Sitte, die sich aus unerfindlichen Gründen seit kurzem in den Wohngebieten diesseits des Flusses verbreitet hatte.

»Wissen Sie«, erklärte Lindo, »ich bin Uhrmacher, das heißt, eigentlich war ich Sänger, nun ja . . ., kurz und gut, mein jetziges Leben ödet mich an. Das ewige Geticke und Getacke, es nimmt mich wunder, daß mir die Sinne noch nicht ganz verdreht sind. Ich muß hier einfach mal raus!«

Dodo nickte zustimmend und bediente sich eifrig an den Biskuits. »Das verstehe ich. Obwohl meine Probleme anders liegen. Ich bin nämlich passionierter Jäger, habe leider nicht allzuviel Glück.«

Er lächelte traurig, richtete sich dann plötzlich entschlossen im Sessel auf. »Jetzt aber hoffe ich, *den* Fang zu machen. Allerdings bin ich der Ansicht, daß zwei wackre Männer da mehr ausrichten können als einer allein. Und vielleicht möchte es sich als notwendig erweisen, einander Hilfe zu leisten, die Sache könnte nämlich ein wenig heikel werden«, er betrachtete Lindo prüfend. »Haben Sie Familie?«

Lindo schluckte und atmete tief durch. »Tja, hm, eigentlich nicht.«

»Na, wunderbar!« schrie Dodo. »Ich auch nicht. Wir haben also beide keine Rücksichten zu nehmen und wären somit das ideale Team für die Angelegenheit.« Er streckte dem anderen seine Pranke entgegen.

Der zögerte. »Aber ich könnte mich ja vielleicht noch verheiraten, so ganz unvorhergesehen . . .«

»Ach ja?« Sichtlich enttäuscht zog Dodo die Hand zurück. »Haben Sie diesbezügliche Neigungen?«

»Nichts Genaues«, wand sich Lindo, den eigentlich nur der heikle Punkt interessierte, den Dodo erwähnt hatte.

»Also nicht?«

Lindos Neugier siegte endlich. »Nein, jedenfalls noch nicht so bald. Verraten Sie mir, was Sie zu jagen beabsichtigen?«

Dodo winkte ihn mit dem Finger dicht zu sich heran, legte die Hand hinter Lindos Ohrmuschel und flüsterte: »Es handelt sich um einen Drachen.«

Lindo konnte nichts erwidern, weil das Biskuit ihm im Hals steckenblieb und einen Hustenanfall provozierte.

Zu nächtlicher Stunde schlüpften sie unter dem Drahtzaun hindurch, der das Versuchsgelände Darennas, wie man meinen sollte, einbruchssicher umgab. Lindo zerschliß sich das Hemd an einem Drahtende und stöhnte auf.

»Pst«, zischte Dodo.

»Ich beginne in zunehmendem Maße an Ihrer Information zu zweifeln«, flüsterte der Halbelb leicht verstimmt. »Wirklich! Wie sollte denn ein Drache in Darennas Institut kommen?«

»Das ist zweifellos eine Frage«, gab Dodo zurück. »Aber da mein engster Freund Norman Klinger von einem solchen sprach . . .«

»Norman Klinger ist Ihr engster Freund?« fiel ihm Lindo ins Wort. »Gehören Sie etwa zur Szene?«

»Nun ja«, antwortete Dodo geschmeichelt, »wir lernten uns auf anderer Ebene kennen.«

Lindo runzelte die Augenbrauen. »Ich hielt ihn eigentlich für gescheiter, als daß er sich mit dergleichen Märchen abgäbe.«

Dodo machte eine beschwichtigende Handbewegung, denn man konnte ihr Gespräch inzwischen in weitem Umkreis vernehmen. »Eben«, wisperte er dann, »und deshalb muß etwas daran sein. Näheres weiß ich freilich nicht. Allein mein Freund Adalbert . . .«

»Den kennen Sie auch?« warf Lindo ein.

»Er gehört zum näheren Umgang Klingers«, erklärte Dodo beiläufig und fuhr fort: »Also Adalbert will den Drachen schon einmal im Mondschein gesehen haben. Stellen Sie sich vor: Ein Drache haust hier unter dem Berg! Darenna sitzt auf einem Pulverfaß!« Er blickte vorsichtig um sich und wurde noch leiser. »Wenn wir das Monster erlegt haben, ist der Ruhm unser. Die Zeitungen werden über uns berichten! Wir, Seite an Seite mit Darenna, dem großen Wissenschaftler und Magier . . .«

». . . und Sie halten das silberne Tablett mit dem Kopf des furchtbaren Untiers auf der Hand«, vollendete Lindo, während er sich den zerschundenen Rücken rieb. »Oder werden es sieben Köpfe sein?«

Dodo sandte ihm einen trotzigen Blick. »Wir werden ja sehen!«

Im Erdgeschoß von Darennas Wohnhaus war nur ein Fenster erleuchtet. Es war geöffnet. Heraus klang kraftvolles Klavierspiel.

»Wenn mich nicht alles täuscht, ist das ein Konzert von Rachmaninow«, stellte Lindo fest.

Magisch angezogen, schlich er an das Fenster heran, nach Elbenart schnell und so leise, daß niemand seine Schritte hörte; er spähte vorsichtig hinein. Das erste, was er wahrnahm, waren die langen, offenen Haare einer Frau, die am Flügel saß. Ihre dichte Mähne schwang im Rhythmus der Musik, während die feinnervigen Finger über die Tasten flogen.

Dodo folgte Lindo. Unter seinen Schuhsohlen knackte es, obwohl er versuchte, seinen stampfenden Gang zu mildern.

Die Pianistin hielt ein, hob den Kopf und lauschte zum Fenster hin. Dabei fingen ihre Ohren das »Sie Trampel!« auf, welches Lindo dem Gefährten zuwarf. Mit einem burschikos behenden Sprung war sie am Fenster und packte Dodo beim Schopf. »Sieh mal an, wer hätte das gedacht«, sagte sie, »was ist denn das für ein Gast? Treten Sie nur näher! Ich habe gerne Gesellschaft. Der Meister ist heute ausgegangen.« Sie bedeutete Dodo, durch das Fenster einzusteigen.

Er tat, wie ihm geheißen, doch reichlich verunsichert, ja verängstigt durch die energische Aufforderung des Frauenzimmers.

»Wollen Sie sich nicht vorstellen?« fragte sie streng.

Er verbeugte sich kurz und hauchte: »Dodo.«

»Ist das alles?« Sie lachte kreischend. »Mein Name ist Iguanadonna Saurischia. Angenehm. Und wo ist Ihr Kumpan?«

»Welcher Kumpan?« Dodo stellte sich dumm.

Die schönen, schwarz umrandeten Augen der Dame nahmen einen zornigen Ausdruck an. »Sie wollen mir doch nicht erzählen, daß Sie derjenige waren, der da vorhin ›Trampel‹ sagte! Auf Stimmen verstehe ich mich nämlich, wissen Sie . . .« Sie klopfte in unruhiger Erwartungshaltung mit einem Fuß auf den Boden.

Resigniert ließ Dodo die Schultern sinken und rief: »Na kommen Sie schon, Lindo!«

»Aha, Lindo«, wiederholte Iguanadonna und musterte den Ankömmling streng, so daß er sich augenblicklich unbehaglich fühlte.

»Irgend etwas macht Sie mir sympathisch«, bemerkte die Dame. »Ich habe nur noch nicht herausgefunden, was.«

Am Fenster erschien der hagere Kopf eines uniformierten Mannes. Ein Hund kläffte. Dodo und Lindo erschraken.

Frau Saurischia jedoch machte eine lässige Handbewegung. »Es ist schon gut, Herr Wachtmeister, die Herren sind meine Gäste.« Der Polizist grüßte und verschwand.

Die Dame lächelte. »Darennas Grundstück wird gut bewacht. Sie haben Glück, daß Sie an mich geraten sind, sonst säßen Sie jetzt hinter Schloß und Riegel.«

Die beiden schauten verlegen.

»Nehmen Sie Platz«, sagte die Saurischia ein wenig unverbindlich. »Juice, Tee, Wasser?«

»Danke, nichts!« wehrte Dodo ab. »Wir wollen niemanden stören und gleich wieder gehen.«

»Soso!« Sie lächelte ironisch.

Plötzlich wurde aller Aufmerksamkeit auf das Geräusch gelenkt, das Räder eines vorfahrenden Wagens auf dem Kies des Vorplatzes verursachten.

»Excellenza«, bemerkte Iguanadonna kurz.

»Darenna?« Die Augen Dodos waren angstgeweitet. »Um Gottes willen!«

Lindo sprang zum Fenster.

»Halt!« rief die Dame. »Noch einmal werden Sie kaum an den Posten vorbeikommen.« Ihr Blick streifte Lindo mit einiger Sympathie. »Ich werde Sie begleiten.«

Sie öffnete die Zimmertür. Die drei schlüpften hinaus und eilten durch einen breiten, violett erleuchteten Flur. Hinter sich hörten sie jemand schwerfällig eine Treppe hinaufsteigen.

Ein Seitenausgang entließ sie ins Freie.

»Glauben Sie nicht, daß sich aus dieser Aktion für mich keine Verwicklungen ergeben könnten«, zischte Iguanadonna, während sie Darennas Park durchquerten. »Excellenza ist es gewohnt, mich bei seiner Heimkehr zu Hause zu finden. Meine Abwesenheit wird ihn beunruhigen.«

»Wir wollen Ihnen wirklich keine Schwierigkeiten ...«, hub Lindo an.

Ein Wächter vertrat ihnen den Weg, bemerkte dann aber Iguanadonna, salutierte und ließ sie passieren.

Sie kamen zu einer kleinen Pforte, die verschlossen war. Doch Iguanadonna preßte Mund und Hände daran, so, wie man es tut, wenn man Eisblumen vom Fensterglas hauchen will. Dodo glaubte einen roten Schein unter ihren Fingern zu bemerken und stieß seinen Gefährten in die Seite. Der tat, als sei nichts Ungewöhnliches vorgefallen. Iguanadonna stieß die Pforte auf. Sie standen im angrenzenden Waldstück außerhalb des Versuchsgeländes Darennas.

»Bevor wir uns verabschieden . . .«, sagte die Dame, »finden Sie nicht auch, daß ich ein gewisses Recht darauf habe, zu erfahren, was Sie hier suchten?«

Dodo druckste herum.

Schließlich faßte sich Lindo ein Herz. »Wir waren auf der Jagd.«

»Jagd?« Iguanadonna hob die Augenbrauen. »Darf man fragen, welch Wild Sie in Darennas Park zu erlegen gedachten?«

»Wild weniger«, warf Dodo schnell ein, »und es ist wohl auch nicht so wichtig.«

»Nicht wichtig, oho!« entgegnete die Dame leicht gereizt. »Wollen Sie mir weismachen, daß Sie um Nichtigkeiten willen einen Einbruch bei Darenna riskieren?«

»Gottbewahre!« setzte sich Dodo zur Wehr. »Es täte mir leid, Sie zu verärgern . . .« Er zappelte wie eine Fliege im Netz der Spinne.

Obwohl es dunkel war, fühlte Lindo Iguanadonnas Blick auf sich lasten. Aber er fand keine Worte.

»Wissen Sie, es ist einfach nichts für das zarte Gemüt einer Dame«, versuchte Dodo zu säuseln. Aber das scharfe »Wieso?« Iguanadonnas machte ihn mit Nachdruck darauf aufmerksam, daß sie sich nicht abspeisen ließ. Er wich aus: »Es handelt sich um ein viel zu abscheuliches Geschöpf.«

»Gefährlich«, bestätigte Lindo.

»Das wäre . . .?« fragte Iguanadonna.

»Ein Drache«, gestand Dodo endlich.

Ein Feuerstrahl schoß irgendwoher. Die Jäger schrien auf. Es roch nach Qualm und verkohlter Kleidung.

Dodo wischte sich Ruß und versengte Haarspitzen aus dem Gesicht. Lindo hatte sich fallen lassen und hielt jammernd seinen Arm. Neben ihm hockte Iguanadonna und löste vorsichtig die Fetzen des verbrannten Ärmels von seiner Schulter. »Es war etwas stark«, murmelte sie.

»Was war das?« wimmerte Dodo und ging in die Knie, den Blick verstört gen Himmel gerichtet.

»Wetterleuchten«, antwortete die Dame kühl. »Seien Sie nicht so schreckhaft! Ihren Freund hat es stärker erwischt.«

»Drachenjagden! Einmal und nie wieder!« knurrte Lindo.

»Ein sehr vernünftiger Entschluß«, pflichtete ihm Iguanadonna bei und wiegte bedenklich den Kopf angesichts der Verbrennungen, die an Lindos Arm zutage traten.

»Brandsalbe«, schlug Dodo zaghaft vor.

»Quatsch!« fuhr ihn Donna an. »Ich habe Besseres, muß es nur schnell holen. Warten Sie hier auf mich!« Damit verschwand sie durch die Pforte.

»Bloß weg hier!« stöhnte Dodo.

»Mit Ihnen gehe ich keinen Schritt mehr«, entgegnete Lindo trotzig. »Wer weiß, ob ich sonst nicht demnächst in Gefahr gerate zu ertrinken!«

»Nun kommen Sie schon, ehe es zu spät ist!«

»Wieso zu spät?«

»Ehe sie zurückkehrt«, drängte Dodo. »Sie ist mir unheimlich.«

»So? Mir nicht. Ich bleibe.«

»Nein.« Dodo stand auf und betrachtete den verletzten Gefährten. »Ich werde gehen und Hilfe holen . . . oder Brandsalbe.« Er zögerte einen Moment und entschwand dann entschlossenen Schritts im Gehölz.

»Ich habe mir beinahe gedacht, daß er dich im Stich läßt«, sagte Donna, während sie Lindos Arm verband.

Er atmete den Geruch, der von dem mit Balsam getränkten Tuch ausging. »Athelas«, sagte er. »Ein altes Heilkraut. Woher kennst du es, da nur die Alten noch davon wissen?«

»Woher kennst *du* es?«

Lindo fragte nicht weiter, denn er wußte nicht, ob er seine halbelbische Abkunft verraten sollte, die ihn für diese und jene Kunst der Elben, so auch für ihre Heilkunst besonders gelehrig gemacht hatte.

Donna reichte ihm eine Flasche, die warmes Getränk enthielt. Er kostete und spürte bald, wie der Schmerz aus dem verletzten Arm wich und sich eine angenehme Wärme im ganzen Körper ausbreitete. »Miruvor, der Heiltrank der Elben!« rief er überrascht aus.

Donna kniete vor ihm, und ihre Augen glänzten. »Bist du ein Elb?«

»Nur zur Hälfte«, entgegnete er. »Und du? Wenn du eine vom Schönen Volk wärst, hätte ich es eher gemerkt, obschon der Umgang dir geläufig scheint. Jedoch du bist zu kühl.«

»Zu heiß«, gab Donna zurück und lächelte beschämt. »Ich bin ein Drache.«

Währenddessen durchquerte Dodo den Grund und stieg zur anderen Seite der Hügel empor. Es war sehr still hier oben, nur der Wind ging leise raschelnd durch die Baumkronen. Unten breitete sich funkelnd die Stadt, als hielte sie dem Sternenhimmel einen Spiegel vor. Dodo blickte über das Tal. Er fühlte gleichermaßen Erleichterung und Beklemmung. Zwar war er allen Unheimlichkeiten entflohen, doch hatte er Lindo im Stich gelassen. Er konnte sich nicht entscheiden, was er tun sollte. Zurückzukehren gebot ihm sein Gewissen, heimzugehen sein Verstand. Andererseits hielt er die Ausrede mit der Brandsalbe doch für etwas schäbig, und schließlich war er es gewesen, der Lindo in die Sache hineingezogen hatte.

So in Gedanken verloren, bemerkte er erst, als der Boden unter seinen Füßen stark abzufallen begann, daß er die feste Straße verlassen hatte und sich auf einem terrassenförmig abgestuften Hang befand. Zu seiner Linken wuchsen mannshohe Gerten, säuberlich in Reihen gezogen und gestützt von einem kunstvollen Geflecht aus Holz und Bast. Dodo betrachtete die Pflanzen näher und stellte fest, daß es sich um Weinstöcke handelte. Die Trauben waren zu dieser Jahreszeit noch nicht reif. Trotzdem konnte sich Dodo der Versuchung nicht erwehren und kostete eine fingerkuppengroße Beere. Sie schmeckte sauer.

»Was pflückst du den Wein, der noch zu jung ist?« fragte plötzlich jemand.

Dodo erschrak und wandte sich in die Richtung, aus der die Stimme kam. »Entschuldigung, es war doch nur eine Kostprobe.«

»Schon gut«, erwiderte die Stimme. Aus der Dunkelheit löste sich eine Gestalt. »Es ist schändlich, diesen Wein zu pflücken, ehe er reif ist.«

Der Mann, der Dodo entgegentrat, war hochgewachsen und fast hager zu nennen. Er trug Reitstiefel und eine enge, an den Schultern gepolsterte Jacke, deren geschlossener Stehkragen seinem Aussehen Strenge verlieh. Der Bart ließ das Gesicht finster erscheinen, nur die Augen blitzten selbst in der Nacht hell, als brenne da ein inneres Feuer.

»Verzeihen Sie nochmals«, haspelte Dodo. »Ich wußte nicht, daß Ihnen der Weinberg gehört.«

»Wessen er ist, entscheidet doch nichts«, antwortete der Fremde ruhig. »Vielleicht ist es der meine. Ja, wenn man etwas hegt und pflegt, hat man wohl auch einen Anteil daran. Ich könnte also sagen, daß er mir gehört. Aber eigentlich gehöre ich dann auch ihm. Er gibt mir Trauben und guten Wein, und ich gebe ihm Pflege.«

»Sie sind merkwürdig«, sagte Dodo, dessen Furcht allmählich in Neugier umschlug. »Wenn ich etwas besitze, so weiß ich es doch!«

»Ja?« fragte der andere zerstreut. »Dergleichen ist mir unwichtig geworden. Vielleicht bin ich zu alt.«

»Zu alt?« Dodo hätte den Fremden auf etwa vierzig Jahre geschätzt.

»In meinem Leben«, fuhr der Fremde fort, »habe ich so manches besessen und wieder verloren. Aller Besitz ist uns nur geliehen und vergeht. Beständiger als er sind die Gedanken, wenn sie auch flüchtig scheinen mögen. Sie leben im Tun der Menschen, in ihren Werken und in ihren Liedern immer fort. Sie hinterlassen Spuren, seien sie auch noch so schwach. ›Das Alte wird nicht verdunkelt noch Wurzeln der Tiefe erfrorn‹«

»Ach«, stöhnte Dodo, dem die Rede des Fremden immer verworrener erschien. »Elbenverse! Jetzt ist mir alles klar. Hättet Ihr das nicht eher sagen können, Maestro, daß Ihr einer von denen seid? Nichts gegen die Elben, nein, nein. Aber nun wundern mich Ihre seltsamen Vorhaltungen nicht mehr!« Er winkte ab.

»Darf ich dich einladen?«

»Wozu?« fragte Dodo verwundert.

Der Fremde führte ihn auf eine Weinbergterrasse, von der aus man den Blick über die Stadt und den träge fließenden, dunklen Strom hatte. Dort hieß er Dodo, sich gleich ihm niederzusetzen. Er reichte dem Jäger eine Lederflasche, die er vom Gürtel nahm. »Trink auf unser und das Wohl der Stadt!«

Die Flasche enthielt einen leichten, würzigen Wein, der blütengleich duftete und auf der Zunge den Geschmack von Honig hinterließ.

»Es ist Wein von den Reben dieses Hanges«, sagte der Fremde, nachdem er ebenfalls getrunken hatte. »Und wenn du einen feinen Gaumen hast, wirst du verstehen, daß ich dir vorhin ein wenig gram war.«

Dodo nickte und streckte die Beine von sich. Sein Sinn war heiter, und fast hätte er vergessen, was ihm mit Lindo widerfahren war.

Aber da fragte der andere: »Und was führte dich hierher?«

Dodos Unbekümmertheit verflog. Er überlegte, was er antworten sollte, und sagte vorsichtig: »Eine mißglückte Jagd.«

Der Fremde lachte hell auf, ein ganz und gar elbisches Lachen, heiter und verletzend. »Ach, der bist du! Hättest du das nicht eher sagen können?« rief er, und Dodo entging keineswegs, daß der andere seine Worte zurückgab. »Tar-Ciryatan sprach kürzlich von dir. Wenngleich dir die Jagd wohl weniger glückt, legst du ein verblüffendes Geschick an den Tag, den Großen der Erstgeborenen zu begegnen!«

Er stand auf und verbeugte sich gemessen-feierlich vor Dodo. »Ich bin Valen-Esgal. Früher nannte man mich den Meister musici Henricus Sagittarius. Doch anders als Tar-Ciryatan, der, wenn ich mich recht entsinne, unter dem Namen Klinger noch unter den Sterblichen geht, habe ich mich von den Menschen zurückgezogen.«

»Und einst?« hauchte Dodo, dem die Erscheinung des Elbenfürsten Ehrfurcht gebietend und unheimlich vorkam.

»Einst«, gab er zurück und sandte den Blick weit über die Stadt, »einst tat ich Ähnliches wie Tar-Ciryatan. Was ich zu sagen hatte, setzte ich in Musik, ich schrieb es auf in Noten. Heute zählt man mich wohl unter die alten Meister. Ich versuchte in dunkler Zeit mit meinen Waffen das, was Darenna in einer schlimmen Nacht mit mächtigeren Mitteln vollbrachte: Menschen zu helfen in ihrer Not. Es ist lange her, aber meine Musik hat jene Jahre der Brände überdauert, die du nicht kennst; es waren ihrer dreißig. Mögen sie nie wiederkehren.« Er sah ins Tal, und auch Dodo blickte hinab auf die Stadt, deren Lichter nach und nach verlöschten, als schlösse sie die Augen zu ruhigem Schlaf.

Als sich Lindo ein wenig von dem Schreck erholt hatte, den Donnas Offenbarung in ihm auslöste, begann er der Situation Humor abzugewinnen. »Das nenne ich gediegen!« gluckste er. »Ein echter Drache? So einer, wie wir ihn erlegen wollten?«

»Wohl der«, erwiderte Donna, die sich noch immer ob ihres Ausbruchs schämte.

»Dann warst du das wohl?« fragte Lindo respektvoll und wies auf seinen verbundenen Arm.

Donna lispelte: »Ja, verzeih mir!« Im Dunkeln konnte man nicht sehen, daß sie dabei ein wenig errötete.

»Machst du so was öfter?« erkundigte sich der Halbelb, während er aufstand, Erde und Asche von den Kleidern klopfte und sich sogar entschloß, Donna seine Hand zum Aufstehen zu reichen.

»Nie wieder«, versicherte die Drächin und fügte nach einer kleinen Pause hinzu: »Es ist mir auch seit langer Zeit wieder zum erstenmal passiert.«

»Ich mache mir ein wenig Sorgen um meinen Gefährten«, sagte Lindo. »Er ist, wie ich glaube, eine ängstliche Natur. Wer weiß, welche Dummheiten er im Schockzustand begeht! Vielleicht sollten wir ihn suchen?«

»Im Wald?« Donna schüttelte energisch den Kopf. »Das hätte wenig Sinn. Wir werden die Gegend mit dem Auto abfahren.«

Natürlich war das keine bessere Variante, aber die temperamentvolle Dame nahm die Gelegenheit wahr, sich wieder einmal ans Lenkrad zu setzen.

So gingen sie also den Weg zurück durch den Park, auf einen Seitenflügel des Gebäudes zu, in dem sich Darennas Garagen befanden. Der Magier hatte Iguanadonna nach einigem Hin und Her einen ausrangierten Straßenkreuzer zur Benutzung überlassen, unter der Bedingung, daß sie ihn schonend behandle. In der Zeit danach zeigte er einige Toleranz, wenn er über die nach jeder Spazierfahrt wachsende Anzahl der Beulen und Lackschäden hinwegsah.

Kreischenden Motors verließ der Wagen Darennas Hügelland und jagte den Grund entlang. Lindo krallte sich mit beiden Händen am Sicherheitsgurt fest und kniff die Augen zusammen, wenn ihnen ein Fahrzeug, meist hupend, entgegenkam, weil Donna zwei Drittel der Fahrbahn für ihren Wagen beanspruchte. Lindo wagte einen Blick auf das Tachometer: Es war kaputt.

»Meinst du nicht, daß du etwas zu schnell fährst?« fragte er zaghaft.

»Ich fahre immer zu schnell«, entgegnete Donna resolut.

Der Halbelb glaubte seinen Augen nicht zu trauen, als ein Sportwagen sie überholte. Donna hatte gerade das Lenkrad losgelassen, um sich eine Zigarette anzuzünden. »Ola!« rief sie aufblikkend. »So fährt nur Klinger. Welch seltene Begegnung!« Sogleich nahm sie die Verfolgung des Sportwagens auf.

Der Motor des Wagens, der vor dreißig Jahren gewiß einmal einer der leistungsfähigsten gewesen war, wimmerte schaurig. Lindo war kreidebleich.

Klinger schnitt sie mit einer rasanten Linkskurve und entschwand ihren Augen. »Eine Querstraße zu früh!« schnaubte Donna und trat wütend auf die Bremse.

Der Wagen drehte sich um die eigene Achse, schlingerte von einer Bordsteinkante zur anderen und blieb schließlich bei stark verminderter Fahrt in einem Dickicht aus dünnen Gehölzen und Brombeergestrüpp hängen. Lindo, halb ohnmächtig auf den Beifahrersitz gepreßt, starrte zu Donna, die ihm ein wenig Zigarettenasche von der Schulter pustete.

»Ich werde aufbrechen«, sagte Valen-Esgal und reichte Dodo die Lederflasche. »Behalte das, es ist ein kostbarer Tropfen.«

Dodo nahm das Geschenk gern an. »Wohin geht Ihr?«

»Weit fort, sehr weit, zu meinem Volk. Mein Freund drängt zur Reise.« Valen-Esgal blickte mit nachtscharfen Elbenaugen in die Finsternis. Früher als Dodo hatte er ein sich schnell näherndes Rascheln vernommen und die leichte Erschütterung der Erde unter seinen Fußsohlen gespürt.

Das Wesen schnaubte und wieherte leise, als es der Elb in seiner eigenen Sprache begrüßte. Es war ein Pferd der leichten, behenden Rasse, wie sie die Elben lieben, groß und dunkel, mit silbrig schimmernder Schweifspitze. Unruhig rieb es den Kopf an der Schulter seines Herrn.

»Aber wer wird die Stadt behüten, wenn ihr alle geht?« fragte Dodo, der plötzlich fror unter den Sternen.

»Solche wie Darenna«, erwiderte Valen-Esgal. »In diesen Zeiten mögen sie euch vielleicht mehr nützen als wir.« Er bestieg das Pferd, das freudig tänzelte. »Zudem bleibt euch auf den Hügeln ein Fürst der Erstgeborenen.«

»Tar-Ciryatan! Wird er bleiben und eure Lieder weitersingen?«

Der Elb lächelte. »Er wird tun, was er für gut befindet. Ich kenne niemanden, der so liebenswert-eigensinnig wäre wie er.« Valen-Esgal konnte nicht verhindern, daß sich sein Pferd ungeduldig bäumte und um den verschreckten Dodo herumsprang. »Es ist an der Zeit!«

»Und der Weinberg?« rief Dodo.

»Mach damit, was du willst!«

»Stellt mir eine Urkunde aus!«

»Wie kann man denn einen Berg besitzen! Er gehört sich selbst. Nenn es, wie du willst! Sag den Stadtvätern, daß man ihn dir geliehen hat!«

»Aber wenn sie einen Vertrag verlangen . . .«, wollte Dodo noch wissen, doch der andere hörte ihn schon nicht mehr. Mit großen Sprüngen galoppierte sein munterer Renner über die Hügel davon.

»Leichtfertiges Lichtvolk, in welchen Welten lebt ihr?« seufzte der Jäger und nahm noch einen herzhaften Schluck aus der Lederflasche.

Lindo stand neben dem Auto und rieb seine Finger, die er sich am Sicherheitsgurt geklemmt hatte.

Donna prüfte das Wrack des Wagens auf seine Wiederverwertbarkeit.

Plötzlich war in der Luft ein hoher Ton vernehmbar, der rasch zu ohrenbetäubendem Pfeifen anschwoll. Lindo preßte die Handflächen an die Ohren. Dann gab es ein lautes Krachen, und der Rand des bislang noch intakten Autodachs bog sich nach außen. In seiner Mitte stak ein Besenstiel. Zwei Gestalten purzelten kopfüber zu Boden.

»Hilfe!« schrie Lindo, und Donna, gleichermaßen erschreckt: »Das ist nun aber nicht meine Schuld!«

»Ich habe dir doch gesagt, daß du einen größeren Bogen um den Baum machen sollst! ›Unter Eiben kein Zauber tut bleiben‹, sagt schon ein altes Sprichwort«, ließ sich ein dünner Tenor vernehmen.

»Laß mich in Ruhe mit deiner Neunmalklugheit!« knurrte eine tiefere Stimme.

Ein magerer Jüngling zog sich ächzend an der Karosserie hoch und klopfte sich welkes Laub von der Jacke. »Steh schon auf!« quäkte er wieder. »Wenn du die Brille, mit der du sowieso nichts siehst, abgenommen hättest, wäre dir der Eibenstrauch selbst aufgefallen!«

»Wenn du nicht gleich ruhig bist, werfe ich dir meinen Schuh an den Kopf!« kam es aus dem Gebüsch zurück.

Lindo und Donna waren dem Dialog verwundert gefolgt. Nun griff die Drächin ein, indem sie in kühlem Geschäftston bemerkte: »Falls die Herrschaften gelegentlich zur Klärung ihrer persönlichen Streitigkeiten kommen könnten, wüßte ich gern, wer von Ihnen den an meinem Wagen verursachten Schaden zu tragen gedenkt.«

Aus dem Dickicht kroch der zweite Besenreiter auf allen vieren und blickte staunenden Auges zu Donna auf. »Was macht die denn hier?« fragte er seinen Kumpan.

»Mensch, der Drache von Klinger!« rief der überwältigt aus.

»Das ist doch wohl die Höhe!« kreischte Donna empört, und Lindo entgegnete mit einer ihn selbst verblüffenden Schärfe: »Unterstehen Sie sich bitte kein zweites Mal, die Dame als Drache zu bezeichnen!« Lindos sonore Stimme schuf zunächst Schweigen.

Dann murmelten beide, nachdem sie sich mit einem Kopfnikken verständigt hatten, etwas, das wie »Verzeihung« klang, und der am Boden Hockende fügte hinzu: »Ich werde den Schaden der Versicherung melden.«

Der Dünnere kicherte.

»Gibt's da was zu lachen?« fragte Lindo zornig.

Der Bursche zog den Kopf ein; doch weil Lindo es beim Blitzen seiner hellen Augen beließ, gab er zurück: »Was meinen Sie wohl, wie die Versicherungsbeamten über einen fliegenden Besen als Unfallfahrzeug denken werden?«

»Tatsächlich, ein fliegender Besen?« fragte Lindo.

Donna, die an dergleichen Dingen verständlicherweise nichts Verwunderliches fand, lehnte sich gelangweilt an das verbeulte Auto und zündete sich eine weitere Zigarette an, wobei sie zur stillschweigenden Belustigung der Besenreiter auf Feuerzeug oder Streichhölzer verzichtete.

»Ja, ein sogenanntes Phantomobil«, erklärte der Bursche. »Wir haben es selbst entwickelt. Eigentlich ist es sehr zuverlässig. Nur eben in der Nähe von Eiben läßt – wie Sie gesehen haben – der Auftrieb noch zu wünschen übrig.«

Lindo zerrte den Besenstiel aus dem Autodach und betrachtete ihn mit technischem Interesse. »Und wohin reisten Sie damit?«

»Nun, es ist das einzige Fortbewegungsmittel, mit dem wir Klingers Wagen auf der Spur bleiben können.«

»So?« warf Donna böse ein. »Und was versprechen Sie sich davon?«

»Ich habe schon dreiundvierzig Autogramme.«

»Halt doch endlich mal die Klappe!« zischte ihn sein Kumpan an.

»Na und? Du hast erst siebenunddreißig.«

»Wir könnten Ihnen das Phantomobil ja als Entschädigung überlassen«, sagte der andere und fing einen wütenden Blick des Dünnen auf.

Lindo wiegte skeptisch den Kopf. Wortlos nahm ihm Donna den Besen ab und hielt die Zigarettenglut daran.

Das Phantomobil verbrannte in ihrer Hand bis auf einen kleinen Stumpf, dessen bläuliches Flämmchen sie ausblies, völlig ungerührt, obgleich die Flammen um ihre Finger spielten.

Die Burschen hielten respektvoll Abstand. Lindo räusperte sich betroffen.

»Das wäre erledigt«, sagte Donna.

Eine Weile herrschte bedrücktes Schweigen.

Schließlich schnarrte der Dünne mechanisch: »Könnten wir bitte ein Autogramm von Ihnen bekommen?«

Lange schon hatte Dodo keinen Gesang mehr gehört. Er war ihm verleidet seit dem Spottlied, das die Elben auf ihn gewandt hatten. Doch jetzt lauschte er der Stimme, die sich da näherte, mit unverhohlener Freude. Der Wein hatte ihn befreit von der Last der Sorgen und machte ihn offen für die Künste der Elben. Er stellte die halbgeleerte Flasche ins Gras und erhob sich, um besser sehen zu können.

Über die Hügel kam eine lichte Gestalt mit blonder Mähne, gehüllt in ein langes, helles Kleid, und sang mit leichter Stimme:

»Der Morgenstern ist aufgedrungen,
Er leucht' daher zu dieser Stunde
Wohl über Berg und tiefe Tal,
Vor Freud singt uns die liebe Nachtigall.«

Jetzt entdeckte sie ihn und hielt inne.

»Bitte sing weiter!« bat er. »Ich lade dich ein, mit mir zu trinken!«

»Nein, nein«, gab die Löwenmähnige zurück, »ich kann hier nicht verweilen, sonst grämt sich mein Liebster.«

»Dein Liebster kann warten!«

Sie lachte. »Wie ginge das zu? Dann wäre er nicht mein Liebster! Hab Dank für die Einladung. Ich muß fort.«

»Ich habe den wunderbarsten Wein der Hügel!« rief er.

»Und ich habe den wunderbarsten Geliebten unter den Sternen!« entgegnete sie und sprang leichtfüßig davon.

Dodo ließ sich traurig nieder.

Da klangen auf einmal ganz in der Nähe die Glöckchen feiner Fußspangen. »Wenn es wahr ist, daß der Wein, den du trinkst, von den Hügeln stammt«, sagte das Mädchen, das zurückgekehrt war, leise, »so will ich dir noch ein Lied singen, denn ich kann heute niemanden betrübt sehen. Dann aber muß ich eilen, denn Venus leuchtet schon hell am Firmament.«

»Ja doch, wenn wir meinen Freund gefunden haben, seid ihr in Gnaden entlassen«, stöhnte Lindo, der sich schmerzverzerrten Gesichts den Berg hinaufquälte.

Donna ging schuldbewußt hinter ihm und verfluchte im stillen die elbische Empfindlichkeit.

Beiden jedoch schier unerträglich war der nicht aufzuhaltende Redefluß des ersten Besenreiters, der sich seit ihrem Aufbruch vom Unfallort über sie ergoß; er handelte im wesentlichen von Entschuldigungen, Ehrlichkeitsbekundungen und Autogrammersuchen.

»Wenn Herr Schaumschläger so freundlich wären, für drei Minuten den Mund zu halten«, giftete ihn Donna an, »verspreche ich ihm fünfzig Autogramme in Schönschrift und zehn von Klinger obendrein.«

Der Schwätzer schwieg beglückt und warf seinem verärgerten Freund einen triumphierenden Blick zu. Der boxte ihn in die Seite.

Plötzlich vernahmen sie eine rauhe, doch angenehm warm klingende Stimme, die sang:

»O edler Rinckauer, du köstlicher Wein,
Dich trinket kein Bauer,
Du bist ihm zu rein.
Du edles Geschöpfe,
Machst mir so frisch Blut,
Wenn ich gleich nicht schröpfe,
So ist mir doch gut.«

Wenig später sahen sie den Sänger, der auf der Bergkuppe im Mondschein tanzte.

»Ist das nicht Dodo?« fragte Lindo unsicher und glaubte sich von seinen Sinnen getäuscht.

»Krieg ich jetzt die fünfzig Autogramme?« krähte der Dürre.

Sein Freund boxte ihn erneut. Diesmal schlug er zurück.

»Gebt endlich Ruhe, ihr Landplage!« ging Donna dazwischen. Sie fühlte sich mittlerweile schon etwas geschmeichelt und erwog die Chancen einer rascheren künstlerischen Karriere als der pianistischen, etwa auf dem Gebiet der Rockmusik.

»Das hört sich nach Klingers Schule an«, stellte der zweite Besenreiter fest.

Donna nickte, und der Schwätzer fragte: »Tatsächlich?«

Inzwischen hatte Dodo die Gruppe bemerkt und eilte ihnen entgegen. »Trinkt mit mir, soviel ich noch übrigließ! Und vor allem Sie, Herr Lindo! Ich habe mich für meine Untreue zu entschuldigen. Aber wie ich sehe, sind Sie wohlauf.« Er hielt ihm die Lederflasche entgegen.

»Wohlauf ist übertrieben«, brummte Lindo, »aber machen wir keine Affäre daraus.« Der erste Schluck Wein versöhnte ihn vollends. »Nun?« fragte er und reichte Donna die Flasche.

Sie sah etwas pikiert auf den Jäger. »Noch immer auf Drachenfang?«

Dodo schüttelte den Kopf. »Ich höre auf. Es gibt Größeres als Jagdtrophäen. Das lehrten mich einer des Lichtvolks und eine Sängerin, die ich traf.«

In Lindos Zügen malte sich Erstaunen.

Dodo blickte abwesend über die nächtliche Stadt. »Er trug Musik in sich, und ihr gehörten in ihrer Liebe alle Sterne. Aber eigentlich besaßen sie nichts und keine Trophäen und waren glücklich dabei.«

»Ich denke, Donna, du solltest auch mit ihm trinken«, sagte Lindo.

Im Hintergrund begannen die Besenreiter wieder zu krakeelen, doch Donna brachte sie mit energischer Geste zum Schweigen.

»Nun gut«, willigte sie nach einigem Zögern ein. »Auf daß Sie harmlose Drachen künftig verschonen!«

Das Wort »harmlos« veranlaßte Lindo, nach seinem Arm zu fassen.

Donna strich ihm darüber. »Ich werde dich auskurieren.« Sie setzte die Flasche noch einmal an die Lippen. »Klingers Marke übrigens«, stellte sie fest.

»Was ist nun mit den Autogrammen?« drängte der Besenreiter und hielt Donna Papier und Kugelschreiber unter die Nase.

»Ach ja, richtig«, sagte sie mit beflissener Zerstreutheit. »Was hielten Sie übrigens davon, wenn ich eine Rock-Band gründete?«

»Unbedingt!« schrie der Besenreiter. »Das wäre phantastisch! Könnten Sie mir eine Karte für Ihr erstes Konzert reservieren lassen?«

Währenddessen stand sein Freund unschlüssig da und sah zu, wie Donna ihren Namenszug fünfzigmal untereinander setzte.

»Weißt du was?« sagte er schließlich zu seinem Kumpan. »Ich schenke dir meine siebenunddreißig Autogramme. Du kannst damit einen Handel aufmachen.« Darauf wandte er der Gesellschaft den Rücken und ging grußlos davon.

Die Weinflasche war leer.

Am Himmel leuchtete der Morgenstern.

WALDTRAUT LEWIN

Der weiße Stein

Schwärzlicher Qualm stieg über den Kuppen der Hügel auf. Es wird doch nicht brennen? dachte Leontine und trieb ihren Braunen an.

Gleich oben am Berg stand Adalberts Haus. Der Zwerg saß behaglich in der Sonne und ließ sich das frisch gewaschene Haupt- und Barthaar trocknen, auf dessen bläuliches Weiß er sehr stolz war. Er grüßte Leontine mit einem Seufzer und wies hinunter, wo es aus dem Felsspalt qualmte und rußte.

»Sie hat wieder versucht zu kochen«, sagte er griesgrämig und fuhr sich mit den gespreizten Fingern durch den Bart. »Nun ja, man kann sich seine Nachbarn nicht aussuchen.«

Leontine seufzte ebenfalls, aber aus anderen Gründen. Sie fühlte sich verpflichtet zu helfen, schließlich war sie die Patentante der Kinder und der Hausfrau mehr oder weniger freundschaftlich verbunden. Sie trieb ihr Pferd den Hügel hinab.

Seit geraumer Zeit war nun schon Lindo, der Halbelb und berühmte Uhrmacher, mit Donna (Künstlername Iguanadonna Saurischia) verheiratet, einer leicht exzentrischen Dame, von der es hieß, daß sie eine große Karriere als Konzertpianistin aufgegeben habe, dem Beinah-Elben zuliebe. Man sagte, ihre Vorliebe für das Schöne Volk habe sie statt in die Arme der Kunst in die dieses immerhin Verwandten der Erstgeborenen getrieben, was ihr den Zorn ihres Meisters und Protektors, der Exzellenz Darenna, eintrug.

Allerdings war die Liebe zur Kunst durchaus nicht völlig aus ihrem Herzen verschwunden, das wußte niemand besser als ihre drei Kinder, bezaubernd aussehende feuerhaarige Geschöpfe mit den unbändigen Naturen von Wildtieren.

Leontine traf sie bereits am schlecht gehaltenen Zaun, der das Anwesen des Uhrmachers von dem gepflegten des Zwerges trennte (eine Forderung Adalberts, damit nicht allzuviel Unkraut in sein Grundstück hineinwüchse). Sie standen in respektvoller Entfernung von dem Erdloch, aus dem der Qualm drang, und riefen im Sprechchor: »Wir wollen Mittagessen und keine Liebeslieder!«

Der Älteste trug ein Schild um den Hals, das in Leuchtbuchstaben forderte: *Brot statt Kunst!* – Beim Anblick Leontines verstummten sie und richteten ihre ausgesprochen schönen Augen auf die Satteltaschen, während sie näher kamen.

Leontine kramte aus, was sie an Proviant hatte: ein paar Pflaumen, eine Schachtel Kekse, schließlich altbackenes Brot, Möhren und Zuckerwürfel, sämtlich fürs Pferd bestimmt. Die Gören stürzten sich heißhungrig darauf. Als alles hinter ihren Zähnen verschwunden war, sagte das Mädchen, die Zweitälteste: »War das alles, was du mitgebracht hast, Tante Leontine? Du verkalkst wohl auch zusehends.« Interesselos wandten sie sich ab, und erst das Versprechen, sie dürften nachher alle einmal reiten, bewog den Ältesten, den Braunen für die Dauer des Besuchs am Zügel herumzuführen.

Leicht zögernd näherte sich Leontine den Rauchschwaden, die, wie sie wußte, aus Donnas Küche drangen. Mit allen Künsten des Herdes und Feuers hatte die ehemalige Drächin kein Glück mehr, seit ihr der erzürnte Darenna seine Protektion entzogen hatte. Bei aller Freundschaft herrschte zwischen den beiden Frauen ein leicht gespanntes Verhältnis. Leontine war schließlich die Tochter von Donnas einstigem Protektor und die Erwählte dessen, den jene in ihrer anderen Existenz bewacht hatte. Donna ihrerseits verzieh ihr nie so recht, daß sie ihretwegen von Klinger ins Badezimmer gesperrt worden war. Aber auch Leontine vergaß die Feuerstöße nicht, die ihr geliebter Elb von der anderen erhalten hatte, und nannte sie nur zu gern halb spaßhaft, halb stichelnd »Drache«. Die Ehe mit Lindo hatte sie zwar begrüßt, aber als sie erfuhr, daß das erste Kind dieser Verbindung Norman heißen sollte, hätte sie fast ihre Patenschaft zurückgezogen. Sie hielt nie hinterm Berg damit, daß sie das geschmacklos fand.

Hustend durchschritt sie die Rauchwand. Unten, in der einstigen Behausung des Zwerges, war die Luft schon erträglicher, der dickste Qualm war nach draußen abgezogen.

Vor dem erkalteten Herd, inmitten verrußter Töpfe und schwarz verkrusteter Pfannen, saß Donna am Küchentisch, die Ellenbogen aufgestützt, und kaute Knoblauch aus einem großen Steintopf, der voll war von marinierten Zehen der würzigen Knolle. Das Gold in ihren Ohren und im Haarkamm glitzerte. Beim Eintritt Leontines sah sie kurz auf und schob ihr wortlos den Knoblauchtopf hin. Leontine bediente sich, wußte sie doch, daß dies die einzige Variante war, den Ruß- und Brandgestank zu übertäuben.

»Ein Chateaubriand für mindestens vier Personen mit feinen Gemüsen und Pommes frites sollte das werden«, sagte die ehemalige Echse trostlos, »und eine Omelette surprise als Nachtisch.«

»Und?« fragte Leontine kauend.

Die andere seufzte. »Ich habe nur einen Moment Gitarre geübt.«

Als sich herausstellte, daß es vorbei war mit den Konzertsälen der Welt, war Donna nämlich zur Rockmusik übergewechselt. Sie hatte sich mit einigen anderen jungen Frauen gleicher Gesinnung zusammengetan, um, wie sie sich ausdrückte, die Rock-Szene zu revolutionieren. Die ehrgeizige und energische Drächin übernahm die Leitung der Band, spielte Lead-Gitarre und versuchte zu singen – letzteres war das Verderben der Formation. Denn was ihre betörten Freundinnen als umwerfend neu und einmalig schockierend zu bezeichnen pflegten, trieb selbst die Fans der Gruppe »Echsismus« (und deren gab es einige, denn das waren ja ausgesucht schöne Frauenzimmer) unter Johlen und Pfeifen in die Flucht. Donna kreischte, lispelte und jaulte derart unmusikalisch ins Mikro, daß nicht einmal der Gutwilligste in der Lage war, Unfähigkeit für neuen Sound zu halten.

Nicht ohne Mitleid betrachtete Leontine die Verwüstungen, die dieser »Augenblick des Übens« in der Küche bewirkt hatte. Sie schätzte die Räum- und Säuberungsarbeiten auf einen halben Tag.

Donna nahm noch eine Knoblauchzehe. Von draußen drang gedämpft der Sprechchor der Kinder herein.

»Und was soll mit denen werden?« fragte Leontine.

»Diese kleinen Bestien«, sagte die Mutter, »haben heute morgen eine Waschschüssel voll Porridge mit sechs Cola hintergespült und drei Stunden später ein halbes frisches Brot verschlungen. Darauf bettelten sie Adalbert um seine Walnüsse an. Als er nein sagte, bewarfen sie ihn mit Kienäpfeln. Von der Nachbarin bekamen sie ein halbes Blech Kuchen, weil ich Rabenmutter sie ja verhungern lasse ...«, sie hielt sich die manikürten Finger vor die Ohren. »Laß sie brüllen, ich bin taub!«

»Sie haben eben einen gesunden Appetit und sind den ganzen Tag an der frischen Luft«, bemerkte Leontine lächelnd. »Ich will mal sehen ... Alle Eier hast du doch nicht verbraucht für die Omelette surprise?«

»Nein, nur vierzehn«, entgegnete Donna. »Der Eischnee war phantastisch gelungen.«

Leontine verzichtete auf weitere Diskussionen über die Tragik von Donnas Küchenkünsten und stöberte nach längerem Suchen noch vier Eier, ein paar Tomaten und eine Pfanne auf, die der allgemeinen Verrußung entgangen war. Mit Milch und Mehl versuchte sie, eine Art Rührei herzustellen, während Donna redete. Obwohl Leontine wußte, daß die schöne Echse auf andere eine durchaus faszinierende Wirkung ausübte, fühlte sie sich von ihrer kreischenden, lispelnden Sprache stets abgestoßen. Donna redete von ihrem letzten Auftritt mit »Echsismus«, der so vielversprechend begonnen hatte und in einem grauenhaften Pfeifkonzert endete, gerade während ihres Songs »Don't think a dragon will forget any times«, der so ziemlich das Progressivste sei, was es im Moment gäbe. Aber natürlich würde »Echsismus« nie aufstecken. Es gelte, sich durchzusetzen und das Publikum zu überzeugen.

Leontine schwieg und rührte im Ei. Für sie war die andere einfach unmusikalisch, gleich, ob sie Rock probte oder Rachmaninow interpretierte. Aber wie das jemandem beibringen, der von seiner Mission überzeugt ist?

Irgendwie mußte Donna dem Rücken Leontines Widerspruch angemerkt haben. Lauernd fragte sie an, ob da etwa andere Ansichten seien? Sie sei immer dankbar für Kritik.

»Ach, weißt du«, kam widerstrebend die Antwort, »ich kenne mich in der Rockmusik nicht so aus. Hättest du nicht lieber bei der Klassik bleiben sollen? Das Terrain scheint mir da nicht ganz so unsicher. Sieh mal, ich singe inzwischen die Leonore, und nicht nur in der Provinz.«

Das war das Falscheste, was sie sagen konnte. Donna lachte gereizt. »Meine Liebe, du vergißt, daß man an dich andere Maßstäbe anlegt. Meinst du, man will Klinger verärgern? Er braucht nur den kleinen Finger zu regen, und du singst sogar die Sieglinde in Bayreuth!«

»Nanana«, kam es vom Herd zurück, »was willst du denn damit sagen?«

»Ich streite dir ja dein gesangliches Können nicht ab. Aber du hast keine Ahnung von der Welt. Du bist ein Protektionskind.«

»Also das ist denn doch wohl ...«, Leontine hatte sich umgedreht; ob die Röte ihrer Wangen von der Hitze der Pfanne oder vom Ärger herrührte, war nicht auszumachen. Den hölzernen Kochlöffel hielt sie in der Hand. »Du hast ein Schandmaul, bester Drache, und vergißt dabei, daß deine ganze pianistische Karriere ein Werk meines Vaters gewesen ist!«

»Das sehe ich ganz anders. Von einem Mann, wie Darenna es ist, wird man stets nur zu etwas gezwungen, nie aber gefördert. Steht man seinem Willen entgegen, wird man in die Zwergenhöhle versetzt!«

»Jetzt erzähle mir noch, daß du Lindo auf Befehl meines Vaters geheiratet hast!« In der Hitze des Streits fuhr sich die entrüstete Tochter mit dem Rührlöffel ins Haar und hinterließ dort eine Spur Ei mit Tomate. »Darenna war dir, wie ich das sehe, äußerst zugetan – mehr, als mir verständlich ist.« Hinter ihr wirbelte Qualm auf, brenzliger Geruch stach in die Nase.

»So«, sagte Donna freundlich und ohne einen Finger zu rühren, »nun ist *dir* das Rührei angebrannt.«

Leontine fuhr herum, um die Pfanne vom Feuer zu reißen, und ließ das heiße Zeug mit einem Aufschrei zu Boden fallen.

»Also Topflappen hab ich eigentlich. Hängen da links«, bemerkte die Hausherrin und nahm noch ein Stück Knoblauch.

»Nun haben wir es vollends verdorben«, murmelte Leontine schuldbewußt, was die andere zu einem spitzigen »Wir?« veranlaßte. Angesichts der Reue ihrer Besucherin fühlte sie sich denn doch bemüßigt, beim Aufräumen zu helfen.

Draußen gab es erneut Geschrei.

Die ungeduldigen Gören hatten es satt gehabt, den Braunen am Zügel herumzuführen. Norman hatte Bruder und Schwester hinaufgehoben und dann selber den Pferderücken erklettert. Solange man sich im Schritt bewegte, ging das gut. Da kam der Älteste auf die Idee, galoppieren zu wollen. Seine Versuche, das Pferd anzutreiben, bewirkten, daß sich dieses mit ein paar unwilligen Bewegungen seiner gesamten Bürde entledigte und in Richtung Wald verschwand. Die Kinder zappelten im Grase und schrien wie am Spieß.

Leontine fluchte. Die Kinder hörten sofort auf zu krakeelen und spitzten interessiert die Ohren, um Neuigkeiten in ihren Wortschatz aufzunehmen. Donna untersuchte die Knochen ihrer Brut und erklärte giftig, ihr käme es denn doch mehr auf die Gesundheit der armen Kleinen an als auf das Verbleiben eines unerzogenen Gauls – was dessen Besitzerin empfindlich traf, denn sie hielt große Stücke auf ihr Pferd. Noch eine Spur erregter, forderte sie Suchaktionen, den Braunen wieder einzufangen. Erstaunlicherweise waren die Kinder sofort Feuer und Flamme. In schöner Einmütigkeit beschlossen sie, in den Wald zu gehen. »Zum Abendessen sind wir zurück!« rief Norman, die Geschwister an der Hand packend. Es klang wie eine Drohung. Im Laufschritt machten sie sich auf.

Die beiden Frauen sahen sich erschöpft an. Plötzlich schloß Donna die andere lächelnd in die Arme. »Du hast Rührei im Haar«, flüsterte sie zärtlich. »So habe ich mir schon immer eine Erste Sängerin vorgestellt.«

Leontine fuhr sich mit gespreizten Fingern durch die Mähne – es stimmte. Überhaupt fiel ihr plötzlich auf, daß sie in ihrem verwaschenen Jersey, den mit Lederflecken besetzten Reithosen und den derben Stiefeln denkbar ungünstig abstach gegen die schöne Echse, die ihre Küche so elegant verließ, als käme sie gerade vom Putztisch, die geschmeidigen Hüften gegürtet mit modischem Klimperkram, das Haar zu goldbesetztem Kamm hochfrisiert.

Sie müsse nun auch ihr Pferd suchen, murmelte sie eilig und verschwand ohne Gruß. Donna sah ihr nach und fuhr sich kurz mit der Zunge über die Lippen. Offenbar wäre sie gern noch eine kleine Bosheit losgeworden, aber Leontine hätte sie nicht mehr gehört. Die roten Locken der Kinder waren schon im Waldesdunkel verschwunden.

Kaum hatten der dunkle Tann und das Farngestrüpp Norman, Maggy und Rico aufgenommen, so fiel alles Laute und Schrille von ihnen ab. Sie ließen einander los und streiften sachte, mit wachen, leuchtenden Augen durch den Wald, rechts und links spähend und mucksmäuschenstill. Es war offensichtlich, daß sie nicht nach einem herumtapsenden Pferd Ausschau hielten.

Ein jäher, leichter Sommerregen setzte ein. Mit feinem Rieseln fielen die Tropfen nieder, erreichten nur an wenigen Stellen den Boden. Die Kinder kamen an eine Lichtung, die von einer hohen Felswand begrenzt wurde. Als nun plötzlich die Sonne hervorbrach, glitzerten die Regenschnüre wie ein silberner Vorhang.

»Da!« hauchte Maggy. Mit angehaltenem Atem standen die drei still. Hinter dem Regenschleier, im Glanz des Lichts stand vorm Grau der Felsen ein weißes, zierliches Tier und hob aufmerksam den Kopf, um zu ihnen hinüberzuspähen. Maggy streckte die Hände aus, ohne hinzusehen. Die Geschwister ergriffen sie, als hätten sie diese Bewegung hundertmal geübt. Wie in einem Reigentanz schritten sie langsam über die Lichtung.

Plötzlich verhielt das Mädchen den Schritt und ließ die Hände der Geschwister los. Enttäuschung malte sich auf ihren Zügen. Das Tier verhoffte in silbrigem Glanz, machte einen Sprung und eilte in großen Fluchten ins Waldesdunkel. Gleichzeitig hörte man von rückwärts eine rauhe männliche Stimme, die die Kinder

unwirsch anfuhr: »Was habt ihr hier den Wildbestand aufzustöbern? Das ist Naturschutzgebiet! Holzschein? Beerenschein? Jagdschein?«

Die Kinder drehten sich aufreizend langsam um. Ein kleiner, braungebrannter Alter in vielfach geflickten Sachen stand barfüßig da und betrachtete die drei augenzwinkernd, was ihm den Anschein geheimen Einverständnisses verlieh.

»Gott, Opa«, sagte Norman und steckte die Hände in die Taschen, »was soll der Aufriß? Wozu brauchen wir Scheine? Wir suchen nur 'n Pferd.«

»Pferde gibt's hier nicht seit dreitausend Jahren«, gab der kleine Alte zurück ohne ein Anzeichen von Verwunderung, und die Kinder nahmen ihrerseits diese Zeitangabe ohne jedes Erstaunen auf.

»Es soll auch bloß ein Verirrtes sein«, entschuldigte Maggy.

Der Mann blieb mißtrauisch. »Auch verirrte Pferde gibt's hier keine«, entgegnete er und sah die drei der Reihe nach scharf an. »Ich denke mir, daß ihr eigentlich was ganz anderes sucht.« Der kleine Rico errötete. Der Alte nickte grimmig. »Ist es vielleicht – ein weißer Hirsch?« fragte er lauernd.

Zu seinem Befremden brachen die drei in prustendes Gelächter aus. »Ein weißer Hirsch!« wiederholte der Älteste verächtlich. »Du liebe Zeit! Was gehn uns denn weiße Hirsche an? Die laufen doch hier rum wie anderswo die Hasen!«

»Eben war gerade einer da auf der Lichtung«, ergänzte das Mädchen und schüttelte seine roten Locken.

»Ein weißer Hirsch? Was sollen wir denn damit?« fragte der Jüngste entwaffnend.

Der Mann blickte unmutig und scharrte mit seinen nackten Füßen den Waldboden, als sei er ein Tier. »Ich glaube euch kein Wort«, knurrte er. »Ihr seid eine ganz ausgekochte Bande. Eure Namen werde ich aufschreiben, für alle Fälle.« Er begann in seinen unzähligen Taschen nach Papier und Stift zu kramen und förderte dies und das zutage, unter anderem auch ein großes Paket, in grüne Blätter eingehüllt, das die Kinder mit sehr interessierten Blicken betrachteten. Wie auf geheimen Befehl gingen sie näher an den Alten heran. Der hatte inzwischen ein zerknittertes Pergamentstück und einen urtümlich-holzigen Bleistiftstummel aus seinen Siebensachen gefischt und sah die Kinder erwartungsvoll an.

»Norman Narziss«, sagte Norman.

»Magelone«, sagte Maggy.

»Federico Ruggiero«, sagte Rico.

Dabei entfernten sie die Augen nicht von der Tasche, in die das grüne Paket zurückgewandert war.

Der Alte schnaufte und zwinkerte. Offenbar hatte er seine Probleme bei der Notierung so extravaganter Namen. Er faltete das Papier umständlich, steckte es nebst Stift zu sich und knurrte: »Ihr könnt abhauen.«

Aber die drei dachten nicht daran. Im Gegenteil, sie rückten noch ein Stückchen näher heran, und es sah fast aus, als hielten sie den Mann umzingelt.

»Was wollt ihr noch?« fragte er und warf unruhige Blicke.

»Sie haben da was in der Tasche, Opa«, sagte Norman, »was uns mächtig anmacht.«

»Ja«, ergänzte Maggy, »so eine Sache, die ein paar armen verirrten hungrigen Kindern das Leben retten könnte, mindestens für einen Tag.«

»Eine ganz tolle Sache«, pflichtete Rico bei.

Der Mann schwieg und knurrte wie ein Hund, den man in die Enge treibt.

»Dies Zeug in den grünen Blättern nämlich«, fing Norman wieder an, »also wir haben so was schon mal gesehen und auch gegessen.«

»Wir wissen auch, wie es heißt.« (Maggy)

»Und wer es macht.« (Rico)

»Ach«, sagte der Alte rauh und guckte schief.

»Ja«, Norman nickte. »Es müßte mich alles täuschen, wenn das nicht Lembas sind, Elbenwaffeln, die nicht nur irre gut schmekken, sondern auch in kleinen Brocken satt machen für halbe Tage und munter und stark dazu.« Er sah seine Schwester an. »Wenn man nur wüßte, wie er dazu gekommen ist. Dann könnte man hingehen und sich auch welche holen.«

Mit dem alten Mann war eine seltsame Veränderung vor sich gegangen. So forsch und drohend er zu Anfang aufgetreten war, so klein und elend wirkte er jetzt. Er kauerte im Kreis der Kinder auf der Erde, die Arme gekreuzt, schielte zu ihnen hoch und murmelte durch die Zähne: »Ach, solche seid ihr! Erpresserisches Echsengesindel! Heruntergekommene Elbenbrut! Kleine Monster des Lichts! Von mir werdet ihr keine Geheimnisse erfahren!

Rico grinste. Die plötzlich zu seiner Größe zusammengeschrumpfte Respektperson belustigte ihn.

Aber die Schwester stieß ihn in die Seite. »Ich möchte bloß wissen, was es da für ein Geheimnis zu verraten gibt«, sagte sie gelassen. »Wenn einer diese Dinger aus der Tasche nimmt, als wären sie sein tägliches Stullenpaket, hat er doch schon alle Karten auf den Tisch gepackt. Als Geheimnisträger kann man ihn kaum noch ansehen.«

»Ich wußte ja nicht, daß ihr dergleichen kennt«, brummte Alonzo.

Die Kinder seufzten gemeinsam.

»Opa!« redete ihm jetzt wieder Norman gut zu. »Wir wissen, daß das Leben schwer ist. Man muß es sich ja nicht noch schwerer machen. Klar, keiner darf petzen. Schweigepflicht und so. Dabei halten die Elben selbst nie den Mund. Wir würden von nichts wissen, wenn Sie sich 'nen Ruck geben und das Päckchen da einfach uns armen Kindern zuteilen täten. Wir haben überhaupt nichts dabei.«

»Ein ganzes Päckchen Lembas!« fuhr der Hockende auf und vergaß vor Empörung alle Vorsicht! »Ihr Vielfraße! Mein Proviant für eine Woche! Diana bäckt erst wieder bei Neumond, und . . .«, erschrocken hielt er sich seine braunen, rindenartigen Finger über den Mund.

Der Jüngste schüttelte den Kopf. »Was sind das für Portionen, armer Opa Alonzo! Klar, daß Sie so dürr sind. Wir drei schaffen das an einem Tag. Na ja, wir stehen ja auch im Wachstum.«

»Wir wollen nichts umsonst«, nahm Norman den Faden auf. »Wir haben Gegengaben. Wie es sich gehört.«

Die Kinder wechselten einen Blick, als Alonzo hinter seinen Wurzelhänden »Ich brauch nichts« murmelte.

»Kann ja sein«, gab Maggy zu. »Aber wenn wir nun was für Diana hätten. Für Diana, die so gut Lembas backen kann.«

Der Alte blinzelte.

Norman begann in seiner Hosentasche zu wühlen und förderte ein Bällchen aus Knüllpapier zutage, nicht größer als eine Murmel. Vorsichtig begann er die Papierhüllen abzuschälen.

Alonzo schielte neugierig hinüber, dann tat er einen rauhen Schrei. Auf der schmutzigen Handfläche des Jungen leuchtete ein knopfgroßer Edelstein von so betörendem Schliff und Feuer, daß der ganze Wald von Geglitzer erfüllt schien wie vorhin beim Sonnenregen.

»Ein gelber Diamant«, erklärte Rico fachmännisch, »hochkarätig.«

»Woher . . .«, hob Alonzo an, aber Norman unterbrach ihn gleich: »Gefunden, Opa. Ob neben Mamas Nähkästchen oder bei Onkel Adalberts Schatztruhe, das ist doch gleich. Jedenfalls lag es rum.«

»Ich könnte mir vorstellen«, fiel die Schwester ein, »daß ein weißer Hirsch mit solchem Ding zwischen den Ohren noch mal so schnieke aussieht.«

»Wer redet hier vom weißen Hirsch?« fuhr der Alte auf.

»Schon gut«, beruhigte Norman grinsend. »Maggy hat sich bloß versprochen. Sie meint natürlich diese Diana, die so gut backen kann. Stellen Sie sich vor, was die für ein Auge kriegt, wenn Sie mit so einem schönen Geschenk nach Haus kommen. Endlich mal was anderes als immer bloß eine Handvoll Heilkräuter zum Trocknen. Da fängt sie bestimmt an, ein Lied zu singen.«

Und das Mädchen summte leise, dann sangen die drei Kinder höchst lieblich:

»A Elbereth Gilthoniel
Silivren penna miriel
O menel aglar elenath
Na-chaered palan-diriel . . .«

Der Waldhüter lauschte ihrem Gesang mit aufgerissenen Augen, die wie verzaubert auf den Stein geheftet blieben. Es war elbisch, was sie sangen, ein altes Lied vom Leben unter den Bäumen im Sternenlicht, und sie sangen durchaus nicht auf Echsenart, sondern ganz und gar wie das Schöne Volk. Maggy hielt die

Melodie, Norman gab die zweite Stimme, und Rico zwitscherte im Diskant darüber. Süß klang es durch die Waldesstille.

Als werde er von fremder Hand gelenkt, holte Alonzo das Paket in den grünen Blättern aus der Tasche und tauschte es gegen das gelblichweiße Juwel.

Kaum hielten die Kinder die Lembas in der Hand, so verstummten sie abrupt und verschwanden eilends zwischen den Tannen, als gelte es, einen Raub in Sicherheit zu bringen. Alonzo starrte auf das Geglitzer in seiner braunen Hand, es sah nun viel kleiner aus als auf dem Handteller des Kindes und schien in der Sonne zu schmelzen. Schnell schloß er die Finger darüber.

Auf einmal stand der Älteste nochmals vor ihm. »Ach, was ich noch machen wollte, Opa«, sagte er, »leihn Sie mir mal Ihren Stift.«

Betäubt griff der Alte in seine Taschen. Norman nahm das recht zerknitterte Schild mit den Leuchtbuchstaben, das er noch immer wie einen lästigen Kragen am Hals geschleppt hatte, fuhrwerkte mit dem Stift darauf herum und drückte es dann Alonzo in die Hand. Mit ein paar kleinen Pfeilen oben und unten hatte er den Sinn der Losung verkehrt. Nunmehr stand da: *Kunst statt Brot!* –

Im Wald kicherte es.

Die Kinder Lindos und Donnas hatten sich heißhungrig auf die Elbenwaffeln gestürzt. Sie kauten mit vollen Backen und stießen dabei Wonneschreie aus. Wohl hatten sie sich vorgenommen, das Paket mit einemmal aufzufuttern, aber Lembas sind eben etwas anderes als gewöhnliche Nahrung. Noch nicht auf halber Strecke, mußten sie aufgeben. Gesättigt, gestärkt und ermuntert, sahen sie sich in geschwisterlicher Eintracht an, bereit zu großen Taten.

Norman packte die Reste sorgfältig ein und verstaute sie in seiner Hosentasche, Rico polkte mit einem Tannenreis in den Zähnen.

»Und nun?« fragte das Mädchen unternehmungslustig.

Der Große zuckte die Achseln. »Da gibt's doch gar keine Frage. Weiter. Die Küche ist bis heute abend sowieso noch nicht wieder in Ordnung, und wenn wir wieder Hunger kriegen, haben wir ja noch Lembas.«

»Ob wir es wiederfinden?« fragte der Kleine. Die beiden Älteren warfen ihm einen vernichtenden Blick zu.

Maggy lachte. »Der Alte mit seinem Weißen Hirsch! Als wenn uns daran was läge. Diana! Gut und schön.«

»Alles nur Verwandtschaft«, bemerkte Norman lässig.

»Wieso Verwandtschaft?« wollte der Jüngste wissen.

»Na, ganz einfach«, erklärte der Große. »Unser Vater ist um drei Ecken mit Glorion Ingildor verwandt . . .«

»Wirklich verwandt?«

»Wirklich verwandt, es ist bloß ein bißchen kompliziert. Und diese Diana, also das ist eine Schwester oder Nichte von dem, und der Opa Alonzo hängt da auch mit dran.«

Maggy kicherte. »Und Tante Leontine?«

Norman winkte ab. »Ach, laß doch Leontine und ihr blödes Pferd. Los geht's. Wir suchen was Besseres.«

Wie drei erfahrene Treiber auf der Jagd, lautlos, in Abstand und ohne sich aus den Augen zu verlieren, glitten die drei rothaarigen Kinder durch den Wald.

Leontines Brauner hatte sich gleich hinter Adalberts Anwesen gefunden, friedlich grasend.

Der Zwerg verfolgte den Auszug der halbelbischen Brut mit Genugtuung und winkte jetzt heftig die junge Frau zu sich heran. In einer Aufgeschlossenheit, die für ihn selten war, ersuchte er sie, einen Moment zu ihm hereinzukommen. Er gestattete dem von ihm mit Mißtrauen betrachteten Pferd sogar, sich in seinem Vorgarten aufzuhalten, obgleich auch ihm die Gefahr für seine Erdbeerpflanzen klar sein mußte. Offenbar brauchte er jemanden, mit dem er sich aussprechen konnte, denn in seinen großen, tragischen Augen lag eine flehentliche Bitte, die Leontines gutes Herz bewog, bei ihm einzukehren.

Adalberts Behausung war zwar klein, aber höchst gemütlich, und wen die zahlreichen tickenden Uhren (ein Hobby, das er mit Lindo teilte) nicht störten, konnte sich bei ihm wohl behaglich fühlen.

Zu Leontines Erstaunen verstand er nicht nur, einen guten Kaffee zu brauen, sondern buk auch am Tisch in einem urtümlichen

Eisen Waffeln, und sie gerieten ihm knusprig und wohlschmekkend.

»Ein elbisches Rezept«, bemerkte er auf ihr Lob hin, »den Lembas nachempfunden. Natürlich, original ist das nicht. Mit bestimmten Geheimnissen rückt ja das Schöne Volk nicht heraus, wie Sie wissen. Man stößt dann nur auf ironisch verzogene Mundwinkel und das berühmte Gelächter.« Er goß neuen Teig in das Eisen. »Noch eine Portion, verehrte Leontine?«

»Auf keinen Fall, so vorzüglich sie auch sind«, wehrte sie erschrocken ab. Sie wolle sich ja nicht zur Wagner-Heroine hochstilisieren.

»Nun gut«, resignierte Adalbert, »da esse ich sie eben selbst. Mir tut so was nichts.«

Aber auch er mühte sich mit der zweiten Portion. Offenbar hatte er etwas auf dem Herzen. Schließlich rückte er mit der Sprache heraus. »Ich frage mich vielleicht öfter, als gut ist, ob ich recht getan habe damals, als ich das Innere der Erde verließ und ans Tageslicht ging. Zu verführerisch war der Glanz der Sterne, deren ewige Figuren ich wiedererkannte, und zu herrlich der Sonnenaufgang, den ich sah am Hügel. Daß ich die Uhr ließ, mag recht sein. Aber all die anderen Schätze der Erde, die vielleicht meiner harren? Ach, Leontine, es heißt, das Schöne Volk sei ausgewandert und die wenigen, die geblieben sind, hätten das Wesen der Sterblichen angenommen und ihre Herkunft vergessen. Aber ich kann das nicht glauben. Ist elbisch nicht alles um uns her, flatterhaft, wandelbar, geheimnisvoll und undurchschaubar? Ich sitze unter den Kiefern, aber plötzlich trägt mir der launische Wind einen Geruch von Rosen zu. Schon bin ich verwirrt. Ich grabe in der Erde, säe und pflanze, aber statt nützlicher Kräuter oder wohlgepflegter Blumen sprießen vor meinen erstaunten Augen die seltsamsten neckischen Pflanzen, von denen nie die Rede war. Was ist das alles für ein Wesen? Eben scheint die Sonne, schon regnet es, und kaum habe ich mich auf schlechtes Wetter eingerichtet, da vertreibt ein Windstoß die Wolken, und ich weiß nicht, wohin mit Paletot und Gummistiefeln. Unter der Erde war es immer gleichmäßig temperiert, dergleichen Überraschungen fielen aus. Ist das hier oben nicht alles elbischer Schabernack? Man weiß nie, woran man ist.«

Leontine mußte lachen. »So ist nun einmal der Lauf der Welt, Adalbert. Wollen Sie, daß sich alles nach Regeln hinzirkelt? Tun Sie sich mit Darenna zusammen, wenn Sie in Gesetze vernarrt sind.«

»Es geht nicht um Gesetze«, widersprach der Zwerg, »sondern um Beständigkeit. Auch Magier studieren schließlich die Gesetze nur, um sie zu nutzen und Veränderung zu erlangen. Wenn sie wollen, schmelzen sie Wolken weg oder verwandeln Drachen in Frauenzimmer. Nicht das ist es!«

»Aber auch Zwerge sind dem Schmiedehandwerk und der Mechanik zugetan und stellen kunstvolle Dinge her«, entgegnete Leontine.

»Du verstehst mich nicht«, sagte Adalbert mürrisch, »oder du willst mich nicht verstehen. Es geht nicht um das, was man mit toten Dingen macht, und komm mir nicht als nächstes mit der Redensart, so sei nun einmal das Leben, daß alles wandelbar dahinfließe. Das weiß ich wohl. Es ist das andere . . .«, er stockte. »Leontine«, sagte er tonlos und ging wieder vom Du, in das er in der Aufregung verfallen war, zum gewohnten Sie über, »es heißt allgemein hier in den Hügeln, daß der Große Elb Ihnen einstmals gelobt habe, sein unirdisches Teil abzutun und ein Mensch unter Menschen zu werden. Es heißt aber auch, daß diese Verwandlung zwar begonnen, aber schließlich doch nicht vollzogen wurde, daß das zwielichtige Wesen fortfährt, Sie zu foppen. Es heißt, er sei mehr abwesend denn hier, alte Wunden seien nicht einmal mehr Narben, und die Liebe, die nicht ihresgleichen suchte auf den Hügeln zu beiden Seiten des Grundes, sei nur mehr ein Rauch.«

»So, heißt es das?« erwiderte Leontine und sah vor sich hin. Einen Augenblick war nur das Ticken der Uhren zu hören. Dann hob die junge Frau die klaren graugrünen Augen und sah den Zwerg voll an. »Alles mag sein, wie es will«, sagte sie ernst. »Aber die Liebe, die nicht ihresgleichen sucht auf den Hügeln zu beiden Seiten des Grundes, ist nicht zu Rauch geworden. Freilich, auch sie ist wandelbar. Hast nicht auch du dich gewandelt, Adalbert?«

»Ja, aber ist es gut? Ich war glücklich unter der Erde.« Er erhob sich. »Ich will dir etwas zeigen, und du sollst die erste sein, die es sieht.«

Mit behenden Bewegungen ließ er die Vorhänge an den Fenstern herunter und achtete sorgfältig darauf, daß kein Lichtstrahl mehr eindrang. Nur das Waffeleisen glühte noch in der Dunkelheit. Die junge Frau fühlte sich unbehaglich, aber der Zwerg bewegte sich durch die Nachtschwärze mit solcher Selbstverständlichkeit, als sei heller Tag, hantierte am Schrank, Schlüssel klirrten, und Türen klappten. Schließlich erschien er, seltsam verwandelt. An der Stirn trug er, mit einem Band um den Kopf befestigt, eine kleine Lampe, die ein weißliches Licht verströmte. Sie war geformt wie ein Edelstein, und in ihrem Glanz gewann das von weißem Haar umflossene Antlitz des Zwergs eine urzeitliche Hoheit, als trüge er eine Krone.

»Das«, sagte er auf Leontines Frage, »ist eine jener Lampen, mit denen mein Volk unterm Berg zu arbeiten pflegt, wenn es Kristalle und edle Erze fördert. Aber nicht das wollte ich zeigen.« Er öffnete ein unscheinbares Kästchen. Auf dunklem Grund leuchteten ein paar knopfgroße gelblichweiße Juwelen von solcher Klarheit, daß die Frau einen Ausruf des Entzückens nicht unterdrükken konnte.

»Nicht wahr«, sagte Adalbert, befriedigt von der Wirkung seines Schatzes, »viel schöner können die Silmaril, die Elbensteine, auch nicht geleuchtet haben. Es sind die Gaben der Tiefe, die unter den Wassern des Abgrunds schlummern. Lange bevor ich zum Hüter der Großen Uhr wurde, grub ich sie aus, gemeinsam mit meinem Volk. Damals warfen die Elben, mit denen wir vertraulicher lebten als späterhin, begehrliche Blicke auf diese Dinge, wie sie ja immer meinen, alles Schöne sei nur für sie da. Aber diesen Steinen, die man Gondril nennt, haftet eine Besonderheit an: Jeder Sonnenstrahl, der sie trifft, läßt sie schrumpfen. Unmerklich zunächst, verlieren sie an Größe. Es sind Kinder der Nacht. Würde sie jemand bei Tageslicht tragen wollen, wäre da bald nichts weiter als ein Tröpfchen, nicht größer als der Kopf einer Nadel, und wenn den die Sonne aufgeleckt hat, ist er geschwunden. Freilich besteht Hoffnung, wenn man den Tropfen rechtzeitig birgt und ins Nachtdunkel zurückbringt. Dann wächst er wieder zu voller Größe und Schönheit. Wir jedoch trauten dem Elbenvolk nicht soviel Verstand und Vorsicht zu, die Gondril zu hüten, und rückten sie nicht heraus; einer der Gründe für unsere alte Feindschaft. Aber deshalb zeige ich Ihnen diese Schätze nicht. Ich meine nur: Ist mein Leben nicht vielleicht wie dies hier, dahinschmelzend am Licht, das ich brauche, aber das mich verzehrt, geringer werdend unter der Sonne, die nicht mein Teil ist?«

Er schwieg und starrte mit sorgenvollen Augen auf die Steine. Plötzlich begann seine Hand zu zittern. »Es sind nur sechs«, flüsterte er mit versagender Stimme. »Sechs Gondril statt sieben. Einer fehlt. Man hat mich bestohlen. Das Elbenpack hat mich bestohlen!«

Langsam gewann seine Stimme wieder an Kraft. »Die Brut da unten, die ständig um mein Haus schleicht! Diebe! Diebe! Verfluchte Diebe!«

Und der Zwerg stieß einen so markerschütternden Schrei aus, daß es Leontine vorkam, als tönten die unterirdischen Höhlen der Berge mit.

Die Waldesschatten wurden länger. Immer noch streiften die Kinder, dank der Lembas von Müdigkeit verschont, durch das Gehölz. Sogar der kleine Rico hob die Beine munter wie ein junger Hund. Zuerst hatten sie sich durch halblaute Zurufe und Bemerkungen unterhalten, jetzt, da es Abend wurde, waren sie verstummt. Dunkle Himmelsröte ließ die Bäume erglühen. Der Goldgrund aus vorjährigen Buchenblättern, durchbrochen vom Grün der zarten Rehgräser, war wie ein verheißungsvoller Teppich. Ein Häher strich krächzend ab, zwei Eichhörnchen schlüpften den Stamm empor. Der Wald war sehr still. Als der Mond zwischen den Baumwipfeln hervortrat und die Farben zu verblassen begannen, hielten sie inne.

»Ob es kommt?« fragte der Jüngste.

»Sicher«, erwiderte das Mädchen.

»Wir wollen hier ausruhen und es erwarten«, schlug Norman vor. »Es kommt bestimmt.«

Der kleine Rico gähnte. »Ich bin gar nicht müde«, sagte er. »Meine Füße sind ganz munter.«

Der Große schleppte ein paar niedergebrochene Tannenzweige herbei, sich darauf zu setzen, und sie verwunderten sich, daß Tannennadeln, deren jede für sich spitz und spröde ist, so weich sein können wie ein Teppich aus kostbarem Garn. Sie setzten sich und schwiegen; es dämmerte. Ein Käuzchen schrie, und Rico begannen die Augen zuzufallen. Die Schwester legte den Arm um ihn. »Es ist schön im Wald«, murmelte er.

Etwas wie ein Nebelstreif regte sich zwischen den Bäumen, und der Mond warf eine Bahn von ihnen bis dorthin.

Norman straffte sich. Sanft stieß er die einnickenden Geschwister an. »Kommt, es ist da.«

Sofort hellwach, erhoben sich die drei, gingen Hand in Hand langsam auf die Helligkeit zu.

Das Einhorn hatte ein lockiges, seidenweiches Fell. Seine langbewimperten Augen glänzten wie die einer schönen Frau. Mit der Geste eines hingebungsvollen Troubadours neigte es den Kopf und schmiegte sich schmeichlerisch an Maggys Leib, vorsichtig das rotbraune gedrechselte Horn beiseite drehend. Die beiden Großen umhalsten es zärtlich. Rico bedeckte seine dunkle Nase und die weichen Lefzen mit Küssen. Ein zarter Maiglöckchenduft strömte aus dem Fell des Tieres.

Sie geleiteten es vorsichtig zu ihrem Lager aus Tannenreis, wo es sich mit gekreuzten Vorderbeinen niederließ und wohlig schnaufend den Kopf im Schoß des Mädchens hinbreitete. Die Kinder saßen, fast gelähmt vor Entzücken, um das schöne Wesen herum.

Nach einer ganzen Weile fragte Rico im Flüsterton: »Was nun?«

»In den alten Geschichten«, entgegnete Norman genauso leise, »trinkt es roten Wein aus der goldenen Schale des Königs.« Er zuckte die Achseln.

»Vielleicht hat es Hunger?« fragte der Kleine wieder.

»Die Lembas«, sagte das Mädchen, die Hände tief in dem duftenden Fell vergraben.

Norman holte das Päckchen aus der Hosentasche. Das Einhorn hob den Kopf und schnupperte. Dann zog es zierlich die Lippen von den perlweißen Zähnen und begann die Elbenwaffeln zu benagen.

Zur Freude der Kinder, die sie ihm abwechselnd hinhielten, fraß es alles auf und leckte mit sanfter Zunge auch die Krümel von Ricos Handfläche. Die drei stöhnten vor Glück.

Dann, als sich das Tier zum Schlaf zurechtlegte und die langen Wimpern über die Augen senkte, schlug Norman vor: »Wir wollen es in Schlaf singen. Vom letzten Mal wissen wir ja, es mag Lieder.«

Zart begannen sie: »Komm, Trost der Welt, du stille Nacht ...«

Die Mondsichel stand überm Walde.

Sie kuschelten sich in das lockige Fell des Tieres und sahen mit weit offenen Augen zum Himmel, diesen Schlummer behütend.

Der Schrei hatte auch Donna herbeigelockt. Die Arme in die Hüften gestützt, hörte sie sich das Lamento des Zwerges an. »Das sieht meiner Brut durchaus ähnlich«, bemerkte sie kopfnickend. »Darf ich mal sehen, was das für Steine sind? Ich kenne mich nämlich aus.«

Stumm vergewisserte sich Adalbert, daß alle Fensterritzen geschlossen waren, dann öffnete er das Kästchen noch einmal. Die Drächin pfiff durch die Zähne. »So was hätte ich auch gern im Schweif gehabt. Jeder mindestens zwölf Karat und reinstes Wasser«, sagte sie fachmännisch. Adalbert schlug schnell den Deckel zu, und Donna lachte. Es klang etwas schrill. »Keine Angst, Herr Nachbar, ich will Ihnen nicht an Ihre Pretiosen. Ich trage sowieso nur noch Talmi; alles, was ich hatte an Werten, ist von Lindos Uhren verschlungen, und hätte ich neue Steine, nun, so würde es ihm gelingen, auch sie für die Steine einer alten Schweizer Uhr einzutauschen. Seien Sie nicht so mißtrauisch, uns verbinden gleiche Interessen. Sie wollen Ihren Gondril, ich meine Kinder wiederhaben. Denn daß die drei etwas ganz anderes im Sinn hatten, als ein Pferd im Wald zu suchen, das beweist ja hinlänglich Leontines Brauner, der übrigens gerade die Clematis an Ihrem Haus abfrißt.«

Der Zwerg heulte auf, und Leontine stürzte hinaus.

Die schöne Echse ließ ihre Augen aufmerksam durch den Raum schweifen, in den Adalbert jetzt wieder das Sonnenlicht einließ. »Seltsam«, sagte sie, »eigentlich sieht es hier genauso aus wie in unserer Wohnung. Warum sind Sie aus der Erde herausgestiegen, wenn Sie sich oben sozusagen nur eine Kopie hinstellen?«

Der Zwerg ignorierte die Bemerkung. »Nichts als Ärger und Hudelei mit Elben und Menschen!« warf er aufgebracht hin. »Wenn ich diese kleinen Monster fange ...«

»Unterstehn Sie sich, meinen Kindern etwas zu tun!« fuhr Donna auf. »Damit Sie es ein für allemal wissen: An der Suche beteilige ich mich nicht Ihres Steinchens wegen, so schön es auch sein mag, sondern nur, um meine drei heimzuholen. Es wird bald dunkel, und im Wald ist es nicht geheuer. Wonach sie suchen, kann ich mir fast denken.«

»Ja, noch andere um ihr höchstes Gut zu bringen!«

Die Frau lachte auf. »Du liebe Zeit, ich habe wahrhaftig Sinn für dergleichen Tand, aber ihn als höchstes Gut zu bezeichnen – nein. Ich denke, sie suchen ein wahrhaft hohes Gut. Aber das verstehn Sie ohnehin nicht.«

Bevor Adalbert etwas entgegnen konnte, kam Leontine zurück, mit der Nachricht, die Clematis sei gerettet und sie selbst zum Aufbruch bereit.

»Mit dem Trampeltier von Pferd etwa?« fragte der Zwerg gereizt.

Aber Donna legte sich vernünftig ins Mittel. Der Braune könne ihnen unterwegs von Nutzen sein. Die Frage sei, merkte Leontine an, ob noch andere in die Suche einzubeziehen seien, etwa – sie zögerte – Dodo, der Jäger?

Adalbert lachte. Ob man denn nicht wisse, daß die Begleitung dieses Mannes sicheren Mißerfolg bedeute? Er habe noch nie etwas erjagt.

»Und Lindo?«

»Lindo ist zu einem internationalen Uhren-Kolloquium«, sagte Donna kurz, »und nicht greifbar. Mir reicht es, wenn er zum nächsten Auftritt von ›Echsismus‹ zurück ist, um die Gören zu hüten.«

Leontine versagte sich ein Lächeln, hieß es doch, daß der leichtsinnige Halbelb jede Gelegenheit nutzte, außer Haus Abenteuer zu suchen.

Der Zwerg schloß sorgfältig ab und verbarg den Schlüssel in einer Ritze neben der Tür.

Donna beobachtete seine Zurüstungen mit unverhohlenem Spott und fuhr sich mit der Zunge über die Lippen. »Zumindest das Rätsel, wie meine Kinder in Ihr Haus gelangten, dürfte nun gelöst sein. Oder meinen Sie, die haben dies Versteck nicht längst entdeckt?«

Adalbert warf ihr einen wütenden Blick zu. Man brach auf. Abendröte und Mond begegneten sich am Himmel.

Als sie die Waldquelle erreichten, war es Nacht geworden. Leontine tränkte ihr Pferd; es hatte bisher die Hauptarbeit getan, indem es wieder und wieder einen großen Kreis um die anderen Suchenden abgeschritten hatte.

Ihre Stimmen waren heiser geworden vom Rufen. Von den Kindern keine Spur. Das Waldesdunkel war jetzt so drohend, daß sie kaum mehr wagten, die Stimmen zu erheben. Bis zur Quelle war zumindest Leontine die Gegend bekannt. Danach, so hieß es allgemein in den Hügeln, kam vieles, was man lieber bei Tageslicht erkunden sollte, wenn überhaupt. Man sprach von unheimlichen Gestalten, tückischen Sümpfen und Felsspalten.

Sie standen und sahen zur schwarzen Baumwand hinüber. Donna schlug plötzlich die Hände vors Gesicht und begann zu weinen.

»Ruf noch einmal!« sagte der Zwerg rauh zu Leontine.

Die junge Frau hob den Kopf und rief mit klingender Stimme: »Norman – Magelone – Federico!«

Der Schall zitterte, verzerrte sich im Nachklang, als höre man Donnas E-Gitarre. Leontine lauschte, fuhr zusammen und taumelte. »Habt ihr das gehört?« fragte sie beklommen. »Ganz deutlich rief es ›zurück!‹ mit dumpfen Stimmen.«

Die beiden anderen sahen sich erstaunt an. Sie hatten keinen Laut vernommen außer den verwehenden Namen der Kinder.

»Wir dürfen nicht weiter«, erklärte Leontine bestimmt. Aber mit einem Blick auf das verweinte Gesicht der Drachenfrau fügte sie leise hinzu: »Wenn Donna es will, bin ich bereit, trotz des Rufs voranzugehen. Ihr bleibt besser hier. Ich habe ja mein Pferd.«

»Und deine Löwenseele, ja«, lispelte die andere trotzig. »Meinst du, ein Zwerg und eine Echse sind furchtsamere Geschöpfe als du? Wenn wir gehn, so gehn wir zusammen.«

»Streitet nicht«, unterbrach Adalbert, »und gesteht mir wenigstens zu, daß *ich* am besten im Finstern sehen kann. Was ihr noch nicht entdeckt habt: Dort schimmert ein Licht. Heißt es nicht, hier wohne Alonzo, der Hüter des Waldes, und ist es nicht gescheiter, ihn um Rat zu fragen, als blindlings ins Ungewisse zu tappen? Auch hat er vielleicht die kleinen Diebe gesehen.«

Sein Vorschlag fand allgemeine Billigung. Gemeinsam machte man sich auf den von ihm gewiesenen Weg, und bald sahen auch die Frauen das Licht, das wie ein Stern durch die Finsternis auf sie zukam.

Adalbert hatte recht gehabt, es war Alonzos Haus. Durch das kleine Fenster leuchtete trüber Feuerschein, ungleich dem hellen Glanz, dem sie gefolgt waren. Sie spähten ins Innere. Niemand schien zu Hause zu sein. Da hörten sie hinter sich eine weiche melodische Stimme, mit dem spöttischen Unterton, wie er Elben eigen ist: »Seid willkommen, liebe Basen, und auch Ihr, Herr Zwerg, was auch immer Euch in diese Einsamkeit führt.«

Ohne daß sie einen Schritt vernommen hatten, stand vor ihnen wie dem Boden entstiegen eine blasse Frau, umflutet von weißblondem Haar. Das Mondlicht umgab sie mit einem eigenen Schein.

Adalbert faßte sich eher als die Frauen. Er verbeugte sich auf altväterliche Weise und strich würdevoll durch seinen silbrigen Bart. »Seid auch Ihr gegrüßt, Herrin der Wälder, denn zweifellos seid Ihr jene, die sich Diana nennen läßt. Ich kannte Euch früher.«

»Mag sein«, sagte die Frau leichthin, und ihre dunklen Augen waren unergründlich. »Ihr setzt Eure Worte gut und versteht höflich zu reden, Herr Zwerg. Aber meine Frage habt Ihr nicht beantwortet. Kommt ihr als Schutzflehende oder Wandermüde? So steht euch das Haus offen.«

»Wir kommen als Jäger!« sagte der Zwerg unbedacht.

»Keine Empfehlung!« erwiderte Diana rasch und wollte sich abwenden, aber Leontine ergriff das Wort und nahm die Anrede der anderen auf: »Liebe Base, verzeih dem Erregten ein unbedachtes Wort. In Wahrheit sind wir Suchende. Drei schöne Kinder, die der da gehören, zogen aus in den Wald. Daß sie aus Schabernack oder Unbedacht etwas mitnahmen, was diesem höchster Schatz ist, brachte auch ihn auf den Weg. Hilf uns, wenn du kannst, und versage uns deinen Schutz nicht, wenn du die Herrin der Wälder bist.«

Diana lächelte jetzt. Sie trat zwischen die Frauen und legte ihnen die Arme um die Schultern. »Elbenfreundinnen! Fürchtet euch nicht. Ich habe die Kinder gesehen, vor kurzem, als der Sommerregen niederging.« Sie kicherte. »Sie hielten mich für jemand anderes. Seid unbesorgt.«

»Aber wo sind sie jetzt?« unterbrach Donna.

Die helle Frau hob die Hand. »Nicht so ungeduldig. Dort im Wald und in guter Hut.«

»Wie können sie in guter Hut sein, inmitten der unheimlichen Schwärze, die uns abweist?«

»Sie weist euch ab? Sie ist freundlich.«

»Leontine hörte einen dumpfen Ruf, es klang wie ›zurück!‹ «

»Ah!« sagte Diana, und auch sie schien leicht zu schaudern. »Ja, Stimmen gehn nachts hin und wider, und auch uns ist nicht alles bekannt. Es ist gut, darauf zu hören. Rastet bei mir bis zum Morgen, dann suchen wir gemeinsam und mit Hilfe des Hausherrn, der sich noch besser auskennt. Vertraue mir, Donna. Den Kindern geschieht nichts.«

Sie öffnete die Tür der Hütte. Warmer Lichtschein fiel auf den Rasen.

»Auch für Euch gilt die Einladung, Herr Zwerg mit der schnellen Zunge. Ich bin nicht nachtragend.«

»Aber mein Pferd?« fragte Leontine.

»Nimm ihm Zaum und Sattel ab und laß es auf dieser Wiese grasen«, entgegnete die Hausherrin. »Es wird nicht fortgehn.«

Sie trat an das Tier heran, hauchte über seine Nüstern und sprach ihm sanft zu in unverständlichen Worten. Der Braune schnaubte und warf den Kopf zurück. Diana machte eine einladende Bewegung zur Tür.

»Mein Stein! Mein Gondril!«

Es war mehr ein Keuchen als ein Ruf, den Adalbert ausstieß. Mit ausgestreckten Händen, wie ein Schlafwandler, schritt er auf den Kaminsims zu, von dem her aus einem Durcheinander unordentlicher Papiere ein Glanz ausging, der das Kaminfeuer überstrahlte. Das gelblichweiße Juwel, inzwischen auf die Größe eines Kirschkerns geschrumpft, lag achtlos hingeworfen neben einer Handvoll Walderdbeeren und einer schöngeformten Wurzel.

»Schließt Fenster und Türen! Löscht das Feuer!« lamentierte der Zwerg, indem er seine Hände über den Schatz breitete. »Laßt nicht mein höchstes Gut verkommen!«

»Was habt Ihr, Tardak Aridon?« fragte die Hausherrin mit halbem Lachen. »Es ist ja dunkle Nacht. Ein bißchen Kaminfeuer wird so ein Gondril ja wohl vertragen.« Dabei ging sie ruhig hin und her, besetzte den Tisch mit Zinnbechern und goß aus einem großen Krug ein schäumendes Getränk ein.

»Da sieht man den Elbenleichtsinn! Es wird nichts schaden, ja! Aber vielleicht ist er schon morgen dahin?«

»Nun, und?« entgegnete die Schöne, und ein den beiden Frauen höchst wohlbekanntes spöttisches Lächeln umspielte ihre blassen Lippen. »So haben wir uns doch einen Tag daran erfreuen können. Genügt das nicht?«

»Einen Tag! Aber er kann Ewigkeiten dauern!«

»Was nützt es, wenn ihn niemand sieht«, erwiderte Diana achselzuckend. »Zu Tisch, wenn ich bitten darf.« Sie setzte einen Korb mit weißem Brot zu dem Getränk. »Und laßt mir den Stein liegen, Herr Zwerg, ich bitte. Das alles sind Geschenke meines Mannes, die er mir heute aus dem Wald mitbrachte. Ich ziehe die Erdbeeren vor, das ist wahr.« (Dabei führte sie eine zum Munde.) »Aber auch dieser Glanz erfreut mich.«

»Diebesgut!« schrie Adalbert mit erstickter Stimme. »Mir gehört der Stein!«

»Ich habe mir schon gedacht, daß dies das Ding ist, um dessentwillen Ihr auszoget«, sagte die Frau, »denn Alonzo erklärte mir, er habe es von den Kindern eingetauscht gegen ein Päckchen Lembas.«

Adalbert hob verzweifelt die Augen zum Himmel.

»Vieles, was Alonzo tut«, fuhr Diana fort, »ist närrisch und nicht mehr meßbar mit Maßen, die außerhalb des Waldes gelten.

Aber er gab mir den Stein, um mir eine Huldigung zu erweisen; er ist mein Mann, und ich werde ihn nicht verachten, indem ich seine Gabe verachte. Laßt das Juwel, Herr Zwerg, und wartet, bis sich die Kinder gefunden haben, damit wir mit ihnen und Alonzo alles in Güte klären. Ich sagte schon, das kleine Feuer wird ihn nicht vernichten. Kommt zu Tische, Ihr seid Gast.«

Eine so große Kraft schien plötzlich von der bleichen, ernsten Gestalt auszugehen, daß Adalbert seine Hände zurückzog und mit den drei Frauen am Tisch Platz nahm. Schweigend verlief das Mahl, das heißt, eigentlich aßen nur Diana und Leontine. Donna rührte einzig das Getränk an, und der Zwerg zerkrümelte mit zittrigen Fingern ein Brotstück, ohne einen Bissen zum Mund zu führen.

In großer Ruhe beendete die Hausherrin das Essen, räumte ab und entzündete, ungeachtet der unruhigen Blicke, die Adalbert ständig auf Edelstein und Kaminfeuer warf, auch noch ein paar Kerzen. Der Zwerg stöhnte.

»Adalbert, seien Sie friedlich«, bemerkte Leontine leise. »Sie immerhin haben schon gefunden, wonach Sie suchten. Wir hingegen . . .«, sie brach ab und warf Donna einen Blick zu.

»Recht hast du, liebe Base«, pflichtete Diana ihr bei. »Da ich aber nicht will, daß sich jemand unnütz quäle, so wollen wir den Gondril verhüllen, wenn Tardak Aridon meint, jedes Licht lecke ihn auf wie Sonne den Schnee, und dies Schwinden seine Ruhe stört.«

Lächelnd reichte sie Adalbert ein zartes Tuch, in das er eilig den Edelstein wickelte; nur mit äußerster Mühe widerstand er der Versuchung, ihn in die Tasche zu stecken, und legte ihn auf den Sims zurück.

»Was aber die Kinder angeht, liebe Freundinnen, so glaubt mir, daß ihnen kein Leid geschehen wird, sondern im Gegenteil nur Gutes.«

»Du sprichst in Rätseln«, erwiderte die Drächin gequält, »und gibst mir keinerlei Trost. Weißt du, wo sie sind und was sie tun, so sag es mir.«

Diana ließ den Blick über die Gesellschaft schweifen. »Wenn der Zwerg zu Bett gehen will, wird ihn niemand daran hindern.

Sein Ziel ist erreicht. Euch beiden jedoch, die ihr wach seid in Erwartung, will ich sagen, was ich weiß – es ist nicht viel, aber vielleicht ausreichend, das Herz zu stillen.«

»Ich denke«, sagte Adalbert mürrisch, »mein Ziel ist so lange nicht erreicht, wie mir elbischer Starrsinn verweigert, mein Kleinod zu bergen. Auch bin ich nicht so borniert, daß ich nicht erfahren möchte, wie der Lauf der Dinge ist, und kein bißchen müde dazu. Wenn man mich nicht wegjagt, will ich schon bleiben und hören.«

Die Hausherrin lächelte.

»Es ist wenig, was ich weiß«, wiederholte Diana. Sie hatte sich vor dem Feuer niedergekauert und umspannte die Knie mit den Händen; über ihren weißblonden Schopf zuckte der Widerschein hin. »Manches erzählte mir Alonzo, der das Revier durchstreift von morgens bis mitternachts und alles sieht. Fremde Tiere, so berichtete er mir, kamen zunächst zu uns aus kälteren Ländern, wo die Tage kürzer sind als hier. Manche verschmachteten in der freundlicheren Sonne, als seien sie aus gleichem Stoff gemacht wie der Gondril, manche gingen weiter, aber alle waren sie auf der Flucht. Dann kamen die Jäger. Nicht solche, wie sie manchmal hier auftauchen, spaßige Gesellen, die Flinte über der Schulter, die sich einbilden, den Weißen Hirsch schießen zu können, und schließlich mit hängender Zunge am Bach sitzen, selbst weidwund.« Sie kicherte. »Nein, diese waren anders. Dunkle, grausame Männer, mit nie gesehenen Waffen gerüstet, legten sie an auf alles, was Leben hatte. Alonzo beschrieb sie mir, als seien sie Wölfe. Und da er ihre Gespräche belauschte, vernahm er, daß sie verwandt waren mit jenen, die einst das Verderben auf die Große Stadt gelenkt hatten. Er hörte auch, wie sie schwuren, Brand und Axt an die Bäume zu legen und giftige Dämpfe auf die Blätter zu richten. Nicht haltgemacht hätten sie wahrlich vor den Hügeln. Aber auch der Wald hörte sie, und andere Kräfte selbst als die, über die wir Erstgeborenen verfügen, erwachten in ihm. Vieles bleibt ohne Erklärung. Aber auf einmal waren da die großen Stimmen – das dumpfe ›Zurück‹, das Leontine hörte, war eine von ihnen. Sümpfe entstanden, wo vorher keine waren, und verschluckten die mörderische Brut, Bäume legten sich krachend ihnen über den Weg, Wald spann sie ein, erstickte sie, ließ keinen entrinnen. Die fremden Jäger waren besiegt, ehe noch das Wissen um die Gefahr zu euch drang. Alonzo jubelte. – Ich streife nächtlicherweile gern durch die Höhen und Täler und tat es nun wieder. Da sah ich das Einhorn. Es schritt zierlich und voller Sanftmut zur Quelle und ging drei Nächte umher wie suchend. Es war mir aber, als suche es nicht mich, als habe es zwar eine Botschaft, aber nicht an mich, und ich wagte nicht, es zu begrüßen. Ich sagte niemandem etwas davon. Als es fort war, folgte jener reiche, strahlende Sommer, an den ihr euch wohl erinnert. Lange Zeit geschah nichts. Die Welt war wie immer, und mein und des Waldes Hüter äugte scharf aus nach den vertriebenen Wesen oder den dunklen Jägern. So schlimme Botschaften oft auch von jenseits des Wassers nach Mittelerde drangen – nie berührten jene Füße wieder die Grenzen unserer Bäume. Wir vergaßen. Die Jahre ziehn hin in Licht und Schatten, wir leben. Nun ist seit ein paar Tagen das Einhorn wieder da. Zu ihm sind die Kinder gegangen. Vielleicht hat es Botschaft für sie.«

Die drei saßen wie verzaubert unterm Gesang der melodischen Stimme. Auch die Schrecken, die sie kündete, schienen gedämpft in diesem Klang.

Das Feuer war weit heruntergebrannt, es flackerte unruhig, als wolle es nicht verlöschen, und warf nur noch einen glosenden Schein über die helle Gestalt.

»Das Einhorn . . .«, flüsterte Leontine.

Diana hob die Hand. »Fragt nicht. Ich weiß nichts.«

»Und seine Botschaft?«

»Vielleicht ist sein Erscheinen schon die Botschaft? Ich weiß nichts.«

»Und jene Dunklen?« ließ sich Adalbert vernehmen. »Kämen sie wieder, so müßten sich Elb und Zwerg und Mensch zusammentun, um die Hügel zu retten.«

»Höchst ehrenhafter Zwerg«, sagte die Frau, und es klang kaum spöttisch, »so war es früher, und so wird es dereinst sein. Noch schützt euch der Wald.«

»Und wenn der Wald schwindet?«

»Einmal schwindet alles, so scheint es. Aber es scheint nur so. Es wandelt sich. Die Tromba erschallt, und wir werden verwandelt – heißt es nicht so?« Sie lachte auf. »Aber ich weiß nichts.«

»Weiseste der Elbenfrauen, schöne Aina-Aglar . . .«, hub der Zwerg wieder an, aber sie erhob sich.

»Gute Nacht. Man ruft mich draußen. Alles ist für euern Schlaf bereitet.«

Sie schlüpfte aus der Tür. Leontine trat ans Fenster, ihr nachzusehen. Aber da war nur ein Nebelstreif im Mondlicht, der fast die Gestalt einer weißen Hirschkuh hatte.

Der Morgen begann frühzeitig und mit Gelärm. Alonzo, der Waldhüter, war von nächtlichem Rundgang zurückgekehrt und polterte, brummelte und sang durch das kleine Haus. Die drei Gäste rieben sich den Schlaf aus den Augen.

»Wo ist mein Pferd?« fragte Leontine und sah durchs Fenster.

»Wo ist mein Stein?« fragte Adalbert und sah zum Kaminsims.

»Wo sind meine Kinder?« fragte Donna und sah vor sich hin.

»Um hübsch der Reihe nach zu antworten«, erwiderte der Hausherr heiter, »das Pferd steht neben meinem im Stall und frißt ihm den Hafer weg, der Stein liegt eingewickelt da, wo er gestern lag, und was diese Gören angeht . . .«, er faßte in eine seiner Taschen, holte einen Zettel hervor und las stirnrunzelnd die Namen ab: »Norman Narziss, Magelone und Federico Ruggiero nähern sich unserem Teil des Waldes. Ich hab dem wilden Mädchen, meiner Frau, Bescheid gesagt. Sie erwartet euch draußen, so geht ihnen nur entgegen. Ach, der Zwerg sollte vielleicht bleiben.«

Während die beiden Frauen nach draußen liefen, ging Alonzo tänzelnd zum Kamin und zog das Tuch von dem Gondril. In der Dunkelheit war der gelblichweiße Edelstein fast zu Knopfgröße angewachsen. Adalbert stieß einen Seufzer der Erleichterung aus.

»Und Sie behaupten also, das sei Ihrer?« fragte Alonzo mißtrauisch. »Ich habe ihn nämlich ganz legal gegen eine Packung der allerbesten Lembas eingetauscht.«

»Ein lächerlicher Preis!« rief der Zwerg. »Schon daran hätten Sie erkennen können, daß es sich um Diebesgut handelt. Ein paar Elbenwaffeln! So was Schönes ist natürlich viel teurer.«

»Ach«, sagte der andere, »das ist mir neu. Die wirklich schönen Sachen habe ich bisher eigentlich immer völlig umsonst gekriegt. Wie wollen Sie eigentlich beweisen, daß das Ihrer ist?«

»Ich habe noch sechs davon zu Haus!«

»Verstehe ich nicht«, sagte der Waldhüter kopfschüttelnd, »wenn Sie schon sechs von der Sorte haben, wozu brauchen Sie den hier dann auch noch?«

Die Frage verschlug Adalbert die Sprache. Er schluckte. »Damit es wieder sieben sind«, sagte er etwas töricht.

»Meiner Frau gefällt der Stein«, brummte Alonzo. »Ich seh's nicht ein.«

»Wenn diese Kinder kommen, werden Sie schon sehen. Ich zwing sie zum Geständnis.«

»Also wenn Sie die genauer kennen würden«, sagte Alonzo mitleidig, »würden Sie so was nicht glauben. Das sind ein paar ganz Abgebrühte. Die zwingt keiner zu was.«

Adalbert wußte, daß er nur allzu recht hatte.

Während all der Zeit hatte der Stein offen im Sonnenlicht gelegen. Der Zwerg sah darauf und stieß einen Schrei aus. Der Gondril war bereits deutlich geschrumpft.

»Er wird kleiner im Licht, was?« fragte Alonzo mit unverhohlenem Interesse. »Und nachher wächst er wieder, nicht wahr? Toll!«

»Nein! Nicht toll!« rief Adalbert hilflos. »Er *soll* sich nicht wandeln! Er soll still im Dunkeln liegen und so bleiben, wie er ist, weil . . ., er ist ein Wert . . ., er ist ewig . . .« Er brach ab. Vor den glänzenden, lebhaften Augen Alonzos schien ihm sein Gerede plötzlich seltsam hohl und sinnlos.

»Für mein Leben gern wüßte ich, was die Sonne damit macht, wenn sie ihn auffrißt«, murmelte Alonzo. »Zu irgend etwas wird sie ihn ja nötig haben, glauben Sie nicht auch? Vielleicht verwandelt er sich? ›Die Tromba erschallt‹ «, sang er mehr rauh als schön.

Adalbert kam es vor, als habe er das schon einmal gehört.

Draußen war es verhangen und tauig. Die beiden Frauen liefen aufs Geratewohl in den Wald hinein. Nässe legte sich über ihr Haar und durchfeuchtete ihre Schuhe. Sie fragten nicht nach der Richtung.

Es war, als zöge sie ein Magnet zu der überhängenden Felswand, die sich zwischen den Tannen abzeichnete. In Leontines dichter Mähne verfingen sich Spinnweben und Tannennadeln. Donnas Gürtelgeschmeide blieb im Unterholz hängen, sie riß es ungeduldig ab.

Die Wiese schien noch voll Mondschein zu sein, so kühl glänzten die Nebelschwaden, in denen schemenhaft die schlanke Gestalt einer äsenden Hirschkuh mehr zu ahnen als zu erkennen war.

Die Frauen blieben stehen, erhitzt vom Lauf. Die Nebel wurden dichter. Dann erhob sich der Morgenwind. Aus den leuchtenden Schleiern trat Diana auf die beiden zu und begrüßte sie mit Kuß und Umarmung. Ihre Gestalt war kühl und ihre Berührung wie ein Hauch. »Wir wollen hier auf sie warten«, sagte sie. »Sie müssen gleich kommen.«

»Hast du sie gesehen?« fragte Donna.

Die Elbenfrau nickte freundlich.

»Und – das Einhorn?« warf Leontine leise ein.

Die andere lächelte, aber ihre dunklen Augen wurden nicht berührt von diesem Lächeln.

»Ich weiß nicht«, entgegnete sie.

Aus dem Wald kam Gesang. Zwischen den Stämmen leuchteten die feurigen Haarschöpfe der Kinder. Sie hielten sich an den Händen und sangen: »Bald prangt, den Morgen zu verkünden, die Sonn auf goldner Bahn.« Ihre Köpfe und Füße waren unberührt von der Nässe des Frühtaus, und ihre Wangen glänzten. Als sie die Frauen stehen sahen, ließen sie sich los und rannten mit ohrenbetäubendem Indianergeheul auf sie zu. Während sie eine Art Kriegstanz aufführten, formierte sich aus ihrem Gebrüll der Sprechchor: »Frühstück – Frühstück – Frühstück!«

»In meinem Hause«, sagte Diana, was den nächsten Jubelsturm hervorrief.

»Hattet ihr nicht Lembas?« fragte Donna.

»Ham wir verfüttert«, entgegnete Rico.

»An wen?« fragte Leontine rasch, »an das Einhorn?«

Die Kinder blinzelten. Wie ein feuriges Schwert warf die Sonne ihre Strahlen über die Gruppe hin.

»Was für'n Einhorn denn?« antwortete Norman gedehnt.

»Das«, drang die junge Frau weiter in ihn, »mit dem ihr heute nacht zusammen wart. Was hat es gesagt? Habt ihr Aufträge?«

Norman wandte sich an die Geschwister und hob in bezeichnender Geste den Finger zur Stirn. »Tante Leontine spinnt«, sagte er sachlich. »Aufträge von 'nem Einhorn!«

»Aber war da eins?« fragte Donna.

»Klar«, entgegnete Rico. »Massen von Einhörnern. Ganze Herden. Wir haben mit ihnen gespielt. Am süßesten waren die Jungen. Mama, kaufst du mir mal so eins?«

»Magelone!« wandte sich die Mutter streng an die Tochter. Das Mädchen zuckte die Achseln.

»Gott, Mama, du kennst doch Rico, was der alles faselt, wenn er Hunger hat.«

»Aber das Einhorn . . .«, fing Leontine wieder an, doch Diana legte ihr die Hand auf die Schulter. »Laßt«, sagte sie leise, »liebe Schwestern. Erinnert euch: Das Erscheinen ist vielleicht schon Botschaft genug. Laßt die Kinder.«

Unterdessen hatten sie sich der Hütte des Waldhüters genähert. Die Wiese lag in hellem Sonnenschein. Mitten darauf standen Alonzo und der Zwerg, letzterer hielt etwas auf der flachen Hand ins Licht und kniff die Augen zusammen. Es glitzerte. Die Kinder stießen sich an und begannen zu laufen.

»Warten Sie!« schrie Norman. »Wir wollen das auch sehen!«

Der Stein war unerwartet schnell geschmolzen. Wie ein Wassertropfen auf der Herdplatte hüpfte der Rest auf Adalberts Handfläche. Plötzlich schien das dottergelbe Fleckchen feine Strahlen zu strecken, Härchen aus weißem Flaum, wurde zur Pusteblume. Ehe einer etwas sagen konnte, pustete Maggy darauf. Die Samen segelten davon, den Frauen in Haar, Gesicht und Kleider.

Adalbert seufzte tief auf, es klang gleicherweise befreit und traurig, während Alonzo herumtanzte, in die Hände klatschte und rief: »Die Tromba erschallt, und wir werden verwandelt!«

»Donnerwetter, Onkelchens, das hätte ich euch nicht zugetraut«, sagte Norman anerkennend.

»Also«, mischte sich die Drächin ein, »jetzt eßt ihr, und dann nach Haus! Das Ganze hat ein Nachspiel.« (Die Kinder ächzten gelangweilt auf.) »Und euch, Freunde, möchte ich danken. Darf ich euch morgen zum Abendessen laden, ich mache Moussaka. Oder möchtet ihr Freikarten für den nächsten Auftritt von ›Echsismus‹?«

»Beides gleich schlimm«, bemerkte Rico und duckte sich im letzten Moment vor einer mütterlichen Ohrfeige.

Die anderen wandten sich verlegen ab.

Waldtraut Lewin / Miriam Margraf

Leontine bäckt Kuchen

Am Abend war es noch schön und warm gewesen, und alle hatten sich darauf gefreut, Abschied vom Sommer zu feiern.

Nun gab es lange Gesichter – über Nacht hatte es geschneit. Händereibend und von einem Fuß auf den anderen tretend, standen sie da unten auf der Aue, die von klumpigem Eis bedeckt war, und besahen sich die Bescherung.

»Ich habe Kuchenteig vorbereitet«, murmelte Leontine verdrossen. Ihr Hauch war in der klaren Luft sichtbar.

»Kuchen backen kannst du«, entgegnete Donna lachend, »auch bei mir in der Höhle. Aber wie bekommen wir unseren Festplatz frei?«

Ihr Mann Lindo sah auf seine beiden Armbanduhren und verglich sie mit seiner Taschenuhr und der in seinem Siegelring. »Es ist ja noch Zeit«, sagte er tröstend. »Vielleicht kommt die Sonne durch und schmilzt im Nu den Schnee! Ein Wetterumschwung . . .«

»Wer soll sich denn auf so was verlassen?« Dodo, der ehemalige Jäger und jetzige Zoowärter, war der vierte des Festkomitees. Er war am nervösesten – kein Wunder, schließlich war er als einziger mit dem Fahrrad gekommen, und seine Finger waren ihm fast am Lenker angefroren. »Da haben wir nun die nächsten Verwandten der Gebieter über Feuer und Licht bei uns, aber es ist ihnen nicht möglich, eine Festwiese freischmelzen zu lassen. Soll ich vielleicht einen Saal mieten?«

Leontine, Lindo und Donna warfen dem erfolglosen Weidgesellen einen in jedem Fall spöttischen Blick zu. Durch plumpen Übereifer hatte er sich und anderen schon so mancherlei verdorben.

»Die Wiese laß unsere Sorge sein«, bemerkte Donna spitz. »Wolltest du nicht ein paar Igel im Mondschein fangen als Festbraten? Oder ist heute Hirschkeule und Drachenlendchen im Angebot?«

Dodo lief rot an, griff wortlos sein Fahrrad, wendete und fuhr scheppernd und klirrend davon.

»Laß ihn«, sagte Lindo gelassen zu Leontine, die eine Bewegung machte, als wolle sie den Beleidigten zurückhalten. »Er kommt sowieso zurück. Und bekanntlich schadet er mehr, als er nützt.« Er warf einen kühlen Blick auf seine Frau.

»Guten Morgen, liebe Nachbarn«, ließ sich eine grämliche Stimme vernehmen. »Das sieht ja alles andere als erfreulich aus.« Hinter ihnen stand Adalbert im Kapuzenmantel, den silberweißen Bart als Schal um den Hals gewunden, in festen Stiefeln, die Hände in robusten Fäustlingen. Sein Blick glänzte, ganz im Gegensatz zu seinen pessimistischen Worten. Wie er so mit gespreizten Beinen im Schnee- und Eismatsch aufgepflanzt stand, ging etwas ungeheuer Herausforderndes von ihm aus, und seine schöne Nachbarin, die ehemalige Drächin, war nicht das Geschöpf, bei irgendeiner Provokation stillzuhalten.

»Was heißt: alles andere als erfreulich?« wiederholte sie. »Das wäre eine Kleinigkeit für mich, wenn ich so könnte wie früher.« Sie schnob durch die Nase. »Ich würde den Platz schon freipusten!«

»Tja, wenn das Wörtchen wenn nicht wär!« knurrte der Zwerg. »Aber bestimmte Dinge sind wohl unwiederbringlich dahin.«

»Das käme auf einen Versuch an!« bemerkte Donna mit kreischender Stimme.

Adalbert streifte sie mit einem vernichtenden Blick. »Wie auch immer der aussehen sollte«, entgegnete er, »ich, im Gegensatz zu anderen, schätze meine Kräfte und Beziehungen richtig ein. Ich erbiete mich, bis Mittag mit den Meinen den Platz frei zu machen. Das Geschwätz der anderen geht mich nichts an.« Er drehte sich auf dem Absatz um und ging, die Daumen in den Gürtel gehakt, wiegenden Schrittes davon.

Donna war weiß vor Wut. »Das werden wir sehen«, murmelte sie. Sie straffte sich und sah Leontine an, dann ihren Mann. »Du kommst mit«, bestimmte sie. »Und du paßt auf die Kinder auf.« Sie griff nach Leontines Handgelenk.

»Wohin?« fragte die verdutzt.

»Zu deinem Vater«, erwiderte die andere bestimmt. »Er soll diese Einschränkung von mir nehmen. Jedenfalls für heute.«

»Aber . . .«, wollte die Löwenfrau einwenden, doch Donna schnitt ihr das Wort ab. »Schließlich ist es unser Fest. Und dein Vater. Und außerdem . . ., es ist ungerecht. Oder?« Sie zog die kaum noch Widerstrebende hinter sich her – mit einem Hinweis auf Gerechtigkeit konnte man Leontine meist fangen.

Lindo sah ihnen nach, verglich dann mechanisch seine Uhren. »Gottbewahre, daß sie wirklich wieder anfinge, Feuer zu speien«, murmelte er und kratzte sich am Kopf. »Übrigens – ja, wo stecken die Kinder eigentlich?«

Ein Hagel von steinharten Schneebällen traf die beiden Frauen an Hals, Brust und Kopf. Leontine schrie auf und hielt sich die Nase: Sie hatte einen Volltreffer ins Gesicht bekommen. Donna schrie auch, und zwar die Namen ihrer Kinder, die prompt aus den Rhododendren vor Darennas Einfahrt auftauchten und unschuldsvoll lächelnd auf sie zukamen.

»Wo ist euer Vater!« kreischte die Drächin, und Norman fragte zurück: »Wieso? Sollten wir auf ihn aufpassen?«

»Und was wollt ihr hier?« murmelte Leontine hinter dem Taschentuch, das sie sich vors Gesicht preßte. Ihre Nase blutete.

Maggy stieß den kleinen Bruder in die Seite und frohlockte ungeniert: »Volltreffer, Rico!«, während Norman grinsend erklärte: »Wenn das Tor schon offensteht, kann man sich ja die weitberühmte Sudelküche auch mal ansehen. Also Geräte stehen dahinten ... Was wollt *ihr* denn hier?«

»Wir gehen zu Darenna«, erklärte die Mutter entschieden und erreichte damit, daß sich die drei sofort an den Händen faßten und ihren Entschluß kundtaten mitzukommen.

»Aber Vater kann Kinder nicht leiden!« entfuhr es Leontine.

Die Echse und ihr Pack kicherten.

Dann sagte Donna mit ungewohnter Sanftmut: »Geht zu eurem Vater und paßt auf ihn auf. Mittags kommt ihr zur Wiese. Wenn wir Glück haben, werdet ihr etwas sehr Schönes zu sehen bekommen, eine Sache, die ihr ganz bestimmt verhindert, wenn ihr jetzt mitkämet.«

Der Ton wirkte. Maggy murrte zwar: »Wieso? Ist denn Weihnachten, daß wir auf Überraschungen warten?« Aber sie gingen. Schlitternd, rutschend und rufend, entfernten sich die drei Rotköpfe vom Grundstück des Magiers, zur ungeheuren Erleichterung Leontines, der die ganze Angelegenheit ohnehin mehr als peinlich war. –

Darenna empfing die beiden Frauen unverzüglich in seinem Observatorium. Mit einem Seitenblick stellte die Drächin fest, daß ihr Bild auf der verschnörkelten Konsole immer noch den Raum schmückte, und sie schöpfte Hoffnung. Leontine hingegen, die ihren Vater besser kannte, ließ den Mut sinken, denn der Magier küßte zwar beiden mit altmodischer Höflichkeit die Hand, aber er bot ihnen weder einen Platz noch eine Erfrischung an. Nicht einmal für Leontines dicke Nase, die er abschätzend musterte, hatte er eine Bemerkung übrig. Trotzdem fing sie tapfer an, ihre Bitte vorzutragen: das geplante Fest, der Wetterumschwung, die vereiste Wiese und Iguanadonnas Angebot, den Schnee wegzutauen, falls sie, »wenn's sein muß, nur für heute«, ihre alte Feuerkraft zurückerhalten würde.

Die Exzellenz sah niemanden an und ging händereibend im Raum auf und ab. Er räusperte sich ein paarmal, bevor er begann: »So – ehüm – also die aberkannten Ehrenrechte als mein Geschöpf wollen gnädige Frau zurückhaben. Was mich wundert, ja, es wundert mich in der Tat. Ich dachte, man hätte Stolz genug, um zu den Konsequenzen seiner Handlungen zu stehen. Nun ja. Und du, Tochter, machst dich zum Sachwalter einer so absurden Angelegenheit? Du müßtest mich besser kennen. Ein Fest als Vorwand ... Nun also, Madame Iguanadonna, so muß ich denn, wenn man drauf besteht, es noch einmal wiederholen: Man verrät Darenna nicht ungestraft. Eins geht nur: Erde oder Feuer, und man hat gewählt. Außerdem, wer drei so reizende Kinderchen sein eigen nennt wie die, die vorhin versuchten, die Scheiben meines Labors einzuwerfen, was braucht der noch Feuer? Die machen ihm schon die Hölle heiß. Um ein Haar hätte ich die kleinen Bestien in Echsen verwandelt.«

Donna schrie empört auf – wenn es um ihre Kinder ging, verlor sie immer die Übersicht. »Wagen Sie sich nicht an meine Kleinen, Excellenza, oder ich kratze Ihnen die Augen aus – dazu reicht es noch!«

»Eine feine Art, um etwas zu bitten.«

»Ich bitte um gar nichts. Ich dachte, die alten Geschichten könnten einfach begraben werden, aber ich hätte wissen müssen, daß Sie nachtragender sind als ein Elefant. Verzeihn Sie die Störung.« Erhobenen Hauptes schritt sie mit wiegenden Hüften dem Ausgang zu, aber als sie vor ihrem eigenen Porträt stand, übermannte sie die Wut, und sie versetzte der Konsole einen Fußtritt, der sie zum Umfallen brachte. Klirrend flog das Bild in die Ecke, Glas splitterte, und die beleidigte Drächin warf die Tür hinter sich zu.

Darenna kicherte. »Immer noch eine großartige Frau, ich bewundere sie.«

»Vater!«

»Es geht um dein Fest, ich weiß.«

»Es geht um Donna.«

»O nein. Zwischen uns ist alles klar. Deinem Fest ist eventuell zu helfen. Geh nur zur Wiese. Ach, und hattest du nicht vor, Kuchen zu backen? Hier, tu das in den Teig. Mein Beitrag.« Er griff in die Tasche der Strickjacke und drückte der Tochter eine fingernagelgroße Kapsel aus weißer Masse in die Hand. »Entschuldige mich jetzt, ich habe zu arbeiten.«

Seufzend wandte sich Leontine zum Gehen. Sie kannte den alten Mann und wußte, daß es vergeblich war, ihn weiter zu bitten.

Als sie hügelabwärts lief, mußte sie die Jacke öffnen und dachte noch, sie sei vom schnellen Lauf erhitzt. Auf dem Weg zum Strom traf sie ein warmer Wind, als mische jemand Schirokko und Mistral durcheinander. Der Schnee schmolz wie von Feuerzungen weggeleckt. Die Rosen in den Gärten, die erfroren schienen, begannen wieder zu duften. Eine klare südliche Sonne schien ihr ins Gesicht.

Von der anderen Seite näherte sich auf dem Uferweg ein Trupp kleiner, stämmiger Männer mit Schaufeln und Spitzhacken, angeführt von dem Zwerg Adalbert. Als sie die bereits wieder ergrünte Wiese sahen, begannen die kleinen Männer verwirrt aufeinander einzureden.

Neben Leontine ertönte ein kreischendes Lachen. Donna hielt sich die Seiten. »Ein grotesker Einfall! Kommen sie an, und da hat Exzellenz die Sache schon geklärt!« Sie brach ab und sagte leise und grimmig: »Lieber tut er ein Wunder, als daß er verzeiht.« Dann lehnte sie die Stirn an den Stamm des Weidenbaums und brach in Tränen aus.

Leontine entfernte sich leise. Sie wollte den Stolz der anderen durch dummen Trost nicht noch mehr verletzen. Als sie auf die Wiese trat, merkte sie, daß die Schneenässe nur noch wie leichte Taufeuchtigkeit auf den Gräsern lag. Aber ach, vieles war verdorben. Die bunten Bänder baumelten schwer von den Stangen, die Lampions, die man schon am Vorabend aufgehängt hatte, waren zu häßlichen Stücken Pappe geschrumpft. Einzig die große Feuerstelle, auf der Leontine den Sommerabschiedskuchen backen wollte, in den jeder ein kleines Ingredienz hineintun sollte, war unversehrt durch das schützende Segeltuch, das darüber gebreitet war. Adalbert und seine Hilfsgeister zogen gekränkt von dannen.

»Nun gibt es eigentlich keinen mehr, der nicht traurig oder verärgert ist«, sagte Lindo, der herbeischlenderte. »Eine feine Voraussetzung für ein Fest.« Er besah Leontines geschwollene Nase. »Kommt Klinger eigentlich?«

Die Frau zuckte die Achseln. »Er wollte. Aber man weiß ja nie.«

Da drang plötzlich ein langanhaltender Trompetenton durch die Stille. Leontine spähte gleich Lindo zum Waldrand. Auch Donna hob den Kopf und sah hinüber.

Es dämmerte bereits, so daß die Konturen der Bäume sich verwischten und miteinander verschmolzen. Aus der Dunkelheit aber blitzte es golden hervor, als habe jemand das Licht der untergegangenen Sonne eingefangen.

Der Ton schwoll an und schwang sich schließlich zu jauchzenden Koloraturen auf.

»›Die Tromba erschallt, und wir werden verwandelt‹«, zitierte Donna.

In dem Augenblick offenbarte sich das Glitzern: Ein großer, stämmiger Mann trat aus dem Wald, an den Lippen eine dem Anschein nach viel zu kleine Trompete, der er die wunderbarsten Melodien entlockte. Wenngleich er jeglicher Grazie, wie sie dem Schönen Volk eigen ist, entbehrte, war es, als brächte er die Anmut um so mehr in sein Spiel ein. Was die groben Finger auf dem feinen Instrument vollbrachten, mutete wie Magie an.

Ihm folgte eine zweite Gestalt, die mit erhaben-behäbigen Schritten zu der Musik tanzte. Leontine erkannte den Tänzer wohl: Es war Alonzo. Die Bewegungen des liebenswürdigen Tolpatsches waren so drollig anzusehen, daß das Lachen mit unbeabsichtigter Heftigkeit aus Leontine hervorbrach. Beschämt hielt sie sich die Hand vor den Mund, doch sah sie, daß auch Donnas Lippen sich spöttisch verzogen.

Sofort hielt Alonzo inne, als er, durch Leontines Lachen aufmerksam gemacht, der Gesellschaft gewahr wurde. Der Trompeter brach ab.

So standen sie sich gegenüber: die einen erschreckt und verlegen ob ihrer Unhöflichkeit, die anderen mit dem Gefühl, bei geheimnisvollem Tun belauscht worden zu sein.

Man reichte sich die Hände zum Willkommen, und Alonzo sagte: »Das ist mein Freund Schilderich.«

Der aber blieb stumm. Sein aufmerksamer Blick jedoch verweilte hell und freundlich bei jedem einzelnen Händedruck so eingehend auf dem Begrüßten, daß der glaubte, ihm sein ganzes Wesen preisgegeben zu haben.

Statt auf die Fragen, die man ihm nun über seine Herkunft und seine Kunst stellte, zu antworten, begann Schilderich seelenruhig seine Trompete zu zerlegen, pustete durch jedes Röhrchen, spähte hindurch und hielt jedes Teil ans Ohr, als müsse er es klingen hören.

»Ist er stumm?« fragte Donna.

Schilderich blickte zu der Drachenfrau und setzte seine Trompete wieder zusammen.

Schließlich bat Lindo: »Spielen Sie noch etwas?«

Überflüssige Frage. Schilderich erhob sich.

Beschwingt und verzaubert vom Klang des jubelnden Instruments, machte sich die Gesellschaft daran, die Festwiese wiederherzurichten: Lindo breitete ein Tuch halbkreisförmig am Boden aus und polsterte die provisorische Sitzbank mit trockenem Laub. Alonzo sammelte Ahornblätter, die die schöne rote und gelbe Herbstfärbung noch nicht verloren hatten, und fertigte daraus neue Lampions. Donnas Laune stieg erheblich, als es ihr gelang, das Lagerfeuer mit einer Handvoll Reisig zu entzünden.

Leontine begann mit der Zubereitung des Kuchenteigs. Nicht allein Mehl, Zucker, Butter, Eier und was sonst noch dazugehört tat sie hinein, auch den Inhalt der Kapsel, die sie von ihrem Vater erhalten hatte.

Währenddessen stand Schilderich, von all dem Trubel ungerührt, in der Mitte und blies seine Trompete, deren Gold strahlte und den Festplatz wie eine kleine Sonne erhellte.

»Wo sind unsere Kinder?« fragte Lindo plötzlich seine Frau.

Ja, wo steckten die Gören überhaupt? Donna hob die Schultern. »Ich hatte sie hierhergeschickt.«

Der Vater seufzte. Er wußte um die Folgsamkeit seiner Nachkommen zur Genüge.

»Müssen wir sie etwa suchen?« schnaufte Leontine halb ängstlich, halb ärgerlich, während sie mit aller Kraft den Kuchenteig knetete.

Lindo winkte ab.

»Wenn ihnen nun etwas zugestoßen ist?« bohrte Donna.

»Das wäre ja was ganz Neues«, meinte Lindo.

Lärm, Geschrei mit einemmal, ein ohrenbetäubendes Scheppern, das Schilderichs Spiel übertönte. Der Lautstärke nach konnte es sich nur um Maggy, Norman und Rico handeln, die auch alsbald auf der Wiese erschienen. Norman lenkte ein Fahrrad, das, wie sich später herausstellte, Dodo gehörte. Auf der Stange saß Rico, der ununterbrochen die Klingel betätigte und mit den Füßen gegen das vordere Schutzblech trat, das darunter schon hinlänglich gelitten hatte und lose herabhing, woraus sich ein besonders schöner Scheppereffekt ergab. Maggy hatte jauchzend vom Gepäckträger Besitz ergriffen und wippte dergestalt, daß er im Rhythmus zu Ricos Gebimmel auf das Schutzblech schlug.

Lindo verstopfte sich die Ohren mit den Zeigefingern und schrie: »Seid ihr wahnsinnig geworden!«

Donna und Leontine stürzten dem Gefährt hinterher, um es aufzuhalten, was sich natürlich als aussichtslos erwies.

Alonzo und Schilderich waren von der Szene offenbar belustigt. Der Waldhüter zwinkerte seinem Freund zu, und der stimmte einen fröhlichen Tanz an, dessen Takt die musikalisch begabte Halbelbenbrut sofort aufnahm.

Leontine hielt sich mit schmerzverzerrter Miene die Seite.

»Nanu, Frau Kammersängerin«, stichelte Donna, »so eine schlecht trainierte Atmung?«

Plötzlich trat Stille ein. Das Trompetenecho verhallte im Wald. Norman hatte das Gefährt zum Stehen gebracht und die Hand erhoben, was zum einen den Geschwistern als Zeichen galt zu schweigen, zum anderen war es die Begrüßung der zwei Neuankömmlinge, die die Festwiese in dem Augenblick betraten.

»Hallo, Diana«, sagte Maggy mit lässig englischer Aussprache, und Rico krähte: »Was wir von deinem Fahrrad übriggelassen haben, kannste wiederkriegen, Dodo!«

Dodo warf einen gleichgültigen Blick auf das demolierte Fahrzeug. Sein Gesicht war verklärt, wie er so hinter der Frau aus dem Walde herging, als sei ihm eine hohe Gnade zuteil geworden – dabei schleppte er doch wie ein Lastträger an zwei Körben. In dem einen befanden sich verstaubte grünliche Weinflaschen, im anderen Brombeeren, Schlehen, Hagebutten und nie gesehene Kräuter und Spezereien, deren Duft die ganze Aue überflutete. Diana war bekränzt mit buntem Laub und Ranken, und ihre dunklen Augen lächelten, als sie in den Kreis der anderen trat. Eine süße Kantilene aus Schilderichs Trompete begrüßte sie, und Alonzo warf sich ihr mit einem rauhen Jubelruf zu Füßen.

»Friede über diesem Fest«, sagte die blasse Elbin freundlich, »und gutes Gedeihen dem Abend. Elen sila lumenn' omentielvo! Ich bringe die Grüße des Waldes und diesen Gekränkten, dem ihr den Abend versüßen sollt. Nicht immer kennt er sich aus in den Bräuchen. Seid nachsichtig.«

»Ich bin nicht mehr gekränkt«, bemerkte Dodo und packte die Flaschen aus. »Liebreich war sie zu mir, und mir ist, als sei alles Sehnen meines Herzens gestillt, seit ihre kühle Hand mir übers Haar strich. Hier – nehmt zum heutigen Fest die verborgensten Schätze des alten Weinbergs, auf dem ein Großer lebte und sang. Wein der Hügel, so alt wie die Löwensphinx.« Er warf einen schnellen Blick zu der errötenden Leontine. Offenbar hatte Diana mehr getan, als ihm übers Haar zu streichen. Sie hatte ihn auch wissend gemacht.

»Für deinen Kuchen, liebe Schwester, bringe ich dir diese Früchte, die Alonzo und ich dir spenden. Die würzige Beere bewahrt uns den Sommer, die herbe Schlehe ist die Erinnerung an das Leid, das auch unvergessen sein soll, und die leuchtende Hagebutte vergeht so wenig, wie das Leben je vergeht.«

Unter dem Beifall der anderen hob Dodo den Korb und kippte den Inhalt zu Leontines Teig, die sogleich mit hochgekrempelten Ärmeln daranging, die neuen Zutaten unterzuwalken.

»Und die Kräuter?« fragte Lindo interessiert, »was war das?«

Die Waldfrau lächelte schelmisch. »Dies und jenes. Jelängerjelieber und eine Prise Lorbeer auch.«

»Werdet ihr wohl!« kreischte Donna dazwischen. Ihre Brut war schon wieder eifrig dabei, vom Teig zu naschen.

»Einer sitzt noch zu Hause bei verschlossenen Türen und grollt«, sagte Diana. »Wer geht und holt Herrn Adalbert?«

»Ich«, erbot sich Lindo. »Schließlich waren wir befreundet, wenn wir uns auch auseinandergelebt haben.« Er entfernte sich.

Leontine hob inzwischen die große irdene Kuchenform in die glühende Asche. Nun galt es zu warten.

»Komm, Feuerdrache, laß uns die Lichter anzünden«, sagte Alonzo auf einmal in seinem rauhen Ton und sprang auf.

Donna verzog die Lippen zu einem bitteren Lächeln. »Meinen Sie mich? Ich kann nicht.«

»Unsinn«, entgegnete der Waldhüter. »Was man will, kann man auch.«

Und so gebieterisch waren sein Ton und die Geste seiner Hand, daß die schöne Echse ihm wie betäubt zu seinen Blattlampions folgte, in denen sich jeweils Wolldocht und Wachswabe befanden. Er beugte das Knie, damit Donna auf seinen Schenkel treten und so die Lichter erreichen konnte. Ohne Hoffnung reckte sie sich empor, hielt sich ein Nasenloch zu und pustete kurz.

Die Kinder schrien auf vor Begeisterung, und ihre Mutter schrie fassungslos mit: loderte doch unter ihrem Hauch eine Flamme hell auf wie in alten Zeiten. Wie besessen eilte sie zur nächsten Lampe, um das Manöver zu wiederholen.

»Na also«, knurrte Alonzo zufrieden, als habe sie sich nur ein bißchen geziert.

Leontine, Diana und Schilderich nickten sich lächelnd zu. Dann fragte die Löwenfrau leise: »Was weißt du vom Bruder? Wollte er kommen?«

»Ich weiß nichts«, sagte die andere. »Frag Apoll und die Musen, wo er ist. Frag Schilderich.«

Leontine sah den Trompeter mit wehmütigem Lächeln an.

Der hielt sein Instrument ans Auge und spähte mit gerecktem Hals in die Ferne. Darauf nahm er die Trompete zum Munde und blies die Melodie des Liedes »All mein' Gedanken, die ich hab, die sind bei dir«.

»Ins Herz zu schauen, vermagst du ihm wohl«, sagte Leontine betrübt, »doch wer könnte das besser als ich selbst? Aber was er tut und wo er geht, kann ich nicht erraten.«

»Wohlan, die Zeit ist kommen, mein Pferd, das muß gesattelt sein«, spielte Schilderich.

»Wer weiß, wann er hiersein wird«, seufzte die Löwenfrau.

»Dränge den Bruder nicht«, antwortete ihr Diana leise, »was beunruhigst du ihn? Bedenk, was er einst um dich litt!«

Leontine lächelte wehmütig. »Ich weiß ja. Und wahrscheinlich ist es gut, solange es weh tut hin und wieder. Aber was soll ich machen?« Sie sah über die Hügel, als hoffte sie auf ein Wunder.

»Papa!« schrien Maggy, Norman und Rico wie aus einem Munde und stürzten zu Lindo und Adalbert, um sie zu umzingeln.

»Der Kuchen ist gleich fertig!« verkündete der Jüngste.

»Kommt sofort her und laßt den Herrn Adalbert zufrieden!« beorderte Donna, und als das wenig Eindruck auf die ausgelassenen Geschwister machte, fügte sie hinzu: »Oder wir schneiden den Kuchen noch ohne euch an!«

Sofort kehrten die drei brav auf ihre Plätze zurück.

Schilderich blies einen Willkommensgruß, woraufhin Adalbert, schon versöhnlicher gestimmt, brummte: »Ist der Feuerzauber vorüber?«

Man bejahte einmütig, bis auf Donna, die tat, als habe sie die Frage überhört, und den Kuchen prüfte. Er hatte noch eine kleine Weile zu backen.

Adalbert räusperte sich. Er wirkte verlegen. »Zwar habe ich keine Zutat zum Kuchen mitgebracht . . . und eigentlich ja auch schon mein Bestes zu geben versucht, obschon vergebens . . .« Er stockte und begann noch einmal von vorn.

Alles lauschte gespannt.

»Nun also, ich dachte, als Gabe sozusagen, die alten Mißhelligkeiten zwischen Zwergen und Elben«, sein Blick streifte Donna, »und Drachen« (sie zuckte, und der Redner räusperte sich erneut), »also den alten Streit zu begraben und den einstigen Stein des Anstoßes zu beseitigen.« Er wurde ruhiger, und sein Blick ruhte auf Diana, die ihm freundlich und stolz zugleich gegenüberstand. Aus der Tasche zog er einen schmalen silbernen Armreif und bot ihn der Elbenfrau auf der flachen Hand dar. »Da, Fürstin Aina-Aglar, überbringt Tardak Aridon den Elben jenen Reif, den einst die Zwerge dem Lichtvolk aus dem seltenen Metall, das ihr ihnen gabt, schmiedeten und seine Herausgabe dann verweigerten. Einst besaß er große Macht über Schönheit und Vergänglichkeit, so munkelte man. Aber manche dunkle Jahre, die seither vergangen sind, haben seine Zauberkraft getrübt, falls sie nicht ganz geschwunden ist. Nur seine eigene Schönheit blieb bestehen.« Er betrachtete das schlicht wirkende Schmuckstück versonnen. »Ich wußte, daß sein Zauber vergangen war, aber verzeih, daß ich daran hing, obgleich er doch das rechtmäßige Gut der Elben war, denn ihr zahltet seine Herstellung lange im voraus.«

Diana nahm den Reif von Adalberts Hand und steckte ihn auf den Arm. »Es ist gut«, sagte sie einfach. »Ja, seine Zauberkraft ist vorbei, und wir Elben – hatten wir ihn nicht schon vergessen? Laß uns, mit Menschen gemeinsam, in Eintracht leben hier auf den Hügeln, solange es uns vergönnt ist.« Dann wandte sie sich zu Dodo und Alonzo und hob die Hand, und trotz ihrer Worte war es allen, als ginge von dem schlichten Schmuckstück ein großer Glanz aus. »Öffnet den Wein!« befahl sie. Während die Männer die Siegel von den uralten Flaschen lösten, beugte sich die Elbenfrau über ihren Korb und entnahm ihm kristallene Schalen. Es war kaum zu glauben, daß soviel darin sein sollten, hatte Dodo ihn nicht vorhin umgestürzt? Der Duft des Getränkes verbreitete sich in der milden Luft.

»Pfui, Alkohol!« Norman rümpfte die Nase. »Ist der Kuchen noch nicht fertig!? Wir sterben vor Hunger. Seit zwei Stunden haben wir nichts bekommen.«

Donna und Leontine erhoben sich und holten gemeinsam die Form von der Feuerstelle. Ein vielstimmiges »Ah!« erschallte. Der Kuchen war hoch aufgegangen und goldgelb. Die Frauen stürzten die Form. Aus den Krusten und Schrunden des mystischen Gebäcks sproßten Blumen und Kräuter hervor, Rosenknospen und Lilien erblühten, eine Rebe schob sich auf und suchte Halt an einer Myrte, starr stand der Lorbeer. Plötzlich brach die bräunliche Kruste auseinander. Wie eine Säule goldenen Feuers stiegen Schwärmer und Raketen empor und gingen als ein Regen grüner, blauer und violetter Flämmchen nieder.

»Das ist der Gruß Darennas!« rief Iguanadonna halblaut und sandte selbst einen Flammenstrahl hinterher in den Himmel. Die beiden Lichtsäulen kreuzten sich, umspielten einander, entzündeten sich immer aufs neue. Schilderich hob seine Trompete an die Lippen und begann die »Feuerwerksmusik« zu spielen.

»Verdammt noch mal, kann man von diesem vulkanisch-vegetarischen Mutter-Kuchen auch was essen, oder ist er nur zum Angucken da?« rief Maggy verärgert.

Leontine lachte. »Greift zu, meine Lieben.«

Jung und alt stürzte sich auf das Backwerk und lobte mit vollem Mund dessen Qualität.

»Entschuldigen Sie bitte«, sagte eine fremde Frau und trat zu Leontine, »aber dürfen die Nachbarn der Hügel auch mitfeiern? Man hat die Lichter gesehen und die Musik gehört, und nun heißt es allgemein, Klinger würde kommen und ein großes Konzert geben, gemeinsam mit Herrn Schilderich.«

»Wer sagt das?« fragte Lindo.

Die Frau zuckte die Achseln. »Alle sagen es, hören Sie nur, die Luft ist voll Gemurmel. Sie kommen aus der ganzen Stadt.«

»Natürlich sollen sie mit uns feiern«, sagte Diana. »Unser Kuchen reicht für alle.«

Die Wiese füllte sich mit Menschen. Ein spillriger junger Mensch lief wie ein Hund, der seinen Herrn verloren hat, durch die Menge und erzählte mit hoher Stimme jedem, wieviel Autogramme er schon von Klinger habe.

»Klinger soll kommen?« bemerkte Donna halblaut zu Leontine. »Ich muß mein Make-up restaurieren.«

»Und ich habe eine dicke Nase«, murmelte Leontine leicht verzweifelt.

Während das Feuerwerk erlosch, kletterten Schilderichs Trompetentöne himmelan. Die Nacht war warm. Am Horizont erhob sich ein zarter Schein. Vielleicht war es die Morgenröte.

Inhalt